Aus Freude am Lesen

Wie jedes Jahr im Sommer kommen Tausende von Besuchern nach Avignon zum weltberühmten Theaterfestival im Schatten des Papstpalastes. Doch diesmal legt ein Streik der Bühnenarbeiter das Festival lahm, und während die Sonne gnadenlos auf die Stadt niederbrennt, wird eine Vorstellung nach der anderen abgesagt. Odon Schnadel ist einer der wenigen, der in seinem kleinen Theater sein Programm wie geplant spielt. Denn das Stück des unglückseligen Autors Paul Selliès, der unter mysteriösen Umständen ums Leben kam, liegt ihm besonders am Herzen. Auch Marie, Pauls traumatisierte jüngere Schwester, ist gekommen, um das Vermächtnis ihres Bruders auf der Bühne zu sehen. Doch als die berühmte Theaterschauspielerin und Odons große Liebe Mathilde Monsole wieder in Avignon auftaucht, geraten die Dinge außer Kontrolle. Denn sie alle sind Teil eines tragischen Geheimnisses, das sich um dieses letzte Werk von Paul Selliès rankt.

CLAUDIE GALLAY, 1961 im Département Isère geboren, gilt als eine der populärsten Schriftstellerinnen Frankreichs. Ihr Roman *Die Brandungswelle* stand monatelang auf der französischen Bestsellerliste und wurde mehrfach ausgezeichnet.

Claudie Gallay

Die Liebe ist eine Insel

Roman

*Aus dem Französischen
von Michael von Killisch-Horn*

btb

Die französische Originalausgabe erschien 2010 unter dem Titel
L'amour est une île bei Éditions Actes Sud.

Verlagsgruppe Random House FSC-DEU-0100
Das für dieses Buch verwendete FSC®-zertifizierte Papier
Lux Cream liefert Stora Enso, Finnland.

1. Auflage
Deutsche Erstveröffentlichung Januar 2013
Copyright © 2010 Actes Sud
Copyright © der deutschsprachigen Ausgabe 2013 bei btb Verlag
in der Verlagsgruppe Random House GmbH, München
Umschlaggestaltung: © semper smile, München
Umschlagmotiv: © Radius Images/Corbis
Satz: Uhl + Massopust, Aalen
Druck und Bindung: CPI Claussen & Bosse, Leck
MI · Herstellung: sc
Printed in Germany
ISBN 978-3-442-74471-8

www.btb-verlag.de
www.facebook.com/btbverlag
Besuchen Sie unseren LiteraturBlog www.transatlantik.de!

Für Guy

*Sie wussten nicht, dass es unmöglich war,
also machten sie es.*
Mark Twain

Es ist noch Nacht, und der Fluss ist ruhig, als Odon Schnadel aus der Kabine seines Kahns tritt. Er hält eine Tasse in der Hand. Es ist sein erster Kaffee, schwarz, dampfend. Er hat Kopfschmerzen. Er lässt zwei Aspirin in die Tasse gleiten.

Es ist drückend heiß.

Zweige treiben im Wasser, abgebrochen weiter nördlich, dann hierhergetrieben; sie sind kaum zu erkennen im braunen Wasser.

Die Bäume leiden, sogar jene, deren Wurzeln im Nassen stehen.

Auf Deck riecht es nach Lack. In einer Dose stehen Pinsel, daneben ein Topf und Lappen. Der Lackgeruch macht seine Kopfschmerzen noch schlimmer.

Odon trinkt seinen Kaffee und schaut auf den Fluss. Irgendwo auf der Insel heult ein Hund.

In der Tür ein vergittertes Fensterchen. Ein schwacher gelber Lichtschein. Als Mathilde gegangen ist, hat er sich geschworen, das Licht brennen zu lassen, bis sie zurückkäme.

Fünf Jahre. Die Birnen sind durchgebrannt. Er hat sie ersetzt.

Heute ist sie da, irgendwo in der Stadt, für das Festival. Schon seit Wochen geht das Gerücht, die Jogar kehre in die Stadt zurück, sie spiele *Die Brücken am Fluss* im Théâtre du Minotaure.

Die Zeitungen schreiben über sie.

Überall ist sie Gesprächsthema, in seinem Viertel, auf der

Straße. Es heißt, sie schlafe im La Mirande, einem der schönsten Hotels der Stadt. Es heißt auch, sie habe ihren Namen abgelegt, als sie die Jogar geworden sei.

Odon trinkt seinen Kaffee aus, die Ellbogen auf die Reling gestützt.

Es wird Tag.

Big Mac, die Kröte, versteckt sich auf der Böschung.

Ein Zug fährt vorbei.

Odon zieht eine Zigarette aus der Schachtel und beißt den Filter ab. Es ist seine letzte, er zerknüllt das Päckchen und wirft es in den Fluss.

Er pisst ins Wasser.

Ein Fisch schwimmt an der Oberfläche. Ein Wels liegt in den Zweigen im Sterben, eingekeilt zwischen dem Kahn und dem Ufer. Alles hat Durst in diesem Sommer, die Erde, der Himmel, sogar der Fluss fordert seinen Anteil.

Er stellt seine Tasse ab, zieht den Wels aus dem Schlick und wirft ihn in die Strömung zurück.

Jeff kommt kurz nach acht; er lehnt das Solex gegen die Weide und steigt über die Absperrung.

Brennnesseln und Grasbüschel wuchern am Fuß des Stegs. Ein Topf mit einer alten Geranie, deren knotige Stiele vertrocknet sind.

Jeff kommt auf den Kahn.

Er nimmt seinen Helm ab. Sein Haar ist schweißnass.

Er wirft die Zeitung auf den Tisch, zwischen den Aschenbecher und die Tasse. Er wirft sie immer auf die gleiche Weise hin, lässig. Der Helm folgt.

Früher war er Kantinenwirt im Gefängnis. Als das Gefängnis geschlossen wurde, behielt er die Schlüssel, einen ganzen Bund. Seit zwei Jahren besetzt er eine Zelle mit Blick auf die Rückseite des Papstpalastes. Er bekommt finanzielle Unterstützung vom Staat. Außerdem nimmt er kleine Jobs an, kümmert sich beispielsweise um Odons Kahn und Theater.

Er holt ein Kleeblatt aus seiner Tasche.

»Das hab ich am Ufer gefunden. Ein gutes Zeichen«, sagt er und zeigt die vier Blätter.

Odon schaut nicht mal hin, er hat die Zeitung aufgeschlagen.

»Ein gutes Zeichen, von wegen...«

Auf der ersten Seite die Schlagzeile: Avignon im Schock!

Nach einer Woche Streik hat die Festivalleitung soeben alle Vorstellungen abgesagt. Die Zeitungen sind voll davon.

Seit Jahren wird die Unzufriedenheit immer größer, irgendwann musste es zum Eklat kommen.

Odon ist besorgt. Am Abend zuvor hat seine Truppe aus Solidarität nicht spielen wollen.

Er fährt sich mit den Händen über das Gesicht. Seine Haut ist trocken. Oder die Innenseite seiner Hände.

Er schaut auf den Fluss. Das Wasser schimmert rot in der Sonne.

Jeff steckt das Kleeblatt wieder ein.

Er nimmt einen Apfel aus dem Korb. Er lehnt sich an die Reling, reibt mit den Zähnen die Schale und beißt hinein, auch das Kerngehäuse isst er mit. Das hat er immer schon getan. Er isst sogar die Kerne. Angeblich enthalten sie Arsen. Nur den Stiel wirft er weg.

»Man sagt, das wird ein schlimmer Sommer. Ein Scheißsommer.«

Er zählt die Arbeiten auf, die er vor dem Herbst noch erledigen muss, das Deck waschen, das Stromaggregat warten, den Klapptisch reparieren. Er muss auch die toten Zweige wegräumen und die leeren Farbtöpfe wegschmeißen, die überall herumstehen.

Jeff wird dafür bezahlt, sauberzumachen, zu lackieren und zu verhindern, dass der Kahn verkommt.

Und dennoch.

Das Deck ist zugestellt mit mehreren großen Sesseln, einem Sofa, einem sich drehenden Friseurstuhl und einem niedrigen Tisch in der Mitte. Ein Vordach aus Schilfrohr schützt das Ganze vor der Sonne.

Ein Klavier. Jeff streift mit der Hand über die Tasten, eine Mischung aus Staub und Pollen bleibt haften. Seine Finger hinterlassen Schweißspuren, die sofort wieder trocknen.

Odon blättert die Zeitungsseiten um. Der Veranstaltungskalender. Ein Foto der Jogar. In der Lobby eines Hotels, im Abendkleid. Dichtes Haar, dunkle Augen. Auf ihren Lippen dieses Lächeln, wegen dem man sie für arrogant hält.

»Sie ist zurückgekommen...«, sagt Jeff, über Odons Schulter gebeugt.

»Das geht dich nichts an.«

Jeff richtet sich auf.

»Es gefällt mir nicht, dass sie da ist.«

»Das ist nicht dein Problem.«

»Dann lass ich dich allein weiterlesen.«

»Ja, tu das.«

Odon schließt die Zeitung.

»Du müsstest die Brennnesseln ausreißen, sie wuchern alles zu.«

»Ich werde mich darum kümmern.«

»Seit zwei Wochen sagst du das schon, Jeff... Du hast auch angefangen, das Deck zu lackieren, und bist immer noch nicht fertig.«

»Ich gieße immerhin die Blumen...«

»Ja, die Blumen gießt du, aber die Brennnesseln müssen ausgerissen werden, Monsieur Big Mac mag ihren Geruch nicht.«

»Manchmal wird aus Abneigung Zuneigung«, sagt Jeff.

Odon drückt die Hand auf den Tisch, mit gespreizten Fingern.

Jeff schweigt.

Die Blätter vertrocknen in der Hitze, werden gelb, sterben ab. Unter einem der Bullaugen verwandelt der Efeu sich in Lianen.

Er füllt die Gießkanne.

Auf einem Brett über dem Klavier stehen Pflanzen in einer Reihe. Blumen, die in Gläsern wachsen, durch die man die

Wurzeln erkennen kann. Jeff topft sie ein. Wenn keine Gläser mehr da sind, benutzt er Konservendosen, in die er mit einer Spitze Löcher bohrt. Die schlammige Erde besorgt er sich an einer geheimen Stelle der Insel.

Alles, was Jeff eintopft, bildet Wurzeln.

Er sagt, selbst der Tod würde wachsen, wenn ich ihn eintopfen würde.

Odon denkt an Mathilde. Nachts hielt er sich vom Schlafen ab, um sie anzusehen. Ihren schweren Mund, ihren nackten Körper unter dem Laken, er studierte all ihre Konturen, betrachtete sie zärtlich und deckte sie wieder zu; er mochte alles an ihr, ihren weichen Bauch, den Geruch ihrer Haut, ihr Lachen, ihre Wünsche, ihre Stimme. Als sie ging, sagte sie, Wirst du manchmal an mich denken? Er konnte nicht antworten. Er drückte einen langen Kuss auf ihr Haar.

Jeff gießt die Pflanzen über dem Klavier. Er spricht vom Festival des vergangenen Jahres.

»Woher kam der Bursche, der uns mit den Bühnenbildern geholfen hat? Er hatte einen drolligen Akzent.«

»Aus Michigan...«

Jeff weiß es, aber er hört diesen Namen, Michigan, so gern.

»Ja, genau, er spielte Banjo...«

Er redet allein weiter, während er die Erde gießt.

Odon springt ins Wasser, und die Kröte taucht ihm hinterher. Seit Jahren ist das schon so, eine Gewohnheit, sobald es schön wird. Sie schwimmen gemeinsam, der Mann und das Tier. Am Ufer entlang. Nach ein paar Metern klammert Big Mac sich an seine Schultern, der kalte Körper presst sich gegen seinen Nacken, und Odon schwimmt in die Mitte des Flusses. Es ist gefährlich. Sobald er die Strömungen an seinen Schenkeln spürt, macht er kehrt.

»Die Strömungen sind mörderisch«, sagt Jeff, als er ihn aus dem Wasser kommen sieht.

»Ich kenne die Strömungen.«

Jeff zuckt die Achseln.

»Eines Tages wird der Fluss dich behalten, oder er wird Monsieur Big Mac töten.«

Odon antwortet nicht. Er trocknet sich ab und hängt das Handtuch über eine Leine, die zwischen zwei Bäumen gespannt ist. Der Kahn ist am urwüchsigsten Ufer vertäut, im tiefen Schatten einer Platanenreihe. Seit Jahren schon hat er den Fluss zwischen sich und die Stadt gerückt. Unfähig, direkt an Land zu leben, mit den Menschen. Unfähig, ohne sie zu leben.

Im Winter legt sich der Nebel auf den Fluss, von Avignon sind nur geisterhaft die Stadtmauern zu erkennen.

Er schenkt sich einen zweiten Kaffee ein.

Jeff stellt das Radio an, France Inter, es sind Ferien, die Programme sind etwas durcheinander. Der Wetterbericht sagt

Hitze voraus, unerträgliche Temperaturen, ohne Hoffnung auf Regen in absehbarer Zeit.

In den Kurznachrichten wird die Absage des Festivals gemeldet. Nicht das ganze Festival ist abgesagt worden, nur die »In«-Aufführungen sind betroffen.

Er wechselt die Sender. Überall die gleiche Meldung. Auf France Culture protestiert Ariane Mnouchkine und fordert das legitime Recht zu spielen ein. Bartabas prangert die selbstmörderische Entscheidung an, er lehnt den Streik, der ihm da aufgezwungen wird, rundweg ab.

Odon trinkt seinen Kaffee aus. Es verspricht ein Tag voller Spannungen zu werden.

Die nächsten Tage.

Die Nächte.

Der Himmel über dem Kahn ist bereits blau, es herrscht eine drückende Hitze, die bis Ende der Woche und vermutlich den ganzen Juli anhalten wird.

Als Odon zu den Platanen blickt, sieht er das Mädchen.

In den Wochen des Festivals stranden sie dort zu Dutzenden, junge Leute ohne Schlafplatz, die von Abenteuern träumen und letzten Endes auf den Straßen übernachten.

Die dort ist fast noch ein Kind, höchstens zwanzig, zu kurzes Haar, eine zu weite Hose für ihren flachen Bauch.

Er zeigt ihr seine Tasse.

Sie nickt.

Er geht in den Laderaum und kommt mit einem Becher zurück. Er läuft über den Steg.

Sie trägt ein gestreiftes T-Shirt, eine Leinenhose und staubige Turnschuhe. Keine Socken in den Turnschuhen. In ihrer Lippe steckt ein Ring, ein Stift in der Augenbraue, drei Ohrringe zieren eines ihrer Ohren.

Ein Rucksack liegt auf der Böschung. Darauf ein Fotoapparat.

»Er ist stark«, sagt sie, während sie den ersten Schluck trinkt.

Ihre Stimme ist leise, kaum hörbar, ein asthmatisches Atmen.

»Kommst du von weit her?«, fragt er.

»Aus dem Norden.«

»Norden ist ein weiter Begriff...«

»Versailles, der Wald.«

Er lächelt, so nördlich ist das gar nicht.

Sie sagt, sie sei per Anhalter gekommen, ein Paar hat sie über die Autobahn durch das Tal mitgenommen.

Sie trinkt ihren Kaffee aus, ihre Hände umklammern den Becher.

Am Ufer rollt ein Skarabäus eine Sandkugel, Amseln kratzen im Staub nach Nahrung.

»Ist es dort?«, fragt sie und deutet auf die Stadt.

»Ja, innerhalb der Stadtmauern.«

Sie ist Flüsse nicht gewohnt. Dieser hier ist breit, eine dicke, bedrohliche Flut.

»Hast du Hunger?«

Er kehrt auf den Kahn zurück, nimmt alles, was er findet, Feigen, Butter, Brot, und legt es auf einen Teller. Als er wieder herauskommt, ist das Mädchen nicht mehr da. Der Becher steht einsam auf der Mauer. Ein dunkler Bodensatz trübt das milchige Weiß im Innern.

Sie betritt die Stadt durch die große Porte de l'Oulle. Die Stadtmauer. Die Place Crillon. Überall Plakate, an den Gittern der Fenster hängend, auf Mauern oder Kartons geklebt. Schon auf der Brücke hatte sie welche gesehen.

Sie hebt den Blick, schaut sich um.

Der Himmel ist ausgetrocknet.

Das Licht grell.

Sie geht ziellos durch die Straßen, die wie Kulissen wirken. Rue Joseph-Vernet, Rue Saint-Agricol. Weitere Plakate, ein Mann mit Hut, eine Tänzerin auf einem Seil, das rote Herz eines Cupido...

Manche sind mit einem Kreuz aus schwarzer Farbe durchgestrichen.

Die Backstuben sind geöffnet, es riecht nach Brot, nach Croissant.

Place de l'Horloge, die Cafés, die Stühle und Tische noch gesichert durch schwere Ketten.

Sie hat Durst. Der Kaffee hat einen bitteren Geschmack in ihrem Mund hinterlassen. Sie sucht einen Springbrunnen. Es gibt keinen. Sie reibt die Zunge mit der Hand.

Gleich darauf sieht sie das erste Plakat ihres Bruders. Ein zweites etwas weiter entfernt.

Sie nähert sich. Mit Herzklopfen.

Das Plakat ist auf Pappe geklebt.

Nuit rouge, Rote Nacht, ein Stück von Paul Selliès, Inszenierung Odon Schnadel, im Théâtre du Chien-Fou.

Um es zu sehen, hat sie Frankreich durchquert. Der Name ihres Bruders. Seine Worte hören. Sie macht ein Foto, ein zweites, Pauls Name. Sie sucht nach weiteren Plakaten, findet allein zehn auf dem großen Platz.

Sie nimmt sonst nichts von der Stadt wahr, nur dies.

Plötzlich liegt der Vorplatz vor ihr. Weit offen. Der Papstpalast, seine hohen Mauern. Die Sonne scheint hell auf die Türme. Ganz oben auf dem Glockenturm überragt eine Madonnenstatue die Stadt.

Es ist ein riesiger Platz in einer geschlossenen Stadt.

Sie geht weiter.

Streikende liegen auf den Stufen, die zu den Toren des Palastes hinaufführen. Es sind etwa zwanzig. Erschöpfte Körper, Arme, Nacken. Wie Erschossene liegen sie da. Hinter ihnen ein Spruchband, rote Buchstaben. Wir sind tot.

Odon geht in die Altstadt hinauf. Die schmalen Gassen des Quartier de la Balance. Theatergruppen reisen ab. Er begegnet Festivalbesuchern, die ein wenig verloren herumirren. Auf dem Vorplatz erklären die freien Theaterleute, warum sie nicht spielen. Andere, warum sie spielen. Es herrscht allgemeine Verwirrung.

Odon bleibt vor dem Festivalplakat stehen, drei verstellbare Schraubenschlüssel vor dem Hintergrund eines verrosteten Schiffsrumpfes. Ein Vorzeichen.

Er durchquert die Gärten, biegt in die Rue des Ciseaux d'Or.

Sein Theater, das Chien-Fou, ist eines der ältesten von Avignon, an der Place Saint-Pierre im Herzen der Altstadt gelegen. Odon hat es vor fünfzehn Jahren gekauft. Damals war es baufällig, leerstehend. Ein Hund, der als verrückt galt, lebte darin und weigerte sich, es zu verlassen. Die Nachbarn fütterten das Tier, eine Dogge mit dichtem Fell und langer Schnauze. In einer Gewitternacht starb es schließlich vor Angst. Odon begrub es am Ufer, eine Weide hat an der Stelle Wurzeln geschlagen.

Der Pfarrer steht unter dem Portal seiner Kirche. Die beiden Männer schütteln sich die Hand, ein aufrichtiger Händedruck. Man nennt ihn Père Jean, doch sein richtiger Name ist Noël. Père Noël, seine Mutter konnte nicht wissen, dass er Priester werden würde.

»Wird gespielt?«, fragt er.

Odon hat keine Ahnung, er hofft es, doch durch die Absage des offiziellen Festivals geht ein Teil des Programms verloren.

Er zieht eine Karte aus der Tasche.

»Meine Kirchenspende. Julie würde sich freuen, wenn du in die Vorstellung kämst.«

Der Pfarrer nickt.

»Ich werde kommen«, sagt er.

Er ist überzeugt, dass Julie eines Tages eine große Schauspielerin werden wird. Odon glaubt nicht daran. Seine Tochter liebt das Leben viel zu sehr, sie langweilt sich niemals, Verzweiflung ist ihr fremd.

»Abraham liebte Gott so sehr, dass er ihm seinen Sohn opferte«, sagt Odon.

»Wo ist der Zusammenhang?«

»Julie spielt gut, aber sie bringt keine Opfer.«

Der Pfarrer zuckt die Achseln.

Sie reden über den Streik, ob man daran festhalten sollte oder nicht.

Eine Touristengruppe ist vor der Fassade des Theaters stehen geblieben. Sie betrachten das Schachspiel, das auf dem kleinen Tisch neben der Tür steht. Unter ihn geschoben zwei Hocker. Das Brett gehört Odon, er lässt es den ganzen Sommer über draußen stehen. Jeder, der will, kann spielen.

Neben der Tür eine Messingtafel:

Théâtre du Chien-Fou
O. Schnadel

Ein einfacher Holzriegel.

Das ist der Bühneneingang.

Odon legt seine große Hand auf die Schulter des Pfarrers.

»Bis später...«

Er überquert den Platz.

Der Gang hinter der Tür ist dunkel. Es riecht nach Staub, und von der Decke hängen Stromkabel.

Odon kennt diesen Gang wie seine Westentasche.

Sechs Garderoben, die Kulissen, der Vorhang. Kostüme auf Kleiderständern. Im Saal zehn Reihen mit sechzehn Sitzen und Notsitzen im Mittelgang, abgewetzter roter Teppichboden. An den Seiten ein alter Ofen, Lederschlaufen, in die früher Fackeln gesteckt wurden.

Jeff steht auf der Bühne. Mit Hammer und Nägeln repariert er ein Brett, das sich im Boden gelockert hat. Die Kulissen stehen im Weg. Seit die Bühnenarbeiter streiken, herrscht Chaos.

Julie ist mit Damien, Chatt' und Greg in der ersten Garderobe. Yann steht etwas abseits und telefoniert.

Die Klimaanlage ist voll aufgedreht, man friert beinahe. Wenn man sie runterstellt, geht sie aus. Ein Problem mit den Thermostaten, es ist niemand da, der sie repariert.

Im Gang hängen Plakate von *Nuit rouge*, eine endlose Reihe vor weißem Hintergrund.

»Was machen wir heute Abend?«, fragt Julie, als sie ihren Vater im Gang vorbeigehen sieht.

Odon kommt zurück.

»Wie, was machen wir?«

»Wir müssen solidarisch sein«, sagt Julie.

Odon weigert sich, einen weiteren Abend nicht zu spielen.

»Die Kostüme, die im Gang stehen, müssen weg, das ist ja ein heilloses Durcheinander.«

»Das lässt sich so oder so nicht vermeiden«, sagt Damien.

Ihre Blicke begegnen sich.

Damien wendet sich ab.

Odon zündet sich eine Zigarette an.

»Wir können solidarisch sein und trotzdem spielen.«

Für Julie ist streiken auch eine Art zu spielen. Wenn jede Theatergruppe eine Barrikade errichten würde, ergäbe das mehr als sechshundert in der Stadt. Die Aufführung würde dann auf der Straße stattfinden, und der Asphalt wäre die Bühne.

Die Bühnenarbeiter kommen und mischen sich ein.

Odon ist überzeugt, dass die Fortsetzung des Streiks nur dem Medef, dem Arbeitgeberverband, nützen und die Blockade nur der Regierung in die Hände spielen würde.

»Die Völker verschaffen sich Gehör, indem sie die Theateraufführungen weiterhin zeigen.«

Der Ton war deutlich. Julie traut sich nicht mehr, ihrem Vater zu widersprechen.

»Wir treffen uns in einer Stunde und überlegen, was wir tun«, sagt Odon.

Mit anderen Worten, sie werden abstimmen.

Odon geht in sein Büro und sieht die Post durch. Die Umschläge stapeln sich, er findet nicht die Zeit, alle zu öffnen.

Er vermietet den Saal für zwei andere Stücke. *L'Enfer* um die Mittagszeit und ein Vaudeville um fünfzehn Uhr, aufgeführt von der Troupe du Sablier. Beide Theatergruppen streiken. Unmöglich, die Verträge zu ändern.

Alles ist vollgestellt, um ihn herum, oben, in den Räumen nebenan, fünfzehn Jahre Archiv und alte Bühnenbilder.

Er ruft den Direktor des Théâtre des Carmes an. Benedetto sagt, in seinem Viertel sei es noch nie so ruhig gewesen. Sein Theater bleibt geöffnet, doch die Vorstellungen sind abgesagt. Seine Bühne wird zu einem Diskussionsort. Keine Vorstellungen auch im Chêne-Noir.

Odon führt weitere Telefongespräche.

Er steht auf.

Der Punchingball schwingt vor dem Fenster hin und her.

Er war schon da, als er das Theater gekauft hat. Er streichelt ihn mit der flachen Hand und schlägt hinein. Mehrmals. Ein dumpfes Geräusch. Er schlägt fest zu.

Anschließend ruft er seine Schwester an. Die Große Odile wohnt im selben Viertel, ganz in der Nähe, Rue des Bains. Er war mit ihr zum Mittagessen verabredet, nun sagt er, dass er nicht kommen wird.

Die Jogar drückt das Tor auf. Die Angeln quietschen. Das tun sie seit ewigen Zeiten. Etwas roter Rost löst sich vom Eisen und bleibt an ihren Fingern haften.

Sie macht ein paar Schritte und hebt den Kopf. Der gleiche Geruch, der gleiche Staub. Die Fahrräder der Jungs, die verstreuten Bälle. Die große Akazie. Das Licht prallt auf ihr Blätterkleid und fällt in den Hof wie in einen Brunnen.

Der Müllraum.

Die Fensterläden der Großen Odile sind geschlossen.

Sie hebt einen Kieselstein auf und zielt. Der Kieselstein trifft.

Noch einmal.

Schließlich öffnet sich der Fensterladen.

Die Große Odile beugt sich hinaus, Bubikopf, gestreifte Latzhose. Als sie die Jogar erkennt, stößt sie einen Schrei aus und stürmt hinunter. Im nächsten Augenblick umarmt sie sie im Hof.

Sie schaut sie an, nimmt ihre Hand, zieht sie mit sich, schaut sie erneut an.

»Wie ich mich freue, dich zu sehen!«

In der Küche räumt sie hastig auf, macht die Unordnung nur noch größer. Die Wohnung ist ruhig, die Jungs verbringen den Nachmittag im Schwimmbad.

Sie nimmt Wasser und Getränke aus dem Kühlschrank.

»Komm, erzähl...«

»Was soll ich dir erzählen?«

»Du bist immerhin die Jogar geworden!«
»Die Jogar, ja …«
»Und was bedeutet das für dich?«
Die Jogar trinkt einen Schluck Wasser.
»Es bedeutet ein diszipliniertes und ziemlich arbeitsreiches Leben.«
Die Große Odile legt eine Hand auf ihre.
»Du fandest dich hässlich, du wolltest nicht, dass man dich anschaut, du hast dich unter dem Tisch versteckt, wenn jemand kam. Und heute bist du berühmt!«
Sie zieht die Augenbrauen hoch.
»Du hättest ruhig mal von dir hören lassen können …«
Das ist kein Vorwurf.
Die Jogar sagt, ich habe oft an dich gedacht.
Es war eine so schöne Freundschaft. Eine Mädchenfreundschaft, die in der Schule begann und in der man sich alles erzählte. Mathilde hatte keine Schwester. Sie spielte immer allein. Für die Spiele zu zweit wechselte sie die Stühle, veränderte die Stimme, erfand sich eine Freundin. Sie sprechen über damals.
Odile füllt ihr Glas.
»Willst du Grenadine?«
Sie steht auf, öffnet den Wandschrank und stellt eine Packung *palets bretons* auf den Tisch.
»Wenn ich das gewusst hätte, hätte ich einen Kuchen gebacken.«
Auf dem Fernseher stehen Fotos ihrer vier Jungs in Muschelrahmen. An der Kühlschranktür selbst gebastelte Magneten. Jungen, jeder von einem anderen Vater.
Die Jogar betrachtet sie.
»Erinnerst du dich? Ich wollte immer Kinder, und du wolltest keine …«

Der Große macht eine Mechanikerausbildung, Odile sagt, dass es ihm nicht gefalle, ihn aber von der Straße fernhalte.

»Wollte er nicht Friseur werden, als er klein war?«

»Das will er noch immer.«

In einem Rahmen das Foto ihrer Eltern. Die Jogar erinnert sich an sie. Ihr Vater ist bei einem Sturz vom Fahrrad ums Leben gekommen, ihre Mutter zwei Jahre später vor Kummer gestorben. Odile ist in ihrem Haus geblieben.

Sie öffnet eine Schublade und nimmt Zeitungsartikel heraus.

»Ich habe alles ausgeschnitten, alles aufgehoben ... Du hast ständig deine Texte rezitiert, das weiß ich noch. Sogar am Sonntag! Ich habe immer in deiner Straße gespielt und dich durchs Fenster gehört.«

Die Jogar sieht die Artikel durch.

»Ich habe damals schon meine Fesseln geliebt ...«, murmelt sie.

»Du bist immer schon anders gewesen ... Ich habe gehört, dass du im La Mirande wohnst? ... Es ist bestimmt sehr schön?«

Odile lächelt. Manchmal bleibt sie vor den Türen stehen und versucht einen Blick zu erhaschen, die Sessel, der Patio.

Die Jogar gibt ihr die Artikel zurück.

»Komfort ist manchmal ganz schön langweilig, weißt du.«

»Das muss man wohl sagen, wenn man ihn ständig genießt!«

Die Jogar entschuldigt sich. Sie erklärt, dass man in solche Hotels hineingehen, sich umschauen, einen Kaffee trinken könne, das sei gar nicht so teuer, und man brauche nicht mehr neidisch zu sein.

»Und dann gewöhnt man sich dran«, sagt Odile.

»Von einem Mal nicht.«

Odile zuckt die Achseln.

Sie erzählt von ihren Kindern, den Schulnoten. Von den Dummheiten, die der Älteste macht. Und dann verstummt sie. Sie stützt den Kopf mit den Händen, ihre Augen glänzen.

»Wie sehr hätte ich mich gefreut, wenn du meinen Bruder geheiratet hättest.«

Sie sagt es ganz unvermittelt.

Die Jogar versucht zu lachen.

»Man heiratet nicht die Männer, die man liebt.«

»Aber mit ihnen zusammenleben hättest du gekonnt?«

»Das ist das Gleiche.«

Sie wendet den Kopf ab, blickt sich um, die Küche, die Küchengeräte an der Wand.

»Ihr wart ein so schönes Paar, das glamouröseste in der Stadt!«, sagt Odile.

Die Jogar muss lachen.

»Die Stadt ist nicht besonders groß.«

»Bist du verheiratet?«

»Nein.«

»Hast du Kinder?«

»Nein.«

Für ein Kind wäre nur Odon in Frage gekommen. Er wäre der einzig mögliche Vater gewesen. Als sie sich begegnet waren, hatten sie sich unwiderstehlich zueinander hingezogen gefühlt. Eine überschwängliche Begeisterung.

»Also nur Arbeit?«

Die Jogar nickt. Wie soll sie es erklären… Die Arbeit ernährt sie ohne Pause, jeden Tag, jede Stunde. Die Liebe raubt ihr die Energie.

Sie reden über ihre Jugend.

Mittwochs begleitete Odile sie immer bis zum Eingang des Konservatoriums. Sie ging hinein und wohnte dem Unterricht hinten im Saal bei, mit dem Rücken an der Wand. Wenn sie herauskam, machten sie einen Umweg, um sich Eis zu kaufen. Dadurch verlor Mathilde Zeit, und sie musste laufen, um rechtzeitig zu Hause zu sein.

Odile stellt ihr Glas ab.

»Was sagt dein Vater zu deinem Erfolg? Er muss doch stolz auf dich sein!«

»Keine Gaukler bei den Monsols, erinnerst du dich? Das sagte er immer...«

»Er hat doch bestimmt seine Meinung geändert?«

»Da bin ich mir nicht so sicher.«

Es heißt, die Familien seien Klans, und ihre war einer, Notar von Generation zu Generation, nur einen Sohn hatte es nicht gegeben. Die Jogar steht auf, öffnet den Fensterladen, dahinter der graue Hof, gegenüber die Mauer, die hohen Zweige der Akazie.

Sie dreht sich um, betrachtet Odile.

An dem Tag, an dem ihr Vater erfuhr, dass sie Freundinnen waren, rief er im Konservatorium an. Die Monsols treiben sich nicht in der Rue des Bains herum. Nach dem nächsten Unterricht begleitete der Lehrer Odile nach Hause.

Odile geht nah an die Jogar heran und berührt ihr Haar.

»Färbst du sie?«

Die Jogar bricht in Gelächter aus.

»Was meinst du?«

Odile lacht ebenfalls.

Es tut ihr gut.

Sie reden über das Wetter und die Zeit, die vergeht.

»Die Hitze soll für alte Leute tödlich sein«, sagt Odile.

Die Jogar fährt mit dem Finger über die Fensterscheibe. Sie schaut auf die Uhr.

»Ich muss los.«

»Streikst du nicht?«

Sie schüttelt den Kopf.

Tags zuvor haben die Bühnenarbeiter sechs zu drei für den Streik gestimmt, und ihre Vorstellung ist abgesagt worden. Sie hofft, heute spielen zu können.

»Die Bühne ist mein Leben! Wirst du in die Vorstellung kommen?«

Sie legt zwei Karten auf den Tisch.

»Warum zwei?«, fragt Odile.

Sie ist allein. Die Männer, die durch ihr Leben gehen, machen ihr Kinder und verschwinden wieder.

Sie nimmt die Karten und schiebt sie unter die Schale.

»Ich verspreche dir nichts.«

Sie drückt die Hände der Jogar in den ihren.

»Du musst wiederkommen, wenn du willst, ruf einfach an, und ich koch was.«

Sie umarmen sich.

»Ich werde wiederkommen...«

Esteban kommt mit der Badetasche in der Hand herein. Er wirft sie in eine Ecke und lässt sich auf das Sofa fallen, die Beine angewinkelt, erschöpft von Sonne und Wasser.

»Ist das dein Jüngster?«

»Esteban... Du warst noch hier, als er geboren wurde.«

Seine Brüder sind im Hof geblieben, sie spielen Pingpong, man hört das Geräusch des Balls, der gegen die Schläger prallt.

Die Jogar betrachtet das Kind, das eigenartig lächelt.

»Lächelt er immer so?«

»Immer.«

Sie hockt sich vor ihn. Er sieht sie an, streckt die Hand aus und berührt mit dem Finger sachte das geschminkte Augenlid der Jogar.

Etwas Puder bleibt an seinem Finger haften.

Julie und die Jungs sitzen auf der Terrasse und trinken etwas. Der Titel *Nuit rouge* auf ihren T-Shirts ist schwarz durchgestrichen.

Sie haben dafür gestimmt, einen weiteren Abend zu streiken. Präsident Chirac soll sprechen, bis dahin wollen sie dabeibleiben.

Odon lässt sie gewähren. Ihr Kampf ist berechtigt, aber sie kämpfen am falschen Ort.

Yann verschlingt die Mädchen mit den Augen. Im Sommer sind sie fast nackt, strecken ihre Schenkel in die Sonne, breiten die Arme aus, die glatten Achseln werden sichtbar.

Ein paar kranke Tauben schleppen sich über den Platz, die Füße von einer sich ausbreitenden Lepra zerfressen.

Ein junger Mann tanzt zwischen den Tischen, Kopfhörer in den Ohren, die Arme verrenkt. Seine Füße gleiten übers Pflaster, sein Körper scheint schwerelos.

»Er wird gegen die Mauer prallen«, sagt Julie.

Als er gegen die Mauer prallt, bricht sie in Gelächter aus.

Sie trinken aus.

Ein riesiger Vorhang aus Streifen, von der Decke hängend, soll das Bühnenbild für ihre Aufführung werden. Schmale Streifen, aus Metall. Noch hängt er nicht. Er liegt verwickelt auf der Bühne.

Sie gehen zum Theater zurück. Dort setzen sie sich im Schneidersitz auf die Bühne und lösen die Knoten. Sie schaffen es nicht, die Klimaanlage zum Arbeiten zu bringen.

Der Notausgang steht noch offen.

Von dort kommt sie herein. Sie macht ein paar Schritte, blickt sich um, die leeren Sitzreihen, der knallrote Samt. Sie ist zum ersten Mal in einem Theater. Sie stellt ihren Rucksack in den Mittelgang.

»Ich bin die Schwester von Paul Selliès.«

Ihre Stimme ist leise, gleichsam ihrem Atem abgerungen. Kaum hörbar. Alle blicken auf.

»Die Schwester von wem?«, fragt Odon.

»Selliès«, wiederholt sie.

Sie deutet auf das Plakat von *Nuit rouge*.

Odon steht auf und nähert sich ihr. Er erkennt das Mädchen von der Böschung, steigt die drei Stufen hinab.

»Odon Schnadel, sind Sie das?«, fragt sie, als er vor ihr steht.

Er nickt.

Sie errötet.

»Heute Morgen, auf dem Kahn, ich hatte keine Ahnung...«

Sie holt eine Zeitschrift aus ihrer Tasche, eine Werbung.

»Im Kulturzentrum lag das aus...«

Sie war zufällig auf den Artikel gestoßen, hatte Fotos gesucht und den Namen ihres Bruders gefunden, Avignon, das Festival... Dann hat sie die Landkarte angeschaut, sie brauchte nur einem Fluss zu folgen.

»Ich wollte es sehen«, murmelt sie.

Sie lächelt eigenartig.

»Wir streiken!«, sagt Julie.

Das Mädchen nähert sich der Bühne.

Sie betrachtet das Bühnenbild. Den riesigen Vorhang aus Dunkelheit und Licht.

»Sind Sie die Schauspieler?«

»Ja...«

Sie berührt den Vorhang. Die schlaffen Streifen fühlen sich wie Plastik an.

»Wovon handelt *Nuit rouge*?«

»Es ist eine philosophische Erzählung«, erwidert Julie, »eine Art Fabel... Das Schicksal von ein paar Menschen, die Träume haben und sie dann nicht verwirklichen.«

Greg mischt sich ein.

»So einfach ist es nicht...«

Er kommt näher, geht in die Hocke und betrachtet die auffallend hellen Augen des Mädchens.

»Es geht um ein Mädchen und vier Jungen, die sich nicht kennen. Sie begegnen sich an einem Ort außerhalb der Stadt. Es gibt Hunderte wie sie, die sich auf einem Hügel treffen, um eine neue Welt zu definieren, eine Utopie. Sie haben nur ein paar Stunden. Es ist poetisch. Und auch hoffnungslos. Pessimistisch, es lässt der menschlichen Natur keine Chance.«

Julie nimmt ihren Platz wieder ein, fährt mit den Händen durch die Streifen des Vorhangs.

»Weißt du, wie ich ende?«

Sie entwirrt zwei Streifen.

»Ich sterbe, weil ich rote Digitalisblüten esse. Acht Gramm reichen aus, das Herz bleibt stehen.«

Sie lächelt.

»Das ist mein Schicksal.«

Das Mädchen betrachtet Julies Gesicht.

Sie hat nicht gewusst, dass ihr Bruder diese Geschichte geschrieben hat. Er hat ihr nie davon erzählt. Oder doch, und sie hat es vergessen...

Sie fährt mit der Zunge über den Ring in ihrer Lippe.

Paul schrieb im Lieferwagen. Um die Worte zu finden, starrte er durch die Windschutzscheibe, seine Augen brannten, und das machte ihr Angst. Vielleicht hat er ihr auch wegen der Traurigkeit nicht davon erzählt.

»Wie sieht eine rote Digitalis aus?«, fragt sie.

»Ein Stiel mit Blütentrauben, die wie hängende Glöckchen aussehen. Man kann die Finger hineinstecken. Sie sind wunderschön, aber sehr giftig, vor allem die Blätter.«

Das Mädchen nimmt ihren Rucksack. Bei uns gab es keine Digitalis, denkt sie.

Sie geht wieder zu Odon.

Ihr Bruder benutzte den Computer nicht. Sie tippte seine Texte, die er ihr diktierte. Er behauptete, seine Finger seien zu steif für die Tastatur.

»Wann haben Sie *Nuit rouge* bekommen?«

»Ich weiß nicht... Vor fünf Jahren.«

»Mit der Post?«

»Mit der Post, ja.«

Das Mädchen zieht die Augenbrauen hoch. Ihr Bruder ist seit fünf Jahren tot.

»Er hat Ihnen auch noch einen anderen Text geschickt.«

Sie erinnert sich an ihn. Sie hatte ihn zusammen mit ihm ein paar Wochen vor seinem Tod getippt. Er handelte von den Abenteuern eines Mannes, der die Welt verstehen will, indem er sich selbst beim Leben zusieht. Am Ende spricht er mit sich, als wäre er ein anderer, und wird verrückt. Die Geschichte hatte ihr gefallen.

»Sie hatte einen merkwürdigen Titel... Sagt Ihnen das nichts?«

»Nein.«

Sie nickt.

Paul hatte die Éditions Schnadel wegen Avignon gewählt, und weil das Theater Le Chien-Fou hieß. Er hatte gesagt, der Süden bringe ihm Glück.

Die Tür steht immer noch offen, sie schaukelt ein wenig im Wind.

Das Mädchen deutet auf ihren Rucksack aus Armeestoff, der nicht viel enthält.

»Ich dachte mir, Sie würden mich vielleicht nicht auf der Straße schlafen lassen.«

Odon steckt die Hände in die Hosentaschen und zieht ein Päckchen Zigaretten heraus.

»Das solltest du dir aus dem Kopf schlagen«, sagt er.

Es klingt ziemlich brutal. Sie errötet.

»Bist du wirklich die Schwester von Selliès?«, fragt er.

Sie nickt.

»Tut mir leid für deinen Bruder.«

Sie blickt auf das Plakat.

»Er hätte sich sehr gefreut... Ein kleines, billiges Hotel, wo kann ich das finden?«

Er zögert. Schließlich zieht er einen Flyer aus seiner Tasche und kritzelt eine Adresse auf die Rückseite.

»Geh in die Rue de la Croix, zu Isabelle, sie ist eine Freundin. Sag ihr, dass ich dich schicke.«

Sie nimmt das Papier, behält es in der Hand und geht den Mittelgang zurück.

»Wie heißt du?«, fragt er, als sie die Tür erreicht.

Sie dreht sich nicht um, neigt nur den Kopf ein wenig, im Profil.

»Marie.«

Sie geht hinaus. Die Sonne brennt auf den Platz, man könnte meinen, das Licht verschluckt sie.

»Jetzt können wir nur noch hoffen, dass Leute kommen«, sagt Damien und hebt den großen Vorhang hoch.

»Nur noch...«

»Wir kennen unseren Text.«

»Wenn du glaubst, das reicht.«

»Es wird schon klappen«, sagt Julie.

Sie hängen den Vorhang an den Haken der Stange auf, doch es gelingt ihnen nicht, ihn zwischen den übrigen Kulissenteilen hochzuziehen.

Eine Generalversammlung wird in aller Eile auf dem Vorplatz des Papstpalastes organisiert. Julie klebt das Plakat von *Nuit rouge* zu den anderen und streicht es mit einem Kreuz durch. In und Off, der Kampf ist für einen weiteren Abend der gleiche.

Theaterdirektoren nehmen das Mikro und prangern zum x-ten Mal finanzielle Kürzungen an, die sie zwingen, die Löhne zu senken, die Verträge neu zu verhandeln und die Künstler auszubeuten.

Odon hält sich abseits. Seit Jahren dümpelt das Festival schon vor sich hin. Zu viele Amateure. Zu viele Aufführungen, manche vulgär, seicht, reinste Fernsehunterhaltung. Das alles begeistert ihn nicht mehr.

Julie prangert einen Staat an, der sich zunehmend aus der Verantwortung stiehlt. Wütend verlässt sie die Gruppe. Geht zu ihrem Vater.

»Sie wollen Amateure und Profis gegeneinander ausspielen. Uns spalten, um besser regieren zu können…«

Wütende Pfiffe ertönen aus der Menge.

Theaterleute klettern auf die Barrikaden unter den Blicken der Polizisten, die nicht eingreifen.

Daneben gibt es Theatergruppen, die beschließen zu spielen, um zu retten, was zu retten ist, von einem Festival, das langsam erstickt.

Marie kommt in die Rue de la Croix. Sie überprüft die Nummer auf dem Flyer. Eine breite Fassade, vielleicht ein altes Palais, mit Pflanzen, die von den Balkonen herabhängen, fast tot, manche so vertrocknet, dass sie seit langem vergessen wirken. Die Fenster im oberen Stock sind geöffnet, weiße Vorhänge flattern im Wind wie große Segel oder ein Brautschleier.

Hinter einem der Fenster ein Plüschbär und eine Puppe mit Porzellangesicht. Man kann sie von der Straße aus erkennen. Der Kitt, der das Holz zusammenhält, hat sich aufgelöst. Alle Fensterscheiben sind staubig, nur diese eine nicht.

Es gibt keine Klingel, keinen Namen.

Marie drückt die Tür auf.

Eine breite Treppe führt nach oben. Es ist feucht, dunkel. Zwei Männer in Latzhosen kommen mit einem langen Wollteppich auf den Schultern herunter.

Marie geht die Stufen hinauf.

Eine alte Frau beugt sich im oberen Stockwerk über das Geländer. Sie trägt ein türkisblaues Charleston-Kleid, eine lange Perlenkette und ein schwarzes Stirnband mit Goldpailletten.

Aus der Nähe sieht sie aus wie eine Tempelwächterin.

»Sind Sie Isabelle?«, fragt Marie.

»Und du, wer bist du?«

»Marie.«

»Die Unbefleckte? Die, von der alle sprechen?«

Marie lässt ihren Rucksack in ihre Hand gleiten.

»Ich weiß nicht, wo ich schlafen soll, Odon Schnadel schickt mich.«

»Na ja, wenn Odon Schnadel dich schickt...«

Sie geht in die Wohnung. Marie folgt ihr. Der erste Raum ist groß und sehr hell, mit Holzparkett, einem Regal voller Bücher und einem alten Kamin.

Auf dem Parkett sind unter dem Staub noch die Umrisse des Teppichs zu erkennen. Und an den Wänden hellere Stellen, wo einmal Bilder hingen.

Fünf große Fenster gehen auf die leere Straße.

Marie lässt ihren Rucksack in der Diele stehen.

Isabelle geht in die Küche, setzt sich an den Tisch, holt ein Heft hervor und blättert die Seiten um.

»Fünf Minuten, und ich gehöre dir.«

In ihrer Zigarettenspitze steckt eine Davidoff.

Der Tisch ist übersät mit Papieren und Flaschen. In der Mitte eine mit Satyren verzierte Vase, in der Pfauenfedern stecken. Die Zeitung vom Tag.

Durch das Fenster dringt die heiße Luft herein.

Ein kleiner Bleistift ist mit einer Schlaufe aus blauem Stoff an dem Heft befestigt.

Isabelle schreibt:

»12. Juli: ein Foto von Agnès Varda, ein Teppich, eine Holzmarionette.«

Ihre Hände sind die Hände einer alten Frau, mit Pigmentflecken und geschwollenen Adern. Am Mittelfinger trägt sie einen großen quadratischen Amethysten.

»Auf dem Foto war Gérard Philipe im Kostüm von Perdican zu sehen.«

Ein mit Lamé durchwirkter Schal rutscht hinter ihr über die Lehne des Stuhls herunter.

Sie sagt: »Ich schreibe es auf, sonst vergesse ich es.«

Die Aschenbecher sind voll, es riecht nach kalter Asche. In einer Ecke der Küche ein Karton, der von leeren Flaschen überquillt, Bierdosen, zerknülltes Papier, ein Pizzakarton.

Isabelle hört auf zu schreiben und schließt das Heft.

Sie saß in einem Café in Paris, als ein Mann hereinkam und ihr mitteilte, Gérard Philipe sei gestorben. Das war im November 1959, es regnete, eiskalte Tropfen, und die Leute flanierten, es war alles dermaßen traurig.

Sie legt das Heft an seinen Platz zurück. Bei der Bewegung schlagen die weißen Perlen ihrer Kette gegen das Holz des Tisches. Sie sehen aus wie Perlmutt.

Sie erzählt, dass Gérard Philipe eines Abends *Le Cid* mit einem Polsternagel im Absatz gespielt habe.

»Er hat nichts gesagt, aber hinterher hat er sich zwischen die Kulissen gesetzt, seinen Schuh ausgezogen und laut geschimpft.«

Marie hört zu. Sie steht da, an den Türrahmen gelehnt.

Isabelle nimmt ihre Brille ab und schiebt sie ins Etui. Sie steht auf und stützt die Hände auf den Tisch.

»Du willst ein Bett, stimmt's?«

Sie deutet auf den Flur.

»Da sind Matratzen, Laken, Zimmer, manche sind bewohnt, andere nicht, such dir eins aus.«

Sie betrachtet Maries dünne Arme. Die durchscheinende Haut, die gepiercte Lippe, den Stift in der Augenbraue.

»Willst du was essen?«

Marie schüttelt den Kopf.

Der Flur, der zu den Zimmern führt, ist verstopft mit Rucksäcken, Kleidungsstücken, Koffern, ein paar Hüten und Wintermänteln, die an Nägeln hängen.

Ein junger Mann rezitiert einen Text vor einem offenen Fenster. Ein Mädchen sitzt auf dem Bett und hört Musik aus einem Discman.

Marie sucht sich ein leeres Zimmer. Ein Heizkörper aus Gusseisen, ein Stapel Decken. Das Fenster geht auf die Straße. Sie legt eine Matratze an die Wand und stellt ihren Rucksack darauf.

Der Fotoapparat.

Eine dicke Tapete bedeckt die Wand. Kleine weiße Pferdchen.

Sie setzt sich auf den Rand der Matratze. Es ist heiß.

Langsam fährt sie mit dem Finger über den Ring in ihrer Lippe, ein Piercing, das sie sich in Barbès hat machen lassen, auf der Innenseite ist Pauls Name eingraviert. Der Stift in der Augenbraue ist ebenfalls aus Barbès. Ansonsten eine Reihe kleiner Ringe im Ohrläppchen. Einer für jeden Todestag. Sie hat es sich geschworen, dass einmal ihr ganzes Gesicht voll davon sein wird. Nach ihrem Tod wird man sie verbrennen und eine Menge Eisen übrig behalten.

Das Fenster der Garderobe geht auf den Eingang des Theaters. Eine schmale Gasse ohne Autos.

Die Jogar hört die Straßengeräusche. Die Unterhaltungen, das Gemurmel. Sie spürt die Bewegungen, die Präsenz des Publikums, das vor den Türen wartet. Ihre Truppe hat nicht für den Streik gestimmt, doch die Meinungen waren geteilt. Sie wirft einen Blick durch den Spalt des Fensterladens. Festivalbesucher sitzen auf dem Bürgersteig, sie essen Sandwiches und blättern in ihren Programmheften.

Sie geht zum Tisch zurück. Avignon ist ihre Stadt. Hier zu spielen ist schwieriger als anderswo.

Sie braucht ein paar Minuten für sich. Sie lässt einen Tropfen Öl in ihre Hand gleiten, einen Balsam, den sie sich aus Indien schicken lässt, und reibt ihren Hals und ihre Arme ein. Ihre Hände.

Die Glühbirnen des Spiegels beleuchten ihr Gesicht. Sie trinkt einen Schluck Wasser.

Ein Blick auf die Wanduhr.

Jeder Auftritt ist eine einzige Qual. Sie kennt alles, den Blackout, den Versprecher, die extreme Erschöpfung. Sie kennt die Augenblicke danach, in der Garderobe.

Sie singt ein paar Vokalisen, die Hand auf der Brust.

Pablo kommt in die Garderobe. Er ist seit drei Jahren ihr Assistent.

»Wir sind ausverkauft«, sagt er und legt einen Armvoll Rosen auf den Tisch.

Er massiert ihren Nacken.

Phil Nans steckt den Kopf herein.

»Alles in Ordnung, *cara mia*?«

Sie lächelt. Er ist ihr Bühnenpartner, ihr Mann von der Straße, ebenso gutaussehend wie Clint Eastwood.

Er kommt näher, küsst ihr die Hand.

»Gehen wir?«

Auf der Bühne stimmen die Bühnenarbeiter die letzten Feinheiten der Beleuchtung ab. Die Requisiten sind an ihrem Platz, ein Tisch, vier Stühle, ein Transistorradio. Eine Karaffe Eistee und zwei große Gläser.

Der Vorhang ist geschlossen. Sie hört das undeutliche Stimmengewirr auf der anderen Seite. Die Nervosität steigt.

Sie tauschen einen Blick.

Dann hört sie die drei Schläge. Das Blut weicht aus ihrem Kopf. Die Sohle ihres Schuhs berührt leicht den Boden. Diejenigen, die im ersten Rang sitzen, nehmen diese flüchtige Berührung wahr. Sie ist Teil der Vorstellung. Wie die Worte, der Ton, das Licht. Wie sogar das Atmen der Jogar.

Mit der Hand zieht sie den Stuhl. Sie wird zu Meryl Streep, vier ganze Tage, auf der Straße von Madison, in der Nähe der Roseman Bridge, in der schwülen Hitze von Iowa.

»›Es ist nicht viel los in der Stadt abends, in Iowa…‹«

Ihre Stimme ist träge, heiser, der Körper schwer, die Lippen feucht.

Vor ihr Hunderte von Gesichtern im Dunkel.

»›Ich bin nur eine Hausfrau mitten im Nirgendwo, meine Geschichte ist vollkommen uninteressant.‹«

Alles spielt sich in der Schwüle des Verlangens ab. Diese Straße ist ihre Suche.

»›Wenn Sie zu Abend essen wollen, kommen Sie zu mir um die Zeit, da die Nachtfalter fortfliegen.‹«

Dieser Satz lässt sie erschauern.

Sie spielt nicht mehr. Sie ist längst darüber hinaus. Es dauert etwas länger als eine Stunde.

Am Schluss nimmt sie Phil Nans' Hand und bittet darum, dass im Saal das Licht angemacht wird. Sie will die Gesichter sehen. Sie sagt: »Ich will Sie sehen!«

Das Publikum erhebt sich und applaudiert. Leidenschaftliche Bravorufe, die auch von Tränen begleitet sind.

Sie brennt sich in ihr Gedächtnis ein. Sie blickt sie an, sie schont sie nicht. Dafür lieben die Menschen sie. Später schreiben die Zeitungen andere Dinge, dass sie schön sei, dass sie das gewisse Etwas habe. Sie schreiben auch, dass sie arrogant sei.

Ein paar Augenblicke bleibt sie noch so stehen, ganz nah am Bühnenrand, schweißgebadet, mit wirrem Haar. Sie mustert die Gesichter, sie sucht jemanden, ohne zu wissen, wen. Einen Nachbarn, einen Freund. Ihren Vater vielleicht?

Es ist niemand da.

Sie wendet sich ab, geht, bevor sie gehen. Sie verlässt die Bühne, wie sie sie betreten hat, bei offenem Vorhang. Unfähig, noch irgendetwas zu sagen.

Ein paar Leute warten hinter den Kulissen auf sie. Sie schüttelt Hände, gibt Autogramme.

Draußen ist Abend. Auf den Straßen herrscht Gedränge, und die Zikaden sind endlich verstummt.

Für das Chien-Fou ist es der vierte Abend, an dem sie nicht spielen. Über *Nuit rouge* prangt ein schwarzes Kreuz.

Die Festivalbesucher, die gewartet haben, gehen wütend und fragen sich, wozu man kreativ ist, wenn man seine Kunst nicht unter die Leute bringt. Die Theater, die geöffnet bleiben, spielen vor vollem Haus, sie holen sich das Publikum derer, die nicht spielen.

Marie will keine anderen Stücke sehen, also treibt sie sich herum. Die Stadt ist hell erleuchtet, überall herrscht Feststimmung, doch unter der Musik brodelt es.

Touristen sitzen auf den Terrassen, und freie Theaterleute demonstrieren.

Sie kauft sich Zuckerwatte und setzt sich auf die Stufen an der Place de l'Horloge. Sie schaut einem jungen Mann zu, der mit Fackeln jongliert.

Julie hatte sich eine tote Stadt gewünscht, doch die Solidarität ist eher halbherzig.

Sie isst mit den Jungs an der Place des Carmes zu Abend. Sie haben es nicht eilig, schlagen vor, tanzen zu gehen.

Damien küsst Julie, flüstert ihr ins Ohr. Sie riecht nach Talkum, nach Vanille.

»Schön bist du auch noch…«

»Und was noch?«

Er flüstert weiter. Sie küsst ihn leidenschaftlich. Ihr Körper glüht. Ihre Haut ist feucht.

»Gehen wir schwimmen?«

Er vergräbt sein Gesicht zwischen ihren Brüsten. »Ich geh mit dir, wohin du willst!«

Sie verlassen die anderen.

Eng umschlungen laufen sie durch die Nacht. Begegnen Freunden. Bemerken Marie auf den Stufen. Weitere Freunde.

Plötzlich bleibt Julie stehen. Auf einem der Plakate hat sie ein Gesicht erkannt.

Sie löst sich von Damien, geht zurück. Diese Augen, dieses Lächeln.

Sie verzieht das Gesicht.

Das ist die Jogar.

Die Tränen ihrer Mutter, die Streitereien, die Schreie. Die Koffer, die eines Morgens auf dem Deck des Kahns standen, das wartende Taxi. Sie war fünfzehn. Sie verfluchte ihren Vater, konnte nicht verstehen, warum er sie nicht zurückhielt.

Sie streckt die Hand aus, kratzt mit den Fingernägeln am Gips, löst eine Ecke des Plakats. Dann zieht sie mit einer schnellen Bewegung. Das Papier zerreißt, teilt das Gesicht in zwei Hälften. Sie entfernt den Rest.

Sie nimmt sich das nächste Plakat vor. Passanten schauen ihr zu.

Damien legt seine Hand auf ihren Arm.

»Hör auf damit.«

Sie hört nicht auf ihn.

Ihre Mutter war unglücklich, und ihr Vater auch.

Damien nimmt ihre Hand und zieht sie von der Mauer weg.

Hinter ihr wehen die Fetzen des Gesichts über den Bürgersteig.

Odon löscht die Lichter im Theater, zieht die Tür zu und schließt hinter sich ab. Es ist spät, der Platz ist ruhig. Das Restaurant de l'Épicerie geschlossen.

Er geht die Rue de la Banasterie hinauf. Das Hotel La Mirande liegt ganz in der Nähe, eines der luxuriösesten der Stadt, versteckt in einem ruhigen Viertel hinter dem Papstpalast.

Odon geht an den Mauern entlang, die den Garten umgeben. Er kommt an den Türen vorbei. Ein Range Rover parkt in der Nähe des Eingangs. Ein amerikanisches Touristenpaar geht etwas angesäuselt hinein. Er bleibt stehen und zündet sich eine Zigarette an.

Im Patio brennt Licht.

Die Jogar ist da, irgendwo in einem Zimmer, vermutlich einem von denen, die auf die Gärten gehen. Er überlegt, ihr eine Nachricht zu hinterlassen, sich mit ihr zu verabreden, ein gemeinsames Mittagessen. Vielleicht ist sie nicht allein.

Er fährt sich mit der Hand übers Gesicht. Und wenn er alt geworden ist?

Langsam setzt er seinen Weg durch die Passage Peyrollerie und die Rue de Mons fort.

Er erinnert sich an ihre Begegnung, es war in einem Theater nur ein paar Straßen entfernt, sie spielte Tschechow, an vier Abenden, mit einer Truppe aus Lyon. Sie bückte sich, um ihren Schuh zuzubinden, er begegnete ihrem Blick. Es war ein ehemaliges Bistro, das umgebaut worden war, er saß in der dritten Reihe. Am nächsten Tag war er wieder da. Nach der

Aufführung wartete er auf dem Bürgersteig auf sie. Sie war müde, sie wollte ins Hotel zurück und schlafen. Sie wechselten ein paar Worte, rauchten eine Zigarette.

Er erzählte ihr von der Rhone, vom Fort Saint-André, von den Sehenswürdigkeiten. Sie lachte, sie kenne das alles. Ich bin hier geboren, eine Kindheit innerhalb der Stadtmauern.

Sie sprachen über das Viertel.

Ihr Hotel lag in der Rue des Lices. Er begleitete sie nach Hause. Es war windig, ein Mistral, der über alles hinwegfegte.

Er schlug ihr vor, am nächsten Tag, bevor sie abfahren würde, ins Chien-Fou zu kommen, sie könnten einen Kaffee trinken. Sie sagte, vielleicht würde sie kommen. Dabei wusste sie, dass sie es nicht tun würde. Sie schüttelten sich vor dem Hotel die Hand.

Sie war noch keine dreißig. Er war zehn Jahre älter, mit Nathalie verheiratet, und Julie würde bald ihren fünfzehnten Geburtstag feiern.

Sie fuhr sehr früh am Morgen nach Lyon zurück. Er betrat den Platz, als sie gerade herauskam. Nach kurzem Zögern ging er zu ihr. Er sagte ein paar Worte, dass ihre Tasche schwer aussähe, dass sie es sicher nicht gewohnt sei, morgens so schwere Dinge zu tragen. Er streckte die Hand aus. Trug die Tasche zu ihrem Wagen. Stellte sie auf den Rücksitz. Sie wechselten ein paar Worte und blickten auf die Rhone. Bevor sie losfuhr, winkte sie ihm zu. Wenn sie gut durchkäme, wäre sie noch vor zehn zu Hause.

Am nächsten Tag stimmt die Truppe dafür, einen Abend zu spielen, die Einnahmen sollen dem Solidaritätsfonds der freien Theaterleute und Bühnenarbeiter zugutekommen.

Odon ist erleichtert. Er lässt sich auf einen Sitz fallen, den Platz 103 in der letzten Reihe. Direkt darunter befindet sich ein kleines Versteck im Boden. Er braucht nur die Hand auszustrecken. Es ist nicht sehr tief und enthält Bücher, ein Fläschchen Whisky und andere unbedeutende Dinge.

Er zündet sich eine Zigarette an.

In diesem Saal hat er Mathilde zum ersten Mal geküsst. Er hatte nicht geglaubt, dass er sie wiedersehen würde, doch ein paar Wochen später war sie zurückgekommen. Nach dem Auslaufen ihres Vertrags hatte sie Zeit gehabt und war einfach losgefahren. Schlank, anmutig, die Tasche über der Schulter, war sie auf ihn zugekommen: »Gilt die Einladung zum Kaffee noch?« Sie verbrachten den Abend miteinander und einen Teil der Nacht. Ihr Mund war auffällig breit. Er kehrte nach Hause zurück und drückte seine Lippen auf Julies Stirn. Ein weiterer Kuss auf die Lippen seiner Frau. Dann schlief er am Bettrand ein. Am nächsten Morgen machte Nathalie wie immer Kaffee. Sie musste früh los, eine Reportage über eine Ausstellung alter Marionetten. Er saß lange allein vor seiner Tasse. Er hatte Mathilde wiedergesehen, und alles, was in seinem Leben wichtig war, das Vertrauen seiner Frau und Julies Lächeln, all das interessierte ihn plötzlich nicht mehr.

Er ließ zwei Tage verstreichen.

Am dritten rief er Mathilde an. Er gab ihr eine Rolle in *Le Dépeupleur**. Anschließend ließ er sie in einem Stück von Georges Feydeau spielen.

Er raucht in aller Ruhe, den Nacken an die Sitzlehne gepresst.

Die Bühnenarbeiter gehen auf die Bühne, um den Vorhang aufzuhängen. Sie reden laut, schreien sich an.

Die Theatergruppe, die *L'Enfer* spielt, streikt weiterhin.

Odon kehrt in sein Büro zurück. Die Post liegt auf dem Tisch. Zeitschriften, ein paar Rechnungen. Flugblätter in einem Karton. Er reißt eine Packung M&Ms auf, verschlingt sie und öffnet eine zweite.

Er geht eine Treppe höher. Der Raum ist als Studio eingerichtet und vollgestopft mit Hüten, Sonnenschirmen, Holzpferden, Kulissenteilen, einer Menge Kartons und Stoffe. Mittendrin ein Bett. Er geht zum Waschbecken und kühlt sich das Gesicht.

Er zieht ein frisches Hemd an.

Er öffnet das Fenster einen Spalt. Die Sonne brennt auf den Platz. Die Touristen schlendern umher auf der Suche nach ein wenig Schatten. Er sieht Marie vor dem Theater, sie macht Fotos.

Hammerschläge lassen die Fensterscheiben erzittern. Fröhliche Stimmen rufen sich etwas zu.

Jemand pfeift.

Odon schließt das Fenster. Er geht hinunter. Ein Techniker kniet im Flur, den Kopf im Sicherungskasten. Ein offener Werkzeugkoffer mitten im Gang.

»In einem Theater pfeift man nicht!«, schimpft er.

Der Mann hebt den Kopf.

---

* Samuel Beckett (1970, dt. *Der Verwaiser*).

»Ich repariere die Klimaanlage...«

Odon knurrt.

»Das ist kein Grund. Es bringt Unglück, wissen Sie das nicht?«

Der Mann wischt sich die Hände an der Hose ab.

»Wie auch immer, die ganze Anlage ist im Eimer.«

Er schließt seinen Werkzeugkoffer.

Odon versetzt dem Punchingball einen heftigen Schlag. Ohne Handschuh, es tut weh.

In allen Theatern herrscht die gleiche Anspannung.

Julie steckt den Kopf herein.

»Gibt es ein Problem?«, fragt sie.

»Es ist nichts, nur ein Idiot, der pfeift.«

Er steht da, an den Schreibtisch gelehnt.

»Wir proben in fünf Minuten.«

Sie wirft einen Blick auf die Wanduhr.

»Wir haben keine Zeit.«

»Dann werden wir sie uns nehmen. Der Anfang ist zu langsam, wir müssen das noch mal durchgehen, ihr bewegt euch nicht richtig auf der Bühne.«

Er sieht seine Tochter an.

Julie ist furchtbar angezogen: Rot, Gelb, Karos und Blumen, sie kauft ihre Kleidung gebraucht auf eBay und läuft dadurch in recht eigenartigen Outfits herum.

»Ruf die anderen zusammen...«

Sie rührt sich nicht.

Odon ist müde, er hat Tränensäcke unter den Augen. Seine Lider sind schwer. Die Jogar ist in der Stadt, er weiß es, er denkt an sie, und das sieht man.

Julie verschränkt die Arme.

»Hast du sie wiedergesehen?«, fragt sie.

»Hör auf...«

»Womit?«

Er geht auf sie zu.

»Nerv mich nicht, Julie.«

Sie senkt den Blick. Er hat ihr alles beigebracht, wie man richtig atmet, spricht, sich bewegt. Der Körper muss dem Text dienen, immer.

Er hat ihr beigebracht zu fordern.

»Ich nerve nicht, ich will es wissen.«

»Ich mische mich auch nicht in dein Leben ein.«

»Meinst du Damien? Damien liebt mich, und ich liebe ihn.«

Er drückt seine Zigarette aus. Er geht zu ihr und presst sie an sich, mit geschlossenen Armen.

»Du liebst ihn nicht.«

Julie wehrt sich. Er zwingt sie stehen zu bleiben. Ihr Haar riecht nach Sonne, er vergräbt sein Gesicht darin, es riecht auch nach Rauch.

Auf dem Platz zieht eine Theatergruppe singend vorbei, mit Trommelwirbel, er klingt wie Donner.

Odon lässt sie los.

»In fünf Minuten ... Vier jetzt noch.«

Julie kippt den zu Pulver zermahlenen Ton in die Schüssel, fügt Wasser hinzu und rührt. Der Brei wird glatt.

Sie beugt sich darüber.

»Es riecht nach dem Fluss«, sagt sie.

Sie taucht die Hand hinein, nimmt etwas Ton und streicht ihn über ihren Hals. Sie streicht ihn auch über ihr Haar und über ihre Beine.

Sie lächelt den Jungs zu.

»Danach werdet ihr eine ganz weiche Haut haben.«

Dieser Ton ist ihr Kostüm. Sie tauchen die Hände hinein, bedecken ihre Haut damit, ihre Kleidung, Hose und Jacke bei den Männern, den Rock bei Julie. Wenn es trocknet, wird der Ton grau, löscht ihre Gesichtszüge aus, entstellt ihre Gesichter.

Es wird noch heißer.

»Man erkennt sich gar nicht mehr«, sagt Damien.

Odon sieht sie an.

»Wenn ihr fertig seid, nehmen wir uns den Anfang noch mal vor.«

Die ersten Minuten, Julies langer Monolog. Die Inszenierung ist streng. Die Probe angespannt.

»Warum ist es so heiß?«

»Das liegt an der Klimaanlage...«, sagt Jeff.

Julie probt allein.

»*Ist es im Bauch der Götter wie in meinem, der gleiche unerträgliche Lärm?*«

»Deine Stimme, einen Ton tiefer, heiser.«

Sie fährt fort.

»*Die Unschuld ist eine Illusion, und die Städte sind voller Schuldiger... Ich gehe, ohne zu wissen, wohin.*«

Sie spricht weiter.

Unaufhörlich muss sie von vorn anfangen. Odon hat große Autoren auf dieser Bühne inszeniert. Er will, dass *Nuit rouge* perfekt wird.

Er nimmt Yann am Arm, ändert seine Position.

»Was du sagst, hängt auch davon ab, von wo aus du schaust.«

Damien hat die Nase voll. Er sagt, das habe doch alles gar keinen Sinn mehr, mit dem Festival sei es aus und vorbei.

Odon will davon nichts hören. Er will spielen, auch wenn er der Einzige ist in einer toten Stadt.

Er wird nicht laut.

»Ich frage mich, warum wir das alles machen«, sagt Chatt'.

»Was, das?«

»Spielen, proben, einander ertragen.«

Odon zündet sich eine Zigarette an, die Flamme des Feuerzeugs beleuchtet die beiden tiefen Falten, die seinen Mund einrahmen.

»Fürs Geld natürlich, es ist die Verlockung des leicht verdienten Geldes... weswegen sollten wir es sonst tun?«, sagt er und bläst den Rauch in die Luft.

Julie lacht sich halb kaputt.

Sie öffnet ihr Handtäschchen aus künstlichen Perlen, holt Zitronenbonbons heraus und gibt jedem eins.

Das Handy vibriert in ihrer Tasche. Eine SMS.

»Mama will wissen, ob ich heute Abend spiele...«

Sie tippt ein paar Worte, eine rasche Antwort.

Nathalie ist Chefredakteurin bei der Lokalzeitung in Avignon. Sie kennt alle Stimmungen dieser Stadt, alle Gerüchte.

Mit den Jahren hat sie sich einen guten Ruf erworben. Alles, was veröffentlicht wird, geht über ihren Schreibtisch.

Und sie liebt ihre Tochter.

»Es müsste schon gehen«, sagt Odon. »Ich verspreche euch nicht das Blaue vom Himmel herunter, aber es müsste gehen...«

Sie gehen hinaus, um Flyer zu verteilen, Körper und Gesichter mit Ton beschmiert. Greg geht voraus, Damien, Yann, Julie und Chatt' folgen. Die Schaulustigen treten zur Seite, um sie durchzulassen, man schaut sie an, fotografiert sie.

Sie sind Statuen aus Lehm.

Sie verteilen Flyer. Zwei Stunden lang, in den Straßen und auf den Terrassen der Cafés. Tonfarbene Schweißperlen rinnen über ihre Schläfen. Andere Theatergruppen verteilen neben ihnen Flyer, auf denselben Terrassen, drei Clowns auf Mofas, Mönche mit blauen Perücken, weiter entfernt Schauspieler in Molière-Kostümen. Die Konkurrenz ist groß. Flyer verteilen, erzählen, sich verkaufen. Damien mag das gar nicht.

»Wir haben keine Wahl«, sagt Julie.

Die Place de l'Horloge ist schwarz von Menschen. Die streikenden Theatergruppen gehen auf sie los. Drohungen werden laut. Julie fühlt sich unbehaglich, sie versteht ihren Zorn, aber sie hat auch große Lust zu spielen. Auf die Bühne gehen, *Nuit rouge* zeigen, das reizt sie, und sie versucht es ihnen zu erklären.

Die Antwort sind laute Trommelwirbel.

Sie beschließen, ins Theater zurückzukehren.

Die Truppe, die das Vaudeville spielt, ist noch auf der Bühne. Im Saal nur drei Zuschauer.

Als sie gehen, lassen sie ihre Requisiten im Gang stehen, ein Haus aus Pappe, eine große Sonne und ein lebendiges Huhn im Käfig. Das Huhn stinkt nach Federn und Kot.

Marie sieht sie weggehen. In ein paar Stunden wird sie im Zuschauerraum des Chien-Fou sitzen. Sie wird den Worten ihres Bruders lauschen. Seit Wochen wartet sie darauf.

Paul hatte oft gesagt, du musst Träume haben, die wie große Passagierdampfer sind. Dann hatte er Marie bei der Hand genommen, und sie hatte das Gefühl gehabt, dass ihr niemals etwas Schlimmes zustoßen könnte.

Drei Männer der Stadtreinigung rauchen in dem Gässchen im Schatten der Mauer. Die Große Odile klappt den Fensterladen zur Seite, die Demonstranten sind ganz in der Nähe, sie hört ihr Trommeln. In die Rue des Bains verirrt sich nie jemand, der Asphalt ist löchrig, es gibt nichts zu sehen, kein Theater, keine Läden. Man muss schon gezwungen sein. Oder sich verlaufen.

Odile seufzt.

Die Akazie hat Durst, ihre Blätter werden gelb. Jeff sagt, man müsse Tausende Liter Wasser fließen lassen, nur um ihre Wurzeln zu durchfeuchten.

Sie dreht sich zu Odon um.

Ihr Bruder sitzt am Tisch. Er hat einen Riesenhunger und verschlingt die Auberginen und die Pastete aus dem Kühlschrank. Sie sieht ihm beim Essen zu.

Die Jungs sitzen auf dem Sofa und schlafen in der Hitze. Der Fernseher läuft ohne Ton. Alles, was Odile vom Festival sehen will, sieht sie auf dem Bildschirm, oder Odon erzählt es ihr.

»Kommst du heute Abend in die Vorstellung?«, fragt er.

»Warum? Spielt ihr etwa?«

»Ja, wir treten wieder auf.«

Odile ist überrascht.

»Die ganze Stadt streikt, und du nicht?«

Odon verspannt sich. Nur hundert Theatergruppen von mehr als sechshundert!

»Wir sind nicht die Einzigen.«

»Ja, aber du...«

»Nerv mich nicht!«

Er zieht die Pastete zu sich, stößt sein Messer hinein und holt ein breites Stück aus der Terrine, das er auf dem Brot zerdrückt.

»Also, kommst du?«

»Nein.«

»Warum nicht?«

»Du weißt doch, ich bin zu blöd dafür, das ist nichts für mich.«

Odon zuckt die Achseln.

»Das Theater ist für alle«, sagt er.

»Für manche mehr als für andere, außerdem habe ich kein Kleid...«

Die Zeitung liegt aufgeschlagen auf dem Tisch. Ein Bleistift, ein Radiergummi. Das Kreuzworträtsel ist teilweise ausgefüllt. »Japanische Erleuchtung mit sechs Buchstaben.« Odile hat *réveil* geschrieben.

Odon radiert.

»Es ist völlig egal, was du anziehst«, erwidert er schließlich.

Sie beugt sich über seine Schulter.

»Warum radierst du das aus?«

»›Japanische Erleuchtung‹ ist *satori*... Deswegen bist du nicht weitergekommen.«

Er überprüft die anderen Wörter.

Ihre Unterhaltung mischt sich in das langsame Atmen der Jungs.

»Du solltest wenigstens auf den Platz gehen.«

»Und was soll ich da?«

»Einen Kaffee trinken, die Leute beobachten... Es gibt Straßenaufführungen.«

Sie leert den Wäschekorb in die Trommel der Waschmaschine, schließt die Tür und lässt das Programm laufen.

Sie dreht sich um, die Hände über dem Bauch gefaltet.

»Warum musst du immer so hartnäckig sein?«

»Ich träume von einer besseren Welt«, sagt er und zündet sich eine Zigarette an.

»Eine Welt, in der alle ins Theater gehen? Man kann nicht für die anderen träumen.«

Er steht auf und öffnet den Fensterladen einen Spalt.

Doch, kann man, denkt er.

Odile betrachtet ihn. Er ähnelt seinem Vater, die gleichen breiten Schultern, die etwas plumpe Gestalt.

»Jeff will mit Flügeln und Leierkasten auf dem Vorplatz auftreten«, sagt sie.

Odon bläst den Rauch durch den Spalt des Fensterladens. Seit einiger Zeit erträgt Jeff die Einsamkeit nicht mehr.

»Warum nimmst du ihn nicht wieder bei dir auf?«

Er hört seine Schwester seufzen.

Zwischen Jeff und ihr gab es eine Liebesgeschichte, die in einer Streiterei ums Geld endete, eine lebenslange Schuld, die in die Zeit zurückreicht, als sie zusammenlebten. Odile versteckte ihre Ersparnisse in einem Paar Stiefel unter der Treppe. Eines Tages machte Jeff dort sauber, die Stiefel waren alt, und er schmiss sie weg. Als Odile das bemerkte, war die Müllabfuhr bereits da gewesen. Sie hätte Jeff beinahe umgebracht. Seitdem gibt es ein Abkommen zwischen ihnen, er zahlt zurück, in kleinen Raten, Schein für Schein.

Odon schließt den Fensterladen. Wirft einen Blick auf seine Uhr. Er hat dem Pfarrer eine Schachpartie versprochen.

Rasch drückt er einen Kuss auf die feuchte Stirn seiner Schwester.

Er geht zur Küchentheke zurück. Der Ventilator läuft, dreht

sich mit quietschenden Flügeln. Irgendwann wird er stehen bleiben.

Zwei Karten sind unter die Schale geschoben. Odon zieht sie hervor. Weißes bedrucktes Papier. Zwei Karten für *Die Brücken am Fluss*.

Er dreht sich langsam um, wirft seiner Schwester einen fragenden Blick zu.

»Sie ist da gewesen«, sagt Odile.

Ihre Hand liegt auf der Tischkante.

»Es geht ihr gut…«

Mathilde ist da gewesen. Er lässt den Blick durch den Raum wandern, als hätte sie eine Spur hinterlassen, ein Glas, eine Kippe, ein Parfum.

»Sie hat nicht angerufen, sie ist einfach gekommen, ohne Bescheid zu sagen. Ich habe hinausgeschaut, da stand sie im Hof…«

Es ist Zeit für Jeff, die Hunde abzuholen, drei sanftmütige Hofhunde, die in den ersten fünf Minuten von *L'Enfer* auf der Bühne erscheinen. Nach dem ersten Akt werden sie nicht mehr gebraucht, und Jeff bringt sie in den Zwinger zurück.

Er wird dafür bezahlt.

Das Geld gibt er anschließend Odile, um seine Schulden zu begleichen.

Die Theatergruppe setzt ihren Streik fort, die Hunde bleiben, wo sie sind.

Jeff wäscht stattdessen seine Wäsche im Waschsalon in der Fußgängerzone.

Während das Programm läuft, bummelt er durch die Stadt. Odon und der Pfarrer spielen Schach auf dem Platz. Jeff nimmt eine Dusche im Theater. Er füllt zwei Flaschen mit Wasser. Dann holt er seine Wäsche und kehrt ins Gefängnis zurück.

Unter seinem Bett hat er eine Kiste voller Nüsse. Er knackt ein paar. Die Kerne zerquetscht er in einer Pfanne, er liebt den Geschmack des heißen Öls mit Brot und rohen Zwiebeln.

Er isst.

Danach legt er sich hin, die Hände hinter dem Nacken verschränkt.

Er träumt von Abfahrten und Zügen.

Der Priester beendet die Schachpartie mit Odon.

Noch sitzen sie im Schatten der Mauer, doch nicht mehr lange.

Mädchen bleiben stehen, um ihnen zuzuschauen, in Trägerkleidern und Sandalen mit Blumenmuster, sie wechseln ein paar Worte in einer Sprache, die Odon nicht erkennt.

Sie suchen sich einen Tisch auf der Terrasse, mit dem Rücken zur Sonne. Ihre Schultern glänzen.

Odon bewegt seinen Turm vorwärts. Noch ein paar nutzlose Züge, und er ist schachmatt.

Für heute ist er geschlagen.

Er betrachtet die Mädchen.

»Ich frage mich, wie sie diese Hitze ertragen.«

»Sie bereiten sich auf die Hölle vor ...«, sagt der Pfarrer.

Sie stellen die Schachfiguren wieder auf. Hinter ihnen klebt ein Zitat von Peter Brooks: »Der Teufel ist die Langeweile.«

Ein Paar geht in die Kirche, ein anderes folgt. Der Pfarrer muss in einer knappen Stunde die Messe lesen.

Sie stehen auf. Der Platz ist glühend heiß. Sie überqueren ihn und treten in den kühlen Schatten unter dem Gewölbe. Der Pfarrer bekreuzigt sich mit einer halben Kniebeuge, die Stirn auf dem Weihwasserbecken. Eine schwarz gekleidete Frau döst auf einer Bank. Der Organist übt.

Das Kirchenschiff, Jesus am Kreuz, der Altar. Sie sperren die Sakristei hinter sich ab.

Der Betstuhl steht neben dem Fenster, daneben ein Pult mit

der Bibel. Altes und Neues Testament. Auf den Bügeln hängen die Kirchengewänder. An der Wand ein Möbelstück mit Fächern.

Darin Pokerspiele, eine Schublade, die sich abschließen lässt.

Der Pfarrer holt zwei Gläser heraus und eine bereits geöffnete Flasche.

Odon zündet eine Kerze an und löscht die Flamme sofort wieder zwischen zwei Fingern. Er wiederholt es mehrmals.

Sie sprechen über das Festival. Es sieht alles sehr schlecht aus.

»Chirac soll morgen sprechen, mal sehen, was er sagt.«
»Das ist nicht gut fürs Geschäft…«
»Es ist für niemanden gut.«

Der Priester zieht den Korken aus der Flasche und schnuppert. Dieses Jahr hat er sich entschließen müssen, einen Raum der Kapelle zu vermieten. Sie spielen dort ein Stück von Iwan Wyrypajew. Mit dem Geld lässt er die Kirche renovieren. Vor jeder Vorstellung bedeckt er das Gesicht der Jungfrau mit einem weißen Tuch, sie soll die gottlosen Küsse nicht sehen.

»Wie erklärst du, dass deine Immaculata ein Kind ausgetragen hat, ohne es jemals getan zu haben?«, fragt Odon.

Der Pfarrer füllt die Gläser. Der Wein hat eine schöne Farbe, ein granatfarbenes Rot.

»Die Gnade des Allmächtigen, eine göttliche Gunst. Aber das kannst du nicht verstehen, der Begriff der Reinheit wird dir immer fremd bleiben.«

Er dreht sein Glas.

»Ein göttliches Licht!«, sagt er und hält es gegen das Fenster.

Er nimmt einen Schluck und behält ihn im Mund. Die Macht des guten Weins ähnelt der Macht Gottes, sie macht die Menschen besser. In der richtigen Menge klärt er die Gedanken und verstärkt die Gefühle.

Odon zuckt die Achseln. Er hat versucht, an Gott zu glauben, aber das ist lange her, in der Jugend, Gebete, die er zum Himmel schickte, mit ausgebreiteten Armen, inbrünstig, verzweifelt.

»Man führt Kriege im Namen deines Gottes, Pfarrer.«

Sie wechseln einen Blick.

Auf dem Pult liegt ein aufgeschlagenes Buch, ein Stich von Dionysos. Odon zieht das Buch zu sich. Dionysos ist der Gott des Winters, der Toten und der Unsterblichkeit. Mathilde sagte, er sei der Gott des Weins, der Wollust und des Sex.

Lebenssaft, Sperma und Blut gegen die Unsterblichkeit?

Der Priester genießt seinen Wein.

»*Memento mori*...«*

Er trinkt einen Schluck.

»Im Viertel wird von Mathilde gesprochen«, sagt er und stellt sein Glas ab.

Odon weiß, was man sagt. Dass sie zurückgekommen ist, aber dass sie sich Zeit gelassen hat, dass man nicht so lange von zu Hause fortbleibt. Man wirft ihr vor, überall anders gespielt zu haben, bevor sie in ihre Heimat zurückgekehrt ist.

»Ich erinnere dich daran, dass ihr Vater sie vor die Tür gesetzt hat. Ich weiß nicht, was ohne Isabelle aus ihr geworden wäre.«

»Isabelle ist ihre Tante...«

»Na und?... Sie wollten alle nichts von ihr wissen, und als sie berühmt wurde, haben sie behauptet, sie würde sie verachten.«

»Reg dich nicht auf...«

---

* Sei eingedenk, dass du sterben musst.

»Ich rege mich nicht auf.«

Er zieht den Riegel zur Seite und öffnet das Fensterchen, das auf den Platz geht. Pantomimen sind gekommen, Marionettenspieler, die eine Stoffpuppe hin und her schwenken und sich einbilden, Kasperletheater zu machen. Schaulustige bleiben stehen, in Shorts, das Programm in der Hand, ohne recht zu wissen, was sie da machen. Sie langweilen sich, schauen einen Moment zu. Später werden sie Postkarten verschicken, auf denen sie schreiben, dass es ihnen gut geht und dass schönes Wetter ist.

Odon geht zum Tisch zurück.

Er nimmt sein Glas und trinkt es in einem Zug aus.

Der Pfarrer ist fassungslos.

»Weißt du eigentlich, was du da trinkst?«

Odon weiß es nicht.

»Einen Gruaud-Larose 1993 Saint-Julien Grand Cru.«

Odon blickt auf das Etikett.

»Solche Flaschen kannst du dir leisten?«

Der Pfarrer antwortet nicht. Eine Dame der Pfarrgemeinde, die für viele Sünden Buße tun musste…

Marie betritt die Église Saint-Pierre. Die Messe ist gerade vorbei, die Orgel spielt noch. Die Musik hallt durch den Raum. Die Töne scheinen sich zu überlagern, es klingt wie mehrere Instrumente gleichzeitig. Der Lärm ist ohrenbetäubend. Dichte Weihrauchschwaden wabern durch die Luft. Ein paar Gläubige umringen den Priester.

Marie entdeckt einen Gang, hinter einer kleinen Holztür, die einen Spalt offensteht. Dahinter eine Wendeltreppe. Steinstufen. Eine dicke Schnur dient als Geländer.

Marie steigt hinauf. Es gibt kein Fenster. Der Organist ist ein junger Mann, sie beobachtet ihn vom Treppenabsatz aus.

Sie steigt bis zur Spitze des Glockenturms hinauf. Oben auf dem Dach hält sie sich fest. Sie betrachtet die Mauern und die Türme des Papstpalastes. Sie beugt sich hinunter. Sie hat keine Höhenangst. Sie hört Gelächter.

Sie setzt sich.

Platanenblätter verfaulen zwischen den Dachziegeln, sie entfernt sie mit der Hand. Ihre Fingernägel riechen nach Erde. Unter ihrem Hemd trägt sie einen Lederbeutel. Darin die Asche ihres Bruders.

Sie denkt an die Geschichte von *Nuit rouge*. Menschen, die zusammenkommen und von einer besseren Welt träumen. Sie kratzt sich am Arm, mit den Fingernägeln, immer an derselben Stelle, auf den alten Krusten. Als könnte es ihr helfen zu verstehen, wenn sie sich kratzt. Natürlich gehen die Krusten ab. Es tut weh, aber sie kann nicht anders.

Paul wusste, wohin sie gingen, er leitete sie beide. Seit ihrer Geburt navigiert Marie auf Sicht. Sie kam an einem Herbsttag bei dichtem Nebel aus dem Bauch ihrer Mutter. Geboren zwischen Blättern. Ihr erster Geruch der Wald von Versailles. Hirsche in der Brunft, die in der Nähe röhrten. Sie schrie in die Nacht hinaus, und ihr Bruder bückte sich. Seine sanften und vertrauensvollen Augen, das Stirnband um seinen Kopf, er hob sie auf.

Solange Paul da war, hat sie nie wieder geschrien.

Die Türen gehen auf. Der Saal füllt sich. Das Poltern von Schuhen auf den Holzstufen.

Julie leiert leise ihren Text herunter.

Sie tritt ganz nah an den Vorhang heran. Jetzt ist noch alles in Ordnung, doch in ein paar Augenblicken wird sie schutzlos ausgeliefert sein.

Odon geht zu ihr, die Bühne knarrt unter seinem Gewicht. Er sieht seine Tochter an. Ihr erdfarbenes Gesicht. Er drückt sie an sich. Ihre Finger sind eiskalt, ihre Schläfen feucht. Ihr Gesicht ist ganz blass unter dem Ton.

»Du zitterst, meine Tochter.«

Seine breite Hand umschließt ihren Kopf. Er wiegt sie sanft.

»Weißt du, was Sarah Bernhardt sagte? ... Das Lampenfieber kommt mit dem Talent.«

Nathalie kommt aus den Kulissen hervor. Geräuschlos. Sie beobachtet sie, lässt ihnen Zeit.

Sie trägt eine unförmige Tunika aus leichtem geblümtem Stoff und eine khakifarbene Hose. Der Sommer hat ihre Sommersprossen verstärkt.

Julie ist mit Lehm beschmiert, ihr Gesicht nicht zu erkennen. Die Beine, das Haar, der Rock, alles im gleichen Ton, einheitlich grau.

Sie nähert sich.

Sie drückt einen Kuss auf das Tongesicht.

»Alles in Ordnung?«

Julie weiß es nicht. Sie hat entsetzliches Lampenfieber.

Nathalie küsst Odon.

»Musstest du sie unbedingt so schminken?«

Er breitet die Hände aus, versucht ein Lächeln, das die Fältchen um seine Augen vertieft. Er ist braun geworden. Die Fältchen sind weiß geblieben.

Sie schiebt ihre Finger zwischen die Streifen des Vorhangs. Die Lamellen berühren sich leicht, es sieht aus wie Regen. Während der Vorstellung werden Bilder einer modernen Stadt auf den Bühnenhintergrund projiziert.

»Ich habe jemanden von der Zeitung im Saal«, sagt Nathalie.

Er dankt ihr.

»Ich tu das nicht für dich, ich tu's für Julie.«

Sie wechseln einen Blick. Er weiß nicht, ob sie sagt, was sie denkt. Vermutlich schon. Mehr als fünf Jahre leben sie jetzt getrennt und haben sich noch immer nicht zur Scheidung durchringen können. Sie haben ein paarmal darüber gesprochen. Und dann nicht mehr. Sie sagen, dass sie noch nicht bereit dazu sind.

Nathalie wischt sich mit der Hand den Schweiß von der Stirn.

»Ist es nicht schrecklich heiß hier drin?«

»Wenn ich die Klimaanlage stärker aufdrehe, brennt die Sicherung durch«, sagt Jeff leise.

Er bringt den Digitalisstrauß und legt ihn neben den Vorhang, auf der Bühnenseite.

Jeff liebt Nathalie sehr. Bewundernd mustert er sie. Er hat sie schon immer so angesehen. Als sie mit Odon zusammenlebte, hatte sie ihn manchmal zum Abendessen auf den Kahn eingeladen, für ihn waren das wunderschöne Abende gewesen.

Und dann kam die Jogar. Nathalie ist gegangen. Sie hat geweint.

Deswegen hasst Jeff die Jogar so sehr.

Odon wirft einen Blick auf seine Uhr.

»Fangen wir an.«

Sie stellen sich auf, Yann, Chatt', Greg, Julie und Damien, fassen sich an den Händen und verschränken die Finger. Das Lampenfieber dringt in ihre Augen. Verwandelt sich in glühende Leidenschaft. Es ist das einzige Licht, das von ihnen bleibt, glänzende Blicke in erdfarbenen Gesichtern.

Spielen macht sie nicht besser, nicht reicher und auch nicht mächtiger. Seit Monaten lernen sie das Tanzen auf dem Seil. Die Selbstbeherrschung nicht verlieren und trotzdem loslassen, Seiltänzer für einen Abend.

Odon nimmt den *brigadier*, einen mit rotem Samt bezogenen Stock, mit dem er die Schläge ausführt, die den Beginn der Vorstellung ankündigen.

Nathalie nimmt ihren Platz im Saal ein.

Julie geht auf die Bühne.

Der Vorhang ist noch geschlossen. Sie starrt ihn an wie eine Mauer. Dahinter ist Gemurmel zu hören. Männer, Frauen, ein paar alte Leute, keine Kinder.

Marie sitzt im Saal, in der sechsten Reihe, ohne Nachbarn. Ihr Blick wandert, richtet sich schließlich nach vorn, zu dem großen Vorhang, der in weichen Falten herabfällt. Ihre Hände zittern, sie presst sie zwischen die Schenkel.

In ihrer Nähe holt eine Frau ein Bonbon heraus und wickelt es mit langsamen Geräuschen aus dem Papier. Ein Paar kommt zu spät. Sie alle sind wegen der Worte ihres Bruders gekommen. Der Worte, die er nachts im Lieferwagen geschrieben hat. Rittlings auf dem Mond, wie er sagte. Marie brachte ihm Kaffee, klopfte ans Fenster. Er öffnete die Tür, und sie schlüpfte hinein, neben ihn. Weicher Stoff, der Geruch nach Hund, die Sitzkuhle. Auf dem Boden lagen

Stifte und Papier, sie aßen Sandwiches. Er erzählte ihr, was er schrieb.

Wenn sie Shorts trug, stachen die Krümel in ihre Schenkel.

Die Lichter gehen aus. Man hört noch leises Rascheln von Kleidern, das Aufrichten von Körpern, Getuschel. Jemand hustet.

Odon schlägt auf den Boden, elf sehr schnelle Schläge.

Ein Schlag für jeden Jünger.

Außer Judas.

Er macht eine Pause und lässt dann die anderen Schläge ertönen, langsamer, den ersten für die Königin, den zweiten für den König und den dritten für Gott.

Der Vorhang geht auf.

Marie rührt sich nicht mehr. Ihr Herz schlägt schnell. Diese Vorstellung ist ihr Rendezvous. Sie sitzt kerzengerade da, will alles sehen, alles hören. Ihre Hände zittern nicht mehr.

Julie steht da wie eine Statue, ihre Stimme erhebt sich, unmerklich zitternd. Im Hintergrund moderne Häuser. Julie spricht von der Schönheit der Welt und all dessen, was geheimnisvoll ist, des Mondes, der Sterne, des Himmels über uns, von dem sie sagt, er sei so weit. Sie spricht von Einsamkeit. Sie wirkt dünn und alterslos unter dieser Haut aus Lehm. Noch menschlich, und doch bereits mineralisch.

Die jungen Männer treten auf. Sie sind da, eine Gemeinschaft für einen Abend, alle im gleichen Gewand aus Ton.

Sie sprechen von der so kurzen Lebenszeit.

Odon verfolgt die Vorstellung in den Kulissen. Er lauert auf jede Unsicherheit, das Quietschen eines Sitzes, ein gelangweiltes Gähnen. Es gibt ein paar Patzer, in Chatt's Stimme liegt an einer Stelle ein leichtes Zögern: »Ich möchte alles vergessen, was ich weiß ...«, beginnt er ein wenig stockend, fängt sich aber sofort wieder.

Es ist heiß im Saal. Ein paar Zuschauer fächeln sich mit dem Programm Luft zu. Ein paar eindringliche »Psst« werden gezischt, doch die Verbindung stellt sich her, intensiv, aufmerksam. Die Blicke bleiben auf die Bühne gerichtet.

Julie stottert. Schließlich bückt sie sich und nimmt die Digitalis, die auf dem Boden verstreut worden sind. Ihre Bewegungen sind langsam. Man hört Musik und ihre Stimme: »Ich bin allein, und das Leben drückt mich nieder.«

Sie setzt sich auf den Pappfelsen, die Digitalis auf den Knien. »Was soll ich mit den Tagen anfangen, die mir noch bleiben?«

Sie isst ein Blütenblatt, dann ein zweites. Sie spricht zum Staub.

Der Ton macht sie alterslos. Sie redet dem Tod gut zu. Eine teils wirre Rede.

Sie führt ein letztes Blütenblatt zum Mund. Es bleibt kleben. Ihr Körper rollt über den Sockel des Felsens. Die Blumen liegen verstreut auf dem Boden.

Im Saal Stille.

Greg hebt den Leichnam hoch und trägt ihn fort. Man hört seine Schritte auf dem Boden und dann auf der Treppe, hinter dem Vorhang.

Marie zittert, so schön ist es.

Damien steht am Bühnenrand. Das Licht des Scheinwerfers isoliert ihn. Er erzwingt ein paar Augenblicke Stille, die auf die noch bedrückendere Stille im Saal trifft.

»Manchmal gibt es echte Gründe dafür, zu tun, was man tut, und Dinge, die wir nur stumm durch unseren Tod übermitteln können. Aber jetzt ist alles vorbei. Die nicht gehaltenen Versprechen werden mich für immer verfolgen.«

Seine Stimme verändert sich, bricht. Er wendet sich ab. Eine langsame Handbewegung.

»Nun, da das Gewitter losbricht, kann der Regen kommen und den Nomaden, der ich bin, ertränken.«

Jeff drückt hinter der Bühne auf einen Knopf und schaltet die Aufnahme ein. Donner hallt, und Regen prasselt heftig auf die Bühne, den Saal, ringsumher, überall. Man könnte meinen, das Gewitter tobt im Theater.

Damien steht mit herabhängenden Armen da, in einem imaginären Regen. Minutenlang. Die Wirkung ist atemberaubend. Danach applaudieren alle, und Julie kommt zurück. Sie hat sich den Ton abgewaschen. Sie ist strahlend schön.

Marie ist zu keiner Bewegung fähig. Unfähig zu lächeln. Sie starrt sie an, alle, völlig überwältigt. Als sie sich endlich rühren kann, zerdrückt sie mit dem Arm eine Träne.

Der Vorhang schließt sich.

Sie senkt den Kopf, starrt auf ihre Füße, die staubigen Spitzen, den roten Teppichboden.

Sie steht auf.

Sie geht hinaus, will den Blicken der anderen nicht begegnen.

Kein Blick, nichts Lebendiges.

Als sie auf der Straße ist, läuft sie los.

Sie hat die Personen nicht wiedererkannt. Es ist nicht Enttäuschung, es ist etwas anderes. Ein Gefühl tiefer Einsamkeit.

Sie ist gekommen, aber ihr Bruder war nicht da.

Die Jungs verabschieden sich, verschwinden unter die Dusche. Der Ton vermischt sich mit dem Wasser und fließt grün zwischen ihren Füßen davon.

Sie sind glücklich, es ist nicht schlecht gelaufen.

Eine Journalistin wartet in der Garderobe auf Odon. Auch er ist erleichtert. Das Lampenfieber war ein bisschen störend, doch alles in allem ist es gut gegangen.

»Sie wirken erschöpft«, sagt die Journalistin, »man könnte meinen, Sie hätten selbst gespielt.«

Er antwortet nicht. Sucht eine Flasche Wasser.

Sie fragt ihn nach den Gründen für diese eher düstere Aufführung. Er wird sofort wütend, als sei das Theater dazu da zu beschönigen.

»Das Leben eines Menschen lässt sich in vier kleinen Dingen zusammenfassen, Liebe, Verrat, Verlangen und Tod. *Nuit rouge* thematisiert genau das.«

Er findet eine Flasche, setzt sich, trinkt ein volles Glas, stellt das Glas auf den Tisch zurück und füllt es erneut.

Das Wasser beruhigt ihn.

»Es gibt nur das, Leben, Tod, das Unvermeidliche! Und die Utopie, also das, was man erfinden muss, wenn man versuchen will, da herauszukommen. Deswegen stirbt Julies Figur ja, sie ist unfähig, andere Türen aufzustoßen.«

Die Journalistin findet die Wahl eines unbekannten Autors dennoch überraschend.

»Ist das nicht riskant?«

Er beugt sich vor, die Ellbogen auf seine Schenkel gestützt, die Hände zusammengelegt.

Ruhig erklärt er, dass Selliès mit fünfundzwanzig gestorben ist, nur wenige Wochen, nachdem er den Text geschrieben hatte, und ohne noch erfahren zu haben, ob er gelesen worden war.

»Ich bin ihm nie begegnet. Sein Manuskript wurde mir zugeschickt.«

Er sagt, dass es nicht reiche zu schreiben. Er spricht von der Schwierigkeit, den Atem eines Textes zu finden, diese Grundvoraussetzung dafür, dass er nicht nur gespielt, sondern getragen, transzendiert werde. Literatur sei nicht nur eine Abfolge von Worten.

Die Journalistin kommt auf Selliès zurück. Sie sagt, es sei fast tabu, einen toten Autor zu veröffentlichen. Nur wenige Regisseure würden ein solches Risiko eingehen.

Odon lacht höhnisch.

»Verbote sind dazu da, missachtet zu werden.«

»Hat er noch mehr geschrieben?«

»Nein, nichts.«

Zum Schluss stellt sie ihm Fragen zum Streik, zu den Off-Theatergruppen, die sich weigern zu spielen, sie will seine Haltung dazu erfahren. Er antwortet knapp.

Sie schreibt auf, was er sagt. Sie dankt ihm mit einem Lächeln.

Sie sagt, ihr Artikel erscheine am nächsten Morgen.

Julie und die Jungs haben einen Tisch unter den Platanen an der kleinen Sorgue reserviert. Es ist ein enges gepflastertes Gässchen, eines der ältesten der Stadt, im ehemaligen Färberviertel. Sie trinken Punsch von den Antillen, der nach Guave und Kokosmilch schmeckt, mit Ananasstücken und einem Papiersonnenschirmchen als Dekoration.

Sie stoßen auf die Zukunft an.

Die Tische um sie herum sind alle besetzt.

Es ist zu heiß, das Wasser der Sorgue ist modrig.

Vielfarbige Girlanden leuchten in den Bäumen. Eine bunte Menschenmenge strömt dicht gedrängt durch die Straßen. Gruppen junger Mädchen, Frauen in farbenfrohen Stoffen. Sie essen Eis, entscheiden sich für eine Crêpe, essen im Gehen, beobachten die anderen.

»Für eine Premiere war es gar nicht so schlecht«, sagt Yann.

»Odon sagt, wir hätten unseren Personen zu sehr die Zügel schießen lassen.«

»Odon nervt.«

»Sprich nicht so von meinem Vater.«

Damien entschuldigt sich. Er dreht den Papiersonnenschirm in seinen Fingern.

»Mit diesem Stück kannst du nicht gerade glänzen…«

»Ich will gar nicht glänzen.«

»Ich habe mehr Ego«, sagt Chatt'. Niemand weiß so recht, warum er das sagt.

Julie entgegnet nichts mehr.

Nuit rouge ist ein zu komplexes Stück. Um damit richtig Kasse zu machen, bräuchte es schon ein Wunder. Als Odon ihnen den Text im letzten Jahr präsentierte, wollte er nicht weiter darüber diskutieren. Wir machen das für das Festival, hat er nur gesagt. Ein düsteres, tragisches Thema, das scheinbar leicht daherkommt.

Flamencoklänge brechen hinter einer schwarzen Tür hervor. Ein Mann in einem karierten Anzug geht vorbei, er singt a cappella.

Man serviert ihnen riesige Entrecôtes, Pommes frites und Brot in einem Korb. Sie sprechen über die Stadt und das Fest, sie sprechen über die Streiks und über Musik.

Abends wird die Straße zur Bühne. Mädchen tanzen auf dem Bürgersteig, ihre Schultern sind nackt, sie tragen luftige Kleider, weiche Stoffe, leicht auszuziehen.

Yann möchte die Liebe finden. Chatt' sagt, das sei eine Illusion, die Liebe habe nichts Poetisches, aus wissenschaftlicher Sicht sei sie nichts anderes als ein Ausstoß von Hormonen, dessen einziger Zweck die Erhaltung der Art sei.

»Es gibt keine größere Entfremdung und Energieverschwendung.«

Alle am Tisch müssen lächeln.

Julie holt ihr Handy heraus und schickt ihrem Vater eine SMS. Sind im Bilbo, komm doch, es ist nett.

Es ist sein Pokerabend, aber manchmal hört er früh auf.

Dann blickt sie zum Ende der Straße. Damien beobachtet sie. Ihre Blicke begegnen sich für einen Augenblick. Seit sechs Monaten lebt sie mit ihm zusammen, versucht etwas mit ihm, ohne dass es ihr wirklich gelingt.

Haschgeruch liegt in der Luft.

Greg streckt die Hand aus.

»Habt ihr gesehen ...«

Sie drehen die Köpfe. Am Ende der Straße steht Marie, verloren in der bunten Menge. Sie folgen ihr mit den Augen.

»Woran ist ihr Bruder gestorben?«, fragt Greg.

»Keine Ahnung, ist mir auch egal«, sagt Yann.

»Ein Unfall auf einer Baustelle, ich glaube, er war Kranführer«, sagt Julie.

Greg findet sie ziemlich hübsch.

Yann sagt, sie sehe aus wie ein Gespenst.

Die Jogar kommt auf den Platz. Sie sieht Jeff, geht auf ihn zu und begrüßt ihn.

Er antwortet nicht.

Sie streckt die Hand aus. Er nimmt sie nicht. Murmelt ein paar Worte. Wendet den Kopf ab, um einem Eisverkäufer mit dem Blick zu folgen. Der Mann schiebt einen Wagen, über dem ein Sonnenschirm hin und her schaukelt.

»Auf ein andermal«, sagt die Jogar.

Sie geht in die Kirche.

Der Beichtstuhl. Eine alte Dame kommt heraus. Pater Jean sitzt noch drin.

Die Jogar zieht den Vorhang zur Seite und schlüpft hinein. Drinnen riecht es nach Veilchen, dem ganzen Muff der Beichten.

Von ihr sind nur noch der Saum ihres Kleids und die nackten Füße in Espadrilles zu sehen. Das Goldkettchen um den Knöchel.

»Pater, ich habe gesündigt«, sagt sie.

»Diese Stadt lehnt mich ab.«

Sie spricht weiter mit dieser so besonderen Stimme.

Noch ein paar Worte, und der Pfarrer hat sie erkannt. Sie treten aus dem Beichtstuhl und umarmen sich. Die alte Frau am Ende des Kirchenschiffs bleibt stehen und dreht sich um.

»Ich wusste, dass du da bist, ich habe die Plakate gesehen, dein Gesicht ist überall!«

Er nimmt ihre Hände.

»Du bist noch schöner als früher.«

Seine Stimme hallt unter dem Gewölbe.

Sie lacht.

»*Non semper erit aestas.*«*

Es war ein Spiel zwischen ihnen, Gespräche auf Latein. Für ihren Vater war diese Sprache ebenso lebenswichtig wie essen und trinken. Ein Lehrer kam einmal pro Woche nach Hause, abends lernte sie die Deklinationen.

»Du vermietest die Kapelle?«, fragt sie und deutet auf das Plakat an der Tür.

»*Tempora mutantur, nos et ... mutamur in illis.*«**

Er geht mit ihr zum Fresko, ein gemalter Tisch, Jesus und die Jünger. Davor ein Gerüst mit Farbtöpfen, Pinseln, ein paar Lappen. Oben, auf dem letzten Brett, eine junge Frau im Kittel.

Er spricht von den Gemälden, die restauriert werden müssen, von den fehlenden Dachziegeln.

»Die Kirche braucht Geld.«

»Spielst du nicht mehr Poker?«

»Doch, aber ich verliere mehr, als ich gewinne.«

Die Jogar legt ihren Kopf an seine Schulter; sie atmet den Naphthalingeruch ein.

Er nimmt sie mit in die Sakristei und bekreuzigt sich vor Jesus.

Auf dem Tisch steht eine rautenförmige weiße Schachtel. Darin Marzipanschnittchen in drei Lagen, jeweils neun. Sie nimmt eins. Die Oberfläche ist glatt, darunter klebt eine Oblate. Sofort hat sie wieder den bittersüßen Mandelgeschmack auf der Zunge.

Er setzt sich.

---

* Es wird nicht immer Sommer sein.

** Die Zeiten ändern sich, und wir uns mit ihnen.

»Ich will alles wissen über die letzten fünf Jahre. Was hast du gemacht? Wem bist du begegnet?«

Sie denkt nach.

Wie soll man fünf Lebensjahre zusammenfassen?

Sie hat Texte gelernt, sie gespielt, und das Publikum hat mehr verlangt, also hat sie weitere Texte gelernt und sie ebenfalls gespielt, ein Text war schöner als der andere, und so sind die Tage vergangen... Sie hat Flugzeuge genommen, ein paar Reisen gemacht, fünfzehn Stunden am Tag gearbeitet. Sie hat Liebhaber, aber keine Liebesbeziehungen, und eine kleine Wohnung in Paris.

Das alles erzählt sie wirr durcheinander und ohne Details, während sie die Marzipanschnitten knabbert.

»Ich habe dich im Fernsehen gesehen, als du den Prix Molière erhalten hast, du warst wunderbar. Am nächsten Tag hat das ganze Viertel davon gesprochen. Alle haben erzählt, dass Pierre Arditi dich geküsst habe...«

Die Jogar seufzt. Was für ein langweiliger Abend...

»*Parva leves capiunt animas.*[*] Was haben sie noch erzählt?«

»Dass du wunderschön gewesen seist und dass dein Erfolg verdient sei.«

Er wird wieder ernst.

»Es ist gut, dass du wieder hier spielst. Es ist wichtig für die Leute des Viertels, sie haben auf dich gewartet.«

Sie hatte gedacht, dass Freunde zu ihr kämen, Gesichter, die sie wiedererkennen würde.

Sie leckt die Oberfläche der Marzipanschnitte.

»Ich habe das Gefühl, in einer fremden Stadt zu sein.«

Auf dem Tisch liegt eine Bibel. Sie legt die Hand auf das warme Leder, die gelb-orangen Farbtöne.

---

[*] Kleine Dinge faszinieren die leichten Gemüter.

Sie sprechen über das Leben im Viertel. Die Zeit, die vergeht.

In einer Viertelstunde beginnt die Messe. Der Pfarrer muss sich fertig machen. Während sie reden, schüttet er die Hostien in das Ziborium und gießt den Wein in den Kelch. Er legt das schwere Messgewand an.

Die Jogar verfolgt jede seiner Bewegungen.

Er kreuzt die Stola über der Brust, legt das Holzkreuz um den Hals.

Sie gehen gemeinsam auf den Vorplatz hinaus.

Beide blicken sie zum Chien-Fou hinüber.

Vor den Türen eine Menschenansammlung, Plakate, manche hängen an den Gitterstäben. Der Bühneneingang. Darüber die Fenster, Kulissen aus Pappe vor den Scheiben, darüber, im obersten Stockwerk, ein ganz besonderer Raum, unter dem Dach. Die Decke ist mit Glühbirnen übersät, mehr als fünfhundert, dicht an dicht nebeneinander. Odon schaltete sie manchmal ein, nur ein paar Minuten, und die Decke leuchtete wie in einem Märchen aus *Tausendundeine Nacht*. Manchmal brannten die Sicherungen durch, und sie lachten darüber.

»Wie geht es ihm?«, fragt sie.

»Immer noch genauso ungläubig.«

Sie lächelt.

»Dann geht es ihm gut.«

Am Abend wird der Streik heftiger. In der Nacht werden Plakate abgerissen. Die Streikenden sprühen »Im Streik« auf die Türen aller Theater.

Auf die grauen Fensterläden des Chien-Fou schreiben sie »Verräter! Bourgeois-Theater!« Die Farbe dringt ins Holz ein.

Odon bemerkt es, als er morgens kommt. Wortlos entfernt er das Geschmier mit Schwamm und Seife.

Julies Gesichtsausdruck ist finster.

»Da siehst du, was deine Freunde machen«, sagt Odon.

»Das sind nicht meine Freunde.«

»Immerhin ziehst du mit ihnen herum.«

Im Krieg haben die Schauspieler den Deutschen zum Trotz gespielt! Und auch 1968 haben die Theater nicht ihre Pforten geschlossen.

Er sagt es mit tonloser Stimme.

Julie ist untröstlich.

»Wir sind nicht im Krieg, Papa.«

Er drückt den Schwamm auf die Tür.

»Es gibt nur zwei Dinge, die unendlich sind, das Universum und die menschliche Dummheit ... aber beim Universum bin ich mir nicht ganz sicher ... Einstein hat das behauptet. Vielleicht sollte man noch mal darüber nachdenken.«

Julie senkt den Blick.

Eine überdachte Passage verbindet die Place des Châtaignes mit der Place Saint-Pierre. Der Boden ist gepflastert, der Durchgang dunkel. Von dort kommt Marie.

Sie sieht Julie und ihren Vater vor der Tür. Sie bleibt stehen, im Schatten.

Seine Hand hält noch immer den Schwamm, die Buchstaben verlaufen dahinter auf dem Holz.

Sie macht ein Foto von der Hand. Erst dann geht sie zu ihnen.

Odon liest den Artikel laut vor. »Eine rote Nacht im Chien-Fou« lautet die Überschrift, die die Journalistin gewählt hat. Eingerahmt, an auffälliger Stelle, mit Foto.

Jeff hört zu.

»Gute Schauspieler für einen gewagten Text. Odon Schnadel knüpft endlich wieder an den anspruchsvollen Archaismus an, der ihn in seinen Anfängen bekannt gemacht hat.« Ist das wirklich positiv? »Kleidung und Körper aus Ton, ein originelles Bühnenbild, in dem die Poesie die Schwärze des Themas ausgleicht.« Es folgt eine Inhaltsangabe des Stücks. Ein paar Zeilen über Selliès. »Was den Autor betrifft, so gehört er zu der Sorte der verfemten Dichter, die der Tod mit fünfundzwanzig dahinrafft. Zu unserem Glück hat Odon Schnadel es verstanden, sich über die Konventionen hinwegzusetzen und mit diesem Stück das Andenken und das Talent eines echten Autors zu rehabilitieren.«

Odon schweigt einen Augenblick. Er klappt die Zeitung zu, die Seiten rascheln. Endlich, wenn auch zu spät, wird Selliès anerkannt werden.

Er muss Marie den Artikel zeigen.

Jeff sitzt mit dem Rücken zur Wand und klebt Stücke von Aluminiumfolie auf seine Stiefel. Zwei große, mit Baumwolle überzogene Engelsflügel liegen auf dem Fußboden.

»Was ist das für ein Durcheinander?«, fragt Odon.

»Mein Kostüm.«

»Willst du damit auf dem Platz spielen?«

Jeff nickt.

In früheren Sommern hat er ein Pierrotkostüm und eine weiße Maske getragen. Er konnte einfach nicht untätig bleiben.

»Du lässt nichts von diesem ganzen Kram hier, okay?«

Er nickt.

Marie kommt lautlos dazu. Sie bleibt in der Tür stehen.

»Sie sind schön, Ihre Flügel...«

Jeff lächelt.

Sie kommt herein.

»Es wird Ihnen ganz schön heiß werden da drin.«

»Ich habe Löcher hineingemacht, zur Belüftung.«

Er zeigt es ihr, an den Seiten. Er zeigt ihr auch, wie er die glänzenden Papierstücke auf seine Stiefel klebt.

Sie geht zu Odon ins Büro.

»Ich habe das Stück gestern gesehen... Es war nicht schlecht.«

Odon nickt. Er reicht ihr den Artikel.

Sie liest den gedruckten Namen ihres Bruders. Ein verfemter Dichter... Verfemt, ist das so ähnlich wie bestraft? Sie weiß es nicht.

»Kann ich ihn behalten?«

Sie steckt die Zeitung in ihren Rucksack.

»Könnte ich auch Freikarten haben?«

Er geht um den Schreibtisch herum, setzt eine Brille mit kleinen runden Gläsern auf und öffnet eine Schublade.

»Wie viele willst du?«

»Eine Art Dauerkarte wäre nicht schlecht.«

Er blickt sie über seine Brillengläser hinweg an. Dann öffnet er eine andere Schublade, nimmt ein Stück Karton heraus, schreibt ein paar Worte darauf und drückt einen Stempel daneben.

Er reicht ihr den Karton.

»Es gibt aber auch andere Aufführungen in der Stadt zu sehen.«

»Die anderen Aufführungen interessieren mich nicht.«

Sie faltet die Dauerkarte einmal.

Sie streicht mit den Fingerspitzen über die Schreibtischplatte. Ihre Nägel sind kurz, abgekaut. Eine Fliege summt, schlägt immer wieder heftig gegen die Fensterscheibe.

Marie geht zum Fenster und blickt hinaus auf den Platz.

Ihr Gesicht leuchtet im Licht.

»Und wie kommst du mit Isabelle aus?«, fragt er.

»Gut...«

Er steht auf.

Er mustert ihr Gesicht, die sanfte Linie der Lider und die vom Ring vergewaltigte Lippe.

»Sonst noch was?«

Die Fliege schlägt immer noch gegen die Fensterscheibe.

»Ich bin nur so vorbeigekommen«, sagt sie.

Sie blickt sich um, die Unordnung, die Kartons, die Papiere. Bücherstapel, die einzustürzen drohen. Ein Stück Linoleum ist unter die Regale gerutscht. An der Wand das Foto einer rotbraunen Katze. Auf einem alten Stuhl ein schwarzer Schal. Eine Spinne hat ihr Netz zwischen Schal und Wand gesponnen.

»Schlimmer als bei mir«, sagt sie.

Sie seufzt und schließt das Fenster.

»Normalerweise habe ich seine Texte getippt.«

Sie hat es mit müder Stimme gesagt. Die Finger ihrer Hände krümmen sich in ihren Handflächen.

»*Nuit rouge* muss er selbst getippt haben. Oder er hat es von seiner Hure tippen lassen...«

Sie lacht leise.

»Meine Mutter behauptete das, dass er eine Hure in der

Stadt hätte... Aber vielleicht hat er Ihnen den Text ja handgeschrieben geschickt?«

Sie sieht Odon an.

»Erinnern Sie sich nicht?«

Odon breitet die Hände aus.

Er schüttelt den Kopf.

Marie dreht sich um.

Schwere Umschläge liegen auf den Stufen einer Treppe, die nach oben führt. An ihrem Ende ein Raum ohne Tür.

»Die Schrift meines Bruders war das reinste Gekritzel, völlig unleserlich... Wenn er mit der Hand geschrieben hätte, würden Sie sich erinnern.«

Sie gleitet mit den Fingern über die Bücher, die Theaterstücke, ein paar Gedichtbände auf Velinpapier. Eine Biographie von Samuel Beckett.

Daneben kleine weiße Bücher, Éditions O. Schnadel. Zwanzig insgesamt.

Sie geht zur Tür zurück. Ihre Finger berühren leicht das glatte Porzellan des Griffs.

»*Nuit rouge* ist schon eine ziemlich traurige Fabel... Ich habe den ganzen Tag darüber nachgedacht.«

Odon antwortet nicht. Er sitzt hinter seinem Schreibtisch, wartet, bis sie fertig ist.

Die Fliege hat sich auf seine Papiere gesetzt. Er folgt ihr mit den Augen.

»Sie haben es fünf Jahre aufgehoben, bis Sie es gespielt haben. Sie haben ganz schön lange gebraucht...«

»Alles braucht seine Zeit, Marie.«

Sie denkt darüber nach. Sie sagt, ja, letzten Endes habe er wohl recht, das mache Hoffnung für die vergessenen Dinge.

Das Licht, das durch das Fenster hereindringt, fällt auf die Kartons und den Staub.

»Wo haben Sie es all die Jahre gehabt?«

»In einer Schublade.«

Eine Schublade, immer noch besser als ein Karton.

Sie bleibt. Es scheint, als wäre sie imstande, noch lange so dazustehen und sich umzuschauen. Auf ihrer Haut mehrere lange schmale Kratzer, sie fügt sie sich mit den Fingernägeln oder mit einer Klinge zu. Ihr Arm sieht aus, als sei er zerschnitten. Sie löst eine Kruste.

»Was macht deine Mutter?«, fragt Odon.

»Sie legt an Gewicht zu, kommt bald auf hundertzwanzig. Sie hat weniger Freier als früher.«

»Und die Dinger da, stören die nicht?«, fragt er und deutet auf die Ringe.

Marie verlässt das Theater. Sie läuft nicht sehr weit. Auf dem Platz ist es heiß, also geht sie in die Kirche und setzt sich, mit hochgelegten Beinen, die Füße auf der vorderen Bank. Eine alte Frau betet ein paar Stühle vom Altar entfernt. Auf den Knien, gekrümmt, vornübergebeugt, den Rosenkranz am Mund, ohne Gesicht, nur ein schwarzer Körper.

Ein Reiseführer kommt durch das Kirchenschiff auf sie zu, gefolgt von einer erschöpften Gruppe. Er zeigt alles, was es zu sehen gibt, bleibt vor dem Letzten Abendmahl stehen, deutet mit dem Finger darauf.

»Der dort ist Judas Ischariot.«

Marie hört den Namen.

»Ein Verräter«, sagt der Führer.

Das Wort hallt unter dem Gewölbe.

Die Alte bewegt den Kopf leicht hin und her. Sie betet oder schläft. Als Paul gestorben war, hatte es keine Messe gegeben, nur traurigen Gesang in einem weißen Raum. Die Freunde waren da, die aus dem Tony und die von den Brücken. Sie haben Bécaud angestimmt, und danach, in den Autos, haben alle bei offenen Fenstern den Tod des Dichters besungen.

Marie schleicht sich hinter die alte Frau. Sie beugt sich vor, nimmt die gleiche Position ein, das Stirnband zwischen den Händen. Sie beugt den Nacken. Die alten Frauen kennen die Wege, die zu den Göttern führen, sie sind mit ihnen vertraut. Marie schickt ihr Gebet dem der alten Frau hinterher, es wird direkt emporsteigen, denkt sie.

Sie betet voller Inbrunst, mit zusammengepressten Zähnen.

Ihr Bruder hieß Paul, wie in dem Lied *Redeviens Virginie*, ihre Mutter sang es unter den Bäumen, hochschwanger. Marie trällert: »Für eine Nacht werde wieder Virginie ...« Je höher ihre Stimme steigt, desto schauerlicher hört es sich an.

Eine sehr weiße Hand legt sich auf ihren Arm. Sie hebt den Kopf.

Die alte Frau ist gegangen. Der Führer mit seiner Gruppe ebenfalls.

»Ich bin der Pfarrer.«

Marie sieht ihn an.

»Ich bin der Pfarrer«, wiederholt er.

»Und ich bin Marie.«

Er glaubt, sie macht sich über ihn lustig.

»Soll ich die Glocken läuten und das Wunder verkünden?«

Marie zuckt die Achseln.

Sie beugt sich vor, die Arme auf dem Betstuhl. Die Ärmel ihres Hemds sind hochgerutscht.

Der Priester bemerkt die Kratzer, die Krusten auf der Haut, die schmalen Streifen der Narben.

»Sie können sie berühren, wenn Sie wollen«, sagt Marie.

Sie sagt es ohne Wut.

Er berührt sie nicht.

Sie steht auf, geht zu dem Fresko und zündet zwei große Kerzen unter dem traurigen Gesicht von Judas an.

Das Wachs schmilzt, läuft an den Kerzen hinunter. Marie betrachtet die Flammen. Sie nähert sich ihnen mit den Händen, dem Gesicht. Sie streicht über die Krusten auf ihrem Arm, weiß nicht, wohin das alles sie führen wird. Dieses Leben, das Erwachsenwerden. Sie weiß nicht, was vor ihr liegt, in dieser Zeit, die man Zukunft nennt und die schon morgen sein wird. Was soll sie mit all dieser Zeit anfangen? Es kommt vor, dass sie den anderen zuschaut, wie sie leben.

Das Wissen füllt vielleicht die Stunden.

Sie wendet sich von den Flammen ab.

Odon hört sie nicht kommen.

Als er aufblickt, steht sie da, auf der Türschwelle.

Ihre Haut hat den Geruch der Kirche angenommen.

»Willst du noch etwas?«

Sie schiebt die Fingerspitzen in die engen Taschen ihrer Jeans.

»Er hatte Ihnen vorher noch einen anderen Text geschickt. Vor *Nuit rouge*... Vorher oder hinterher, das weiß ich nicht mehr...«

Sie senkt den Kopf, zieht die Schultern hoch, ihr Körper ist plötzlich zu groß.

»Den habe ich getippt«, sagt sie.

Sie saßen zusammen im Lieferwagen, draußen ein Hundewetter, überall Pfützen. Paul öffnete das Handschuhfach und nahm einen Stapel Blätter heraus. »Lass uns das tippen!«, sagte er. *Dernier monologue*, letzter Monolog, sollte es heißen. Später änderte er den Titel.

Sie geht zum Fenster, zieht eine Hand aus der Tasche und legt sie auf den Punchingball. Es ist eine Hand mit schmalen Fingern und zarter weißer Haut.

Vor ihrem inneren Auge ziehen Bilder vorüber. Fragmente. Sie war vierzehn, ihr Bruder hatte einen batteriebetriebenen Computer gekauft. Marie stellte den Computer auf ihre Schenkel. Er diktierte. Sie tippte mit zwei Fingern. Zwei Stunden Betriebsdauer mit der Batterie. Die Notbeleuchtung brannte durch, er erhellte die Tastatur mit seinem Feuerzeug. Dann parkten sie unter einer Laterne am Rand der Nationalstraße.

Marie dreht sich zu Odon um.

»Er hat Ihren Namen in einer Zeitschrift gefunden, ein Typ im Süden, der Stücke publiziert und ein Theater hat. ›Das wird ihm gefallen‹, sagte er. Ich war sicher, er glaubte daran... Der Typ im Süden, das waren Sie.«

Sie zwingt sich zu einem Lächeln, aber es ist eher ein trauriges. Sie hat Staub an den Fingern. Die vielen Seiten, das ergab einen dicken Stapel, sie brauchten einen großen Umschlag. Er benutzte Tesafilm, um ihn fest zu verschließen. Er kaufte Briefmarken, eine ganze Reihe, und klebte sie auf den schweren Umschlag. »Wenn es klappt, bin ich gerettet!«, sagte er, als er ihn in den Briefkasten steckte. Am Tag darauf fing er an zu warten.

Sie kehrt zum Schreibtisch zurück.

»Erinnern Sie sich nicht?«

»Woran?«

»An das andere Manuskript...«

Odon zieht lange an seiner Zigarette und bläst den Rauch langsam aus. Er hüllt ihn ein, während er in der Wolke atmet.

Er erinnert sich.

Das zweite Manuskript, das Selliès ihm geschickt hatte, trug nicht den Titel *Dernier monologue*, sondern *Anamorphose*. Der Briefträger hatte es mit der übrigen Post hingelegt, es war kein Brief dabei gewesen, nur eine Adresse und eine Telefonnummer. Er hatte den Umschlag zusammen mit anderen auf dem Schreibtisch liegen lassen. Erst nach mehreren Tagen hatte er ihn geöffnet und zu lesen begonnen. Es war ein langer, schonungsloser Monolog gewesen, eine Geschichte, geschrieben mit einer Dringlichkeit, die ihn schockiert hatte.

»Ich bekomme so viele Dinge zugeschickt«, erwidert er.

Marie versteht.

»Was haben Sie mit den Texten gemacht, die Sie nicht veröffentlich haben?«

»Ich habe sie zurückgeschickt.«

»Und bekommen Sie immer noch welche zugeschickt?«

»Manchmal.«

»Und was machen Sie damit?«

»Ich schicke sie ungeöffnet zurück.«

Marie nickt. Sie scheint es nicht eilig zu haben, betrachtet die Bücher. Dieser Blick, der über die Bücher gleitet, dauert lange.

»Ich habe zu tun, Marie.«

Sie entschuldigt sich, mit roter Stirn, die Hände fest ineinander verschränkt. Sie geht zur Tür. Dreht sich um.

»Monsieur Schnadel?«

»Mmm...«

»Sie haben ein paar Tage nach Pauls Tod angerufen... Meine Mutter hat abgehoben. Ich erinnere mich daran, denn sie hat immer von Avignon geträumt, und Sie haben ihr am Telefon erzählt, dass Sie ein Theater in Avignon hätten.«

Sie dreht sich zum Fenster. Kleine Vögel fliegen dicht an den Scheiben vorbei, auf der Suche nach Insekten.

»Was wollten Sie meinem Bruder sagen?«, fragt sie, ohne den Blick von ihnen abzuwenden.

Er nimmt einen letzten Zug und drückt die Zigarette in einem bereits vollen Aschenbecher aus.

»Ich wollte mit ihm über seinen Text reden. Es gab Stellen, die man sich noch mal anschauen musste, ich wollte das mit ihm besprechen.«

»Was hätten Sie ihm gesagt?«

»Dass es überzeugend ist.«

»Es ist überzeugend! Cool...«

Sie neigt den Kopf zur Seite und reibt ihre Arme, als friere sie.

»Hätten Sie ihn früher angerufen, wäre er vielleicht nicht gestorben... Darüber könnte man auch nachdenken.«

»Worüber willst du nachdenken?«

Ihre Augen sind blau, dermaßen hell.

»Über das Schicksal«, sagt sie.

Er steht auf und geht zum Fenster. Er will nicht mehr schuldig sein. Er ist es zu lange gewesen. Und für nichts und wieder nichts. Nachts hat es seine Träume vergiftet.

Er fährt sich mit der Hand über das Gesicht.

»Ich habe deinen Bruder ein erstes Mal angerufen, aber es ist niemand drangegangen. Das war ein paar Tage vor seinem Unfall. Ein paar Tage später habe ich noch mal angerufen, und eine Frau hat abgehoben.«

»Meine Mutter.«

Er sieht sie an.

»Ich habe ihr gesagt, dass ich Pauls Manuskript hätte und dass ich es publizieren wolle. Sie hat mir geantwortet, dass er tot sei, hat etwas von einem Kranunglück erzählt, eine baumelnde Kette, die ihn im Kreuz getroffen habe, ich habe nicht alles verstanden.«

Sie lächelt sanft.

»Wenn Paul seinen Text einen Tag früher abgeschickt hätte, hätten Sie einen Tag schneller angerufen, und das hätte vielleicht alles geändert.«

»Wenn der Tod kommt, dann kommt er.«

Er schaut durch die höchste Scheibe des Fensters, beobachtet. Die Sonne hinter den Dächern. Die Schornsteine, die sich vor dem Himmel abzeichnen, die Fernsehantennen, die trockenen Dachziegel.

Er denkt an Mathilde.

Eines Abends kam sie zu ihm auf den Kahn und nahm ihm das Manuskript aus den Händen. Du arbeitest zu viel, flüsterte sie und schlang ihre Arme um seinen Hals.

Sie trug einen dicken Wollpullover, hatte gerade *Doña Rosita bleibt ledig** in dem kleinen Théatre des Amuse-Gueules gespielt. Nebelschwaden lagen über dem Fluss, hingen in den Zweigen um den Kahn.

Sie schmiegte sich an ihn. Wovon handelt *Anamorphose*?

Er erklärte ihr die merkwürdige Geschichte, von der er nicht loskam. Sie flüsterte ganz nah an seinem Mund. »Es ist reine Verzweiflung, Liebling …«

»Letzten Endes werden sie es jetzt begreifen«, sagt Marie.

»Was begreifen?«

Sie legt ihre Hände flach auf das Leder des Punchingballs. Schließt sie. Zwei Fäuste.

»Dass mein Bruder ein großer Autor war! *Nuit rouge* wird vor ausverkauften Sälen gespielt werden.«

Sie schlägt zu. Der Punchingball bewegt sich nicht.

Odon nähert sich.

»Du schlägst und denkst dabei an etwas anderes. Wenn

---

* Federico García Lorca (1935).

du willst, dass er sich bewegt, musst du es mit deinem Kopf wollen. Ich will, ich schlage, und er bewegt sich.«

Er schlägt zu, ein heftiger Schlag. Der Punchingball tanzt.

»Aber es ist verrückt, das ohne Handschuhe zu machen.«

Der Punchingball kommt zurück, Marie hält ihn an. Drückt die Stirn dagegen.

»Mein Bruder starb in der Zeit, in der Sie nachgedacht haben.«

»Glaubst du, ich weiß das nicht?«

Odon spricht laut, schreit fast.

Marie wird blass.

Er geht zum Schreibtisch zurück. Lässt sich auf seinen Stuhl fallen.

»Ich bin für Kranunfälle nicht verantwortlich.«

Marie fährt mit der Hand über ihren Hals, eine schnelle Bewegung, die Nägel kratzen. Eine rote Spur bleibt auf der weißen Haut zurück.

Auf dem Schreibtisch steht eine Glaskugel. Im Innern ein Eiffelturm. Marie hebt die Kugel hoch, schüttelt sie, Schnee wirbelt umher. Sie wartet, bis der Schnee gefallen ist, und beginnt von vorn.

Paul las mit lauter Stimme, es hörte sich eigenartig an, manchmal verließ er den Lieferwagen und schrie. Die Mutter sagte, er erschrecke die Freier. Irgendwann kämen sie nicht mehr, und das sei seine Schuld, sagte sie. Als er starb, traten Tränen an die Stelle ihrer Vorwürfe.

»Stundenlang saß er wie ein Bekloppter in dem Lieferwagen, er wollte nur wissen, dass es nicht umsonst gewesen war...«

Das Ende des Satzes ist kaum hörbar.

Odon dreht einen Bleistift in den Fingern.

»Es war nicht umsonst.«

»Das hätte man ihm sagen müssen...«
»Du gibst wohl nie Ruhe?«
Er dreht den Kopf.
Man hört Schritte im Flur, sie kommen näher. Es ist Julie. Ihr Blick gleitet über Marie und richtet sich dann auf ihren Vater. Sie trägt einen seltsamen Hut mit breiten Streifen.
»Denkst du daran, für heute Abend einen Tisch im Restaurant zu reservieren?«
»Wie viele werden wir sein?«
»Acht.«
Er notiert es auf einem Post-it.
Marie dreht die Glaskugel um.

Die Türen des Théâtre du Minotaure stehen offen, doch das Plakat von *Die Brücken am Fluss* ist durchgestrichen. Die Bühnenarbeiter haben für den Streik gestimmt. Es ist unmöglich, ohne sie zu spielen.

Phil Nans geht weg, wütend.

Das Publikum, das bereits im Saal sitzt, wartet. Verunsicherte Festivalbesucher stehen auf und gehen hinaus. Andere beschließen auszuharren.

Die Jogar ist in ihrer Garderobe.

Sie zieht ein enganliegendes türkisfarbenes Kleid an, ihr Körper wirkt perfekt darin. Sie geht auf die Bühne und lässt den Vorhang öffnen.

Als sie nach vorne tritt, folgt ihr das Publikum mit den Augen. Sie wird nicht *Die Brücken am Fluss* spielen, doch sie wird zu ihnen sprechen.

Sie fährt mit den Fingern über die kalte Tischecke.

»Mein schöner Bühnenliebhaber macht Revolution auf der Straße, außerdem fehlen unsere wertvollen Bühnenarbeiter... und die Kassiererin.«

Stille.

»Aber wir waren verabredet...«

Das sagt sie, die Jogar.

Sie sind gekommen, um diese Stimme zu hören.

»Ich werde Ihnen ein kurzes Gedicht von Josean Artze vortragen... Wir werden es so machen, ich schenke Ihnen dieses Gedicht, und dann werden Sie gehen.«

Sie blickt sie an.

»Sie werden gehen, nicht wahr?«

Ein paar Lacher ertönen im Saal.

Sie streckt die Hand in Richtung Scheinwerfer aus. Da die Bühnentechniker nicht da sind, kümmert Pablo sich um das Licht. Er hat keine Erfahrung. Der Lichtkegel zittert, ist nicht präzise.

»Das sind die Worte von Josean Artze.« Sie sagt es in schonungslosem Tonfall.

Ihre tiefe Stimme, der Name Josean Artze. Ein Schauer geht durch den Saal.

Sie deklamiert.

Hätte ich ihm die Flügel gebrochen,
Hätte er mir gehört,
Wäre er nicht fortgeflogen,
Aber er wäre kein Vogel mehr gewesen,
Und ich
Das ist der Vogel, den ich liebe.

Sie denkt, dass sie sich erheben, gehen werden, lässt ein paar Minuten verstreichen. Sie kehrt zum Tisch zurück. Sie sagt, dass die Stadt im Augenblick schön sei, dass es Terrassen gebe, auf die man sich setzen könne, um eiskalte Getränke zu bestellen.

Sie wartet. Niemand geht.

Es ist wie ein Spiel.

Es amüsiert sie.

»Was können wir jetzt tun?«

Sie gibt Pablo ein Zeichen. Er bringt ihr ein Buch, einen hohen Hocker.

Sie flüstert ein paar Worte. Er verschwindet und kommt mit einem Päckchen Zigaretten und seinem Feuerzeug wieder.

In der folgenden Stille hört man das Feuerzeug klicken.

Sie setzt sich auf den Hocker und schlägt die Beine übereinander.

Dann nimmt sie einen Zug und beginnt zu lesen.

»Gegen fünf wurde es kühler; ich schloss meine Fenster und begann wieder zu schreiben. Um sechs trat mein guter Freund Hubert ein; er kam von der Reitbahn zurück.«

Gemurmel im Saal. Das ist *Paludes*.[*]

Die Jogar lächelt.

»Ja, das ist *Paludes*.«

Sie liest weiter, reglos, kerzengerade auf dem Hocker, die Arme nackt in dem kleinen türkisfarbenen Kleid. Das Blasen des Rauchs mischt sich in die Worte, das Klicken des Feuerzeugs, wenn sie die nächste Zigarette anzündet.

Die Seiten, die sie umblättert.

Es dauert eine Stunde.

Sie liest *Paludes*, und die Kippen fallen auf den Boden, zwischen die Beine des Hockers und den Schatten ihres Körpers.

Wieder in der Garderobe, bürstet sie ihr Haar. Sie gießt blaue Lotion auf einen Wattebausch und schminkt ihr Gesicht ab.

»Ich hoffe, dass wir morgen spielen können. Ich will ihnen schließlich nicht jeden Abend *Paludes* vorlesen.«

Pablo öffnet den Fensterladen einen Spalt. Das Publikum steht noch auf dem Bürgersteig. Die Leute unterhalten sich über diesen etwas ungewöhnlichen Abend.

Pablo hilft ihr, das Kleid aufzuhaken. Sie zieht eine Jeans und ein schwarzes T-Shirt an.

Hochhackige Pumps, eine goldene Schnalle auf der Seite.

»Was machen Sie heute Abend?«, fragt sie.

»Ich gehe ins Cid.«

---

[*] *Die Sümpfe*. Satirische Erzählung von André Gide (1895).

»Ich will nicht allein sein. Nehmen Sie mich mit.«

»Das ist keine Bar für Sie.«

Sie lacht laut.

»Weil es eine Schwulenbar ist?«

Sie ordnet die Schminksachen, die durcheinander auf dem Tisch liegen, schließt die Puderdose, räumt die Stifte zusammen, schiebt alles in eine kleine Stofftasche.

»Ich bin Ihr Friseur, Ihr Psychologe, Ihr Krankengymnast, das reicht, meine Dunkelhaarige.«

Er blickt auf seine Uhr.

»Und mein Dienst ist zu Ende.«

Die Jogar nimmt ihre Tasche, stellt sie auf die Knie, öffnet sie und nimmt ihr Handy heraus.

Sie blickt Pablo an.

»Haben Sie eine Verabredung? Kenne ich ihn?«

Er lächelt.

Sie hebt den Kopf, sieht ihn prüfend an.

»Ist es der Pianist der Vierzehn-Uhr-Vorstellung, der schöne Dunkelhaarige mit den schwarzen Augen?... Pablo, sagen Sie mir, dass es nicht er ist!«

»Wie finden Sie ihn?«

»Schön wie ein Gott, tut mir leid, wenn...«

»Bedauern Sie mich ruhig...«

Er geht zum Fenster und öffnet den Fensterladen.

»Sie ziehen ab, wir können gehen.«

Die Jogar taucht ins Gewirr der engen Gässchen ein. Schulweg. Bürgersteige der Kindheit, Mauern, die von Wutausbrüchen erzählen. Ihre kleine Hand in der behandschuhten Hand ihrer Mutter. Winter, der Mistral blies, sie trug ihren karierten Mantel, untadelig.

Rue de la Croix. Seit fünf Jahren hat sie Isabelle nicht mehr gesehen. Ein paarmal hat sie mit ihr telefoniert. Sie hat oft an sie gedacht.

Sie hebt den Kopf. Die Fettpflanzen haben der Hitze auf den Balkons widerstanden. Das Küchenfenster steht offen. Sie legt die Hand auf das Holz der Tür. Wie oft hatte sie sie geöffnet, in ihrem blauen Gewand mit der Geige. Sie war die Stufen hinaufgestiegen, hatte ihre Zöpfe gelöst und sich umgezogen, in unglaublicher Geschwindigkeit, Isabelle hatte ihr geholfen. Anschließend war sie in umgekehrter Richtung wieder hinuntergestürmt und ins Théâtre des Trois-Colombes gelaufen. Dort war sie dann endlich für zwei Stunden eine andere geworden. Wieder zu Hause, hatte sie ihre Zöpfe erneut flechten müssen. Mehrere Wochen war das so gegangen.

Die Jogar geht weiter. Ihre Puppe und der braune Bär sind immer noch da, in Sicherheit hinter dem Fenster. Wie zwei Posten, die die Straße bewachen.

Sie wird Isabelle später umarmen.

Sie geht den Bürgersteig entlang und biegt nach links, in die enge Rue du Mont-de-Piété. Das Viertel verwandelt sich in ein Labyrinth. Ein gewundenes Gässchen zwischen hohen Steinmauern. Ganz am Ende ein Portal aus lackiertem Holz. Dort wurde sie geboren, in dem schönen Gebäude mit dem Garten. Tonkrüge aus Anduze mit Zitronenbäumen. Vor dem Winter trug der Gärtner sie hinein, damit sie nicht erfroren.

Die Fassade schaut nach Süden, die Fensterläden sind geschlossen.

Eine Kletterrose bedeckt einen Teil der Mauer, kleine weiße Röschen blühen mit zerknitterten Blütenblättern.

Nachts kämpften die Ratten und die Tauben um denselben Mülleimer. Morgens fand sie Blut auf dem Pflaster, Federn, Kampfspuren, manchmal auch Kadaver.

Ihr Vater wollte, dass sie Notarin würde. Er schickte sie ins Pensionat, damit sie ihm später dankte. Drei Jahre ohne Theater, ein ebenso heftiger wie sinnloser Entzug. Sie lernte Latein, Rhetorik, Disziplin. Sie las Seneca, Voltaire und die anderen. Vieles musste sie auswendig lernen, sie trainierte ihr Gedächtnis. Mit achtzehn schlug sie die Tür hinter sich zu.

Sie atmet tief durch.

Sie klingelt.

Sie wartet.

Nichts rührt sich. Es ist später Nachmittag. Insekten summen um die warmen Steine der Mauer. Zikaden zirpen. Es riecht nach Honig, Lavendel.

Sie klingelt erneut.

Fünf Jahre lang hat sie dieses Haus nicht mehr betreten. Das letzte Mal war sie da gewesen, um ihnen mitzuteilen, dass sie gehen würde. Sie hatte ihren ersten Vertrag bekommen, sollte in *Ultimes déviances* (Letzte Abartigkeiten) in Lyon, in der renommierten Salle de la Corbeille spielen. Ihr Vater hatte Kugeln aus Vogelfutter ans Fenster gehängt, die Vögel flogen herbei, die Katze lauerte. Sie fing einen Vogel und brachte ihn ins Wohnzimmer. Er musste lachen.

Sie hört sein Lachen noch immer.

Ihre Mutter stand neben der Tür.

Sie klingelt ein letztes Mal. Das Geräusch hallt durch das Haus. Sie wirft einen letzten Blick zu den Fenstern hinauf.

Ihr Vater kommt sicher spät nach Hause, jetzt, da das Haus leer ist.

Odon hat einen Tisch hinten im Patio gewählt, eine ruhige Ecke, den Blicken durch zwei hohe Pflanzen entzogen.

Er bestellt einen schottischen Whisky, einen Glenfarclas. Fünf Eiswürfel in einem Glas. Die Zeitung des Tages. Die Sitzgruppen sind rappelvoll. An der Bar reden Journalisten über das, was Didier Bezace gesagt hat. Es ist von nichts anderem die Rede als von der Notwendigkeit einer lebendigen Kultur, der Rückkehr eines Theaters, das näher an den Menschen dran ist. Ariane Mnouchkine ist bei ihnen, sie spricht von den langen Stunden, die nötig sind, von der Ausdauer, die man braucht, um ein Stück auf die Bühne zu bringen.

Odon wartet auf Mathilde.

Er wartet auf sie, ohne zu wissen, ob sie in ihrem Zimmer ist oder draußen, ob sie kommen oder gehen wird, allein oder in Begleitung.

Sein Whisky duftet nach Nüssen und Schokolade. Er schmeckt nach Torf. Er trinkt ihn in kleinen Schlucken. Ein Journalist begrüßt ihn, sie wechseln ein paar Worte. Die Eiswürfel schmelzen im Glas.

Eine Engländerin geht durch den Raum, gefolgt von einem kleinen hechelnden Hund.

Draußen ist es wie in einem Backofen.

Odon wartet bald eine Stunde, als sich am Eingang Gemurmel erhebt. Er dreht den Kopf. Die Journalisten lassen ihre Gläser stehen. Alles geht sehr schnell. Die Fotoapparate klicken.

Sie kommt von der Straße, von draußen.

Sie betritt den Patio. Obwohl er sie nicht sieht, obwohl sie kein Wort sagt, weiß Odon, dass sie es ist.

Sie ist in der Meute verborgen, unsichtbar.

Die ersten Fragen schwirren durch die Luft.

Duras, Pirandello, sie hat alles gespielt, aber woanders, in anderen Städten, und jetzt ist sie zurückgekommen. Sie wollen wissen, warum sie so lange gewartet hat.

Warum. Unausweichlich. Als gäbe es keine andere Frage.

Warum sind Sie da?

Sie antwortet, dass nur die Arbeit zähle. Die Aufgabe zu lernen, die phantastische Mühsal, die auch ein Vergnügen sei. Sie sagt, ein Leben reiche nicht aus. Man fragt sie, was das für ein Gefühl sei, so berühmt zu sein.

Sie lacht, erwidert, berühmt zu sein hindere einen nicht daran zu zweifeln.

Sie geht ein Stück in den Patio hinein. Odon sieht ihr Gesicht. Wieder diese warme Stimme.

»Es heißt, Sie seien verschlossen, schamhaft. Sind Sie endlich glücklich?«

Sie nähert sich den Pflanzen.

»Der Erfolg macht einsamer, macht die Einsamkeit unumgänglich.«

Während sie das murmelt, lässt sie ihre Hand durch das Laub wandern. Sie gibt ihnen die Jogar, sie erwarten das, diese Person. Theatralisch fährt sie mit der Hand durch die Luft.

»Schreiben Sie das auf keinen Fall!«

In dem folgenden Stimmengewirr hört Odon die Fragen nicht mehr, nur das Gelächter.

»Sie haben *Ultimes déviances* geschrieben und gespielt, dieses Stück ist sehr wichtig für Sie gewesen, es hat Sie bekannt gemacht, Ihnen den Erfolg gebracht... Haben Sie vor, noch etwas zu schreiben?«

»Nein.«

»Dabei haben Sie mit diesem Text bewiesen, dass Sie ein wirkliches Talent zum Schreiben haben... Sie antworten nicht?«

Sie schiebt den Journalisten mit der Hand beiseite.

»Sie haben ja keine Frage gestellt.«

Der Journalist lässt nicht locker.

»Sie begnügen sich in Zukunft also mit den Worten der anderen?«

»Ich begnüge mich damit, ja.«

»Was ist Ihre nächste Rolle?... Man spricht von Verlaine... Es heißt, Sie werden allein auf der Bühne sein.«

»Allein, ja. Ich ertrage mich mit niemandem mehr.«

Sie lacht.

Im Spiegel begegnet Odon ihren glühenden Augen. In diesem raschen Blickwechsel liegt ihre ganze Geschichte.

Er lächelt ihr zu.

Sie ist schön. Verwirrend. Für keine andere Frau hat er je ein größeres Verlangen empfunden.

Sie strich mit den Händen über seinen Rücken, flüsterte ein paar Worte. Ich habe Lust heute Abend, Lust auf Sachen, die ich nicht sagen kann... Sie legte ihren Mund an sein Ohr. Weißt du, dass man die letzte Erregungsstufe vor dem Orgasmus Plateau-Phase nennt?

Solche Dinge sagte sie gern.

Sie lachte.

Sie verzauberte wieder seine Tage.

Lieben war so einfach.

Sie erwidert sein Lächeln.

Und dann entzieht sie sich, verlässt die Meute, kehrt auf ihr Zimmer zurück.

Marie schlendert über den Platz vor dem Papstpalast. Vor ihr nimmt ein junger Mann im T-Shirt Anlauf, rennt dreißig Meter und prallt gegen die Mauer. Andere machen es ihm nach. Mehr als fünfzig tun das. Sie rennen, prallen ab und beginnen von vorn auf dem unter der Sonne ächzenden Platz.

Marie macht Fotos. Es ist eine eigenartige Szene. Eine Kamera filmt für die Abendnachrichten.

Ein Mädchen fällt hin vor Erschöpfung. Auf die Knie, die Hände am Stein. An der Mauer klebt Blut. Das Licht ist grell, die Schatten schwarz. Das Gesicht des Mädchens blass.

Marie nähert sich.

Die Augen des Mädchens sind offen, sie hat langes schwarzes Haar. Zu erschöpft, um aufzustehen, bleibt sie auf den Knien, mit ausgestreckten Armen, die flache Hand an der Mauer.

»Spielen ist keine Arbeit, es ist eine Leidenschaft. Man tötet uns!«

Mehr als hundert Theatergruppen haben die Stadt bereits verlassen. Bei Isabelle findet ein spontanes Treffen statt, Schauspieler, Bühnenarbeiter, auch ein paar Festivalbesucher mischen sich unter die Gruppe. Es gibt nicht genug Stühle für alle, die zuletzt Gekommenen setzen sich auf den Boden.

Marie ist in ihrem Zimmer, als sie den Lärm hört. Sie steht auf.

Isabelle hält sich abseits, sie sitzt auf dem Sofa am Fenster, in einem blasslila-goldenen Strasskleid. Fransen am Saum, ein Gürtel um die Hüften, fünfziger Jahre, ein Perlenband um die Stirn.

Sie winkt Marie zu.

Schon zu Zeiten von Jean Vilar war es so, alle trafen sich bei ihr. Unangemeldet schneiten sie herein, Gérard Philipe mit Anne, Agnès Varda, René Char und alle anderen.

Sie machte riesige Paellas, Pistou-Suppe, es roch nach Anchovis und Oliven, sie strichen Olivenpaste aufs Brot, tranken phantastisch schmeckende Weine, alle waren sehr fröhlich.

Und dann starben Gérard Philipe, Jean Vilar und René Char. Isabelle hat seine schönen Kostüme in ihrem Schrank aufbewahrt.

Greg geht zu Marie.

»Ich lebe in der Phantasie«, sagt er mit müder Stimme.

Sie weiß nicht, warum er das sagt.

Sie benutzt ihre Phantasie, um sich auszudenken, wie sie leben soll.

Auch Julie ist da, am anderen Ende des Raums. Schauspieler, die gezwungen sind, auf der Straße zu spielen oder in Kellern, fordern eine Bühne für alle. Für andere zählt nicht das Geld, ihnen ist es wichtig, zu reden, sich auszutauschen, zusammen mit den anderen hier zu sein. Eine Theatergruppe aus der Bretagne will abreisen. Ein Jahr lang haben sie sich vorbreitet, ganze Abende geprobt, Geld gespart, ihr Dorf hat zusammengelegt, damit sie in Avignon spielen können. Der Werkstattbesitzer hat ihnen einen Wagen geliehen. Sie haben nichts mehr. Pantomimen, die aus China gekommen sind, werden ebenfalls abreisen. Und die Festivalbesucher wehren sich dagegen, als reine Konsumenten betrachtet zu werden. Die Diskussion wird hitzig, leicht hysterisch, jemand weint.

Odon kommt, er geht um die Gruppe herum und küsst Isabelles Hände.

Er schimpft, weil es nach Shit riecht.

»Du solltest sie ihr Scheißzeug nicht rauchen lassen.«

»Woher soll ich wissen, was sie rauchen?«

Er zuckt die Achseln.

Die Diskussionen werden immer lebhafter. Die Unermüdlichsten schlagen vor, sich am nächsten Morgen um fünf Uhr zu treffen, um durch die Straßen zu marschieren und zu zeigen, dass sie da sind, hellwach.

Sie stimmen ab.

Marie macht ein Foto von den erhobenen Händen.

»Das ist ein Schuss, der nach hinten losgeht, das sag ich euch«, kommentiert Odon.

»Solange er überhaupt losgeht...«, sagt ein rothaariges Mädchen.

Er dreht sich um.

Sie hat grüne Augen. Dutzende von Halsbändern um den Hals, aus unechten Perlen.

»Ja, mach dich nur lustig.«

»Kennen Sie die Bedingungen, unter denen man uns arbeiten lässt? Wissen Sie, was ein Bühnenarbeiter verdient?«

Ein junger Mann mit fast weißem Haar steigt auf einen Stuhl.

»Nicht die Kultur ist in Gefahr, sondern wir, die Künstler! Sie lassen uns verrecken!«

Er ballt die Faust.

Sie verabreden sich für den Abend, auf der Place Pasteur, kurz vor acht, um sich die Rede von Chirac im Fernsehen anzuhören.

Die Bühne ist die einzige geeignete Arena, Odon ist mit einer unbändigen Hoffnung davon überzeugt, dass das Theater eines Tages die Welt friedlicher machen wird.

Das rothaarige Mädchen erhebt ihr Glas. Sie blickt ihn provozierend an.

»Auf die Hoffnung, das Opium der Gaukler.«

Er wendet sich ab.

Isabelle nimmt ihn beim Arm.

»Sie sind dermaßen schön, wir müssen ihnen verzeihen.«

Isabelle holt einen Krug aus rosafarbenem Steingut mit Zitronenwasser aus dem Kühlschrank. Sie trocknet zwei Gläser ab und stellt sie auf den Tisch.

Nebenan brodelt es. Die Theatergruppe aus Rennes zieht türenschlagend ab.

Sie lächelt.

»Ich liebe sie, ich liebe sie so sehr…«

»Ich liebe sie auch, aber das ist doch kein Grund.«

Sie blickt zu Odon auf.

»Nein, du liebst nicht sie.«

Sie füllt die Gläser.

»Du liebst das Theater und die Künstler, die ihm dienen. Du liebst die Texte… Ich liebe sie. Ob sie Talent haben oder nicht, ist mir egal. Ich mag ihre Jugend, ihre Energie.«

Sie trinkt einen Schluck Zitronenwasser.

»Aber dass ich sie liebe, macht keinen besseren Menschen aus mir.«

Sie drückt eine Tablette aus einem Blisterstreifen. Für das Herz und gegen das Vergessen, dreimal pro Tag. Eine vierte, falls nötig. Sie schluckt sie mit etwas Wasser, legt den Streifen auf den Tisch zurück, zu dem Brot und allem anderen, was darauf steht.

Drei Generationen ein und derselben Familie haben in diesem Haus gelebt. Sie haben Spuren hinterlassen, Schalen, Wandschränke, Lampen.

Isabelle ist noch übrig.

Eine schwüle Hitze dringt durch das halb offene Fernster herein.

Sie blickt Odon an, sie kennt ihn in- und auswendig, sein Gesicht, seine Gefühle.

»Du hast sie wiedergesehen...«

Mehr braucht sie nicht zu sagen.

Er setzt sich.

»Gerade erst... Im Patio des La Mirande, es waren eine Menge Leute da, wir haben nicht miteinander gesprochen.«

Isabelles Augen leuchten.

»Wie sieht sie aus?«

»Wunderschön.«

»Ich würde sie gern wiedersehen...«

»Sie wird kommen.«

»Sie ist wohl ziemlich beschäftigt?«

Odon nimmt ihre Hände und drückt sie sanft in seinen.

»Für dich wird sie Zeit finden.«

Sie sprechen über Mathilde, leise, über die Zeit, als sie hier lebte, im Zimmer im ersten Stock *Ultimes déviances* lernte.

»Ich konnte sie nicht herauslocken...«, sagt Isabelle.

Die Lampe brannte bis tief in die Nacht. Odon wartete auf dem Kahn auf sie. Wenn er sich kaum noch wach halten konnte, kam sie endlich. Sie presste sich an ihn: »Liebe mich!« Noch vor dem Morgen ging sie wieder.

Sie erzählte ihm nicht, was sie machte, sie sagte nur: »Ich arbeite.« Wenn er nachbohrte, drückte sie ihre Stirn an seine Schulter. »Bis später.«

Isabelle legt eine Hand auf den Tisch.

»Eines Morgens kam sie aus ihrem Zimmer nach unten, sie setzte sich dorthin, auf diesen Platz, schob einen Stapel Blätter vor mich und bat mich, sie abzuhören...«

Odon nickt.

Sie reden immer noch über Mathilde.

Marie kommt. Auf der Türschwelle zögert sie kurz.

»Darf ich?«

Isabelle lächelt.

»Ja, Marie, du darfst.«

Marie füllt ein Glas mit Wasser und trinkt es im Stehen aus, mit dem Rücken zur Spüle. Auf einem Tisch an der Wand steht ein Computer. Sie blickt ihn an.

»Du kannst ihn benutzen«, sagt Isabelle.

Marie zieht den Hocker heran. Sie bewegt den Cursor, eine Meerlandschaft erscheint.

Sie nimmt den Chip aus ihrer Kamera und steckt ihn in den Computer. Ihre Finger gleiten über die Tastatur, und im nächsten Augenblick öffnet sich ein Kaleidoskop von Fotos.

Sie geht von einem Foto zum nächsten, vergrößert manche, löscht andere.

Das Licht, das durch das Fenster scheint, beleuchtet ihren Nacken, die beiden Lederriemen, an denen der Beutel um ihren Hals hängt. Der schlaffe Ausschnitt ihres T-Shirts zeichnet einen Schatten auf ihre Haut.

Isabelle nähert sich.

»Darf ich sehen?«

Sie setzt sich neben Marie. Auf dem Bildschirm erscheinen Gegenstände, ein Waschbecken, eine alte Lampe, ein gesprungenes Glas... Marie sagt, sie habe diese Dinge auf Bürgersteigen gefunden, abgestellt, kaputt oder verloren.

Weitere Fotos. Menschen, Straßen, Plakate. Ein Bühnenarbeiter, der an einem Baum hängt, das Schwarzweißfoto eines einsamen Zuschauers, eine Demonstration mit Rauch im Hintergrund.

Das Summen des Computers mischt sich in ihr Flüstern, das leise Klappern der Tasten.

Odon vor seinem Theater, einen Schwamm in der Hand.

»Komm und schau dir das an!«, sagt Isabelle.

Er geht zu ihnen.

Die Farbe rinnt über die Tür.

Marie lässt weitere Fotos vorüberziehen, eine Laterne, ein freies Gelände.

»Mein Bruder hat auf Baustellen gearbeitet. Morgens wartete er in einem Unterstand mit Kerlen, die kräftiger waren als er. Ein Kastenwagen kam vorbei. Wenn er nicht ausgewählt wurde, ging er in die Bar, zu Tony.«

Sie klickt auf das Foto.

»Das ist das Bistro der Aristos.«

Sie kratzt die Haut an ihrem Arm mit den Fingernägeln. Anscheinend ist ihr gar nicht bewusst, dass sie das tut.

Odon geht ans Fenster, betrachtet den Himmel und lauscht ihren Worten.

»Sie schlossen Wetten ab, er gewann und verlor. Wenn er gewann, versteckte er das Geld unter dem Sitz des Lieferwagens. Er wollte mit mir nach Vietnam, angeblich gibt es dort einen Ort, den man gesehen haben muss, bevor man stirbt.«

»Die Halong-Bucht«, sagt Odon.

Marie dreht sich um, einen Arm auf der Stuhllehne.

»Ja, kann sein.«

»Bestimmt! Das ruhige Wasser, die Dschunken und die hohen Felsen, alle zieht es dorthin.«

Isabelle legt ihre Hand beruhigend auf Maries Arm. Ein Foto gleitet ins Bild. Dann klingelt das Telefon, Isabelle entschuldigt sich, verlässt den Raum und nimmt den Anruf in ihrem Zimmer entgegen.

Marie lässt andere Fotos vorüberziehen.

»Aus dem Bauch da komme ich.«

Odon nähert sich.

Eine Frau im rosafarbenen Morgenrock sitzt auf einem Stuhl, sie trägt ausgelatschte Pantoffeln. Der hochgerutschte Morgenrock entblößt gewaltige Schenkel. Ihr Gesicht sieht man nicht.

»Hast du das aufgenommen?«

»Wenn sie Ihnen gefällt, verkauf ich es Ihnen.«

Er lacht.

»Ein braves Mädchen verkauft die Fotos seiner Mutter nicht.«

Sie zuckt die Achseln.

Dann lässt sie ein anderes Foto erscheinen. Pauls Gesicht vor einem Hintergrund aus Beton. Der gleiche blaue Blick. Die Ähnlichkeit ist verblüffend.

»Wenn er abends nach Hause kam, fragte er, ob Sie angerufen hätten. Drei Wochen ging das so. Schließlich hat er nicht mehr gefragt und wieder mit seinen idiotischen Wetten angefangen.«

Sie zieht ein Heft aus ihrem Rucksack und wirft es auf den Tisch.

Das Heft rutscht, bis es von den Gläsern gestoppt wird.

»Sie können es lesen, an einer Stelle ist von Ihnen die Rede.«

Julie und die Jungs treffen sich mit den anderen auf der Place Pasteur. Über hundert Menschen scharen sich um den Fernseher und warten darauf, dass Chirac spricht. Niemand glaubt an diese Rede. Aus gutem Grund. Was er sagt, ist enttäuschend.

Danach tobt der Volkszorn. Jeder nimmt, was er findet, Kasserollen, Dosen, es hagelt Schläge, mit äußerster Brutalität. Geräusche von Eisen, menschliche Schreie. Eine Wut, die alles mit sich reißt.

Die Türen des Chien-Fou stehen offen. Sie spielen nicht *Nuit rouge*, sondern erzählen Sketche und Geschichten. Der Eintritt ist frei. Greg schlüpft in ein altes Kostüm, das er oben aus einem Überseekoffer genommen hat.

Julie nimmt zwei Marionetten aus einem Karton, sie parodiert die Rede des Präsidenten. Sie verspottet ihn, und der ganze Saal lacht.

Damien betritt die Bühne, er trägt eine rote Clownsnase. Er sagt, Jack Lang sei da, irgendwo im Publikum. Er lässt das Licht im Saal anmachen, sucht in den ersten Reihen. »Herr Minister...« Alle Blicke richten sich auf einen großen Mann, der in der zweiten Reihe sitzt. Damien steckt daraufhin die Hand in seine Tasche, holt einen Revolver heraus, es geht alles sehr schnell, der Schuss zerreißt die Luft, und der Mann stürzt zu Boden.

»Jetzt wird man über uns reden!«

Hinten im Saal ertönen Schreie. Jemand lacht. Der Mann steht auf.

Damien reicht Julie die Hand.
»Du glaubst nicht an die Wut der Clowns?«
Julie zittert so sehr, dass sie nicht antworten kann.

Die Jogar hört den Lärm der Kasserollen, die Schreie, die ganze Revolte, die zu ihr heraufdringt. Sie schließt das Fenster und setzt sich auf den Bettrand. Es ist ein schönes Zimmer, die Wände sind mit Toile de Jouy tapeziert. An den Fenstern hängen schwere Vorhänge, mit Seide gefüttert, die Falten fallen auf den Boden.

Über dem Bett ein Kronleuchter aus Venedig.

Freunde erwarten sie zum Abendessen. Sie hat keine Lust zu reden.

Sie setzt sich auf das Bett, massiert ihre Füße. Sie legt sich hin, betrachtet den Kronleuchter.

Sie liest ein paar Seiten des Textes, den sie für den nächsten Winter lernen muss, *Verlaine d'ardoise et de pluie*[*].

Sie schließt das Buch.

Blättert in Zeitschriften.

Ihr Koffer ist offen, die Kleider hängen an Kleiderständern. Es wird Abend. Die Lampen im Garten brennen. Sie ruft ihre Freunde an, um ihnen zu sagen, dass sie nicht kommt. Sie hat Lust auszugehen. Sie könnte die Rhone überqueren und Odon auf seinem Kahn besuchen. Sie lässt sich einen Tee heraufbringen. Man serviert ihn ihr auf einem Tablett, zusammen mit süßen Törtchen.

Die Glocken der Kirche läuten.

Sie denkt an ihn. Sie hat ihn im Patio gesehen, wusste, dass

---

[*] Guy Goffette, 1998.

er kommen würde, dass er irgendwann da sein würde, für sie, auf sie warten würde.

Sie trinkt ihren Tee.

In ihrem letzten Sommer fuhren sie in die Bretagne. Als sie in Saint-Malo ankamen, hatten sie Lust auf Guernsey. Die Heide, die Felsen und die Wellen, die sich an ihnen brechen, die Leuchttürme und die Nacht. Er schrieb ihr einen Satz von Baudelaire auf: »Man kann die Zeit nur vergessen, indem man sich ihrer bedient«. Als sie zurück war, klebte sie ihn über ihrem Schreibtisch an die Wand im blauen Zimmer, bei Isabelle.

Die Liebe ist nicht von Dauer. Sie ist ein glühender Impuls, ein Feuer. Sie verdrängt die wehmütigen Erinnerungen. Daran und an alles andere.

Sie trinkt ihren Tee aus und stellt die Tasse zurück.

Sie klemmt ihren Kopf zwischen die beiden Kissen.

Sie nimmt sich wieder *Verlaine d'ardoise et de pluie* vor.

Ein Gässchen mit Huren, eine Weinbar, dort geht Odon hinein. Die Hände in den Taschen. Ein Jazzclub am Ende einer dunklen Sackgasse. Er hat seine Gewohnheiten. An der Bar ein paar einsame Gestalten. Glaskugeln auf den Tischen verbreiten ein düsteres Licht. Die Sitzbänke sind seit langem nicht mehr erneuert worden, das Kunstleder ist abgewetzt, hat Risse. Eine Jukebox spielt einen Song von Ray Charles.

Auf der Bühne steht ein Klavier.

Er stellt sich an die Bar und bestellt einen sehr starken Kaffee. Er holt das Heft hervor und legt es neben die Tasse.

Er trinkt einen Schluck und betrachtet das Klavier. Früher kam er regelmäßig mit Mathilde hierher, nach den Abendproben, sie aßen Tapas und tranken Wein. Immer an demselben Tisch. Sie verschränkten ihre Beine. Sie redeten über das Theater und die Autoren, die sie liebten. Eines Abends sprachen sie über das, was sie tun würden, wenn sie alt wären.

Odon trinkt seinen Kaffee aus.

Er schlägt das Heft auf.

Oben auf der ersten Seite steht der Name Selliès. In unregelmäßiger, fast ungelenker Schrift.

»6 Uhr 30 – Der eiskalte Asphalt dringt in meine Latschen. Eine alte Frau im Morgenrock kommt mit einem Napf voller Essen aus ihrem Haus, einen Augenblick glaubten wir, es sei für uns, doch sie hat es den Katzen hingeworfen. Dann ist der Lkw mit seinen großen gelben Scheinwerfern im Nebel aufgetaucht.«

Daneben eine Bleistiftzeichnung, Soldaten der Terrakotta-Armee von Xian. Weitere Zeichnungen füllen die folgenden Seiten, ein Helm, Details eines Koppels.

Weitere Sätze. »Die Welt sagt mir, pass auf dich auf, aber ich mache mir keine Sorgen, ich spiele nach meinen Regeln.«

Auf manchen Seiten stehen die Zeichnungen im Text, Notizen für den Anfang einer Geschichte. Ort und Datum stehen am unteren Rand jeder Seite.

»Ich sehe das Leben durch die Scheiben des Lieferwagens, den Blick der kleinen Marie. Sie hat ihr hübsches rotes Kleid angezogen. Es ist sieben. Sie klopft ans Fenster, bringt mir einen Kaffee. Was für eine verrückte Illusion! Wir werden endlich losfahren! Ich flüstere ihr ins Ohr, unsere Probleme werden verschwinden, wenn wir von der Freiheit träumen.«

Diesen Satz hat er unterstrichen, unsere Probleme werden verschwinden, wenn wir von der Freiheit träumen.

Eine Bank am Rand wird frei. Odon bestellt einen Cognac und nimmt sein Glas mit.

Er setzt die Lektüre fort.

»Ich habe keine Hunde, keine Hähne mehr, die ich kämpfen lassen kann. Tony will, dass ich wieder auf den Schild steige. Ich habe es bereits zweimal getan, das verbotene Glücksspiel, keiner schafft es ein drittes Mal.

Ich werde es nur tun, wenn es schneit.«

Es gibt noch mehr Seiten.

»Ich habe es satt, die kleine Marie in den Pfützen aufwachsen zu sehen. Ich möchte mit ihr wegfahren, ihr die Dschunken zeigen.«

Etwas weiter:

»Es ist jetzt bald drei Wochen her, dass ich *Anamorphose* weggeschickt habe, noch immer keine Antwort. Trotzdem habe ich Hoffnung.«

Es folgt eine Seite ohne Zeichnung.

»Heute Morgen habe ich unter den Bäumen gepisst, es herrschte keine Eiseskälte, es war nicht windig, da waren nur der schwarze Weg und der stinkende Boden. Ich hatte meinen Schwanz in der Hand, als ich sie sah, ein paar Flocken, die nichts zu wiegen schienen. Der Wetterbericht hatte Kälte, aber keinen Frost vorhergesagt, und Schnee erst recht nicht. Ich dachte, man kann sich auf nichts mehr verlassen, und ich hörte die kleine Marie singen.«

Odon legt das Heft hin.

Er trinkt einen Schluck Cognac.

Er beendet seine Lektüre.

»Der Schnee blieb ein paar Stunden liegen, wir konnten auf ihm laufen und unsere Spuren hinterlassen. Marie kam aus der Schule, sie schämte sich wegen irgendeiner Fahrkartengeschichte. Ich wollte ihre Schule niederbrennen. Die Mutter sagte: ›Geh arbeiten.‹ Die kleine Marie weinte.

Ich werde dich da rausholen, versprach ich ihr. Immer noch keine Nachricht bezüglich *Anamorphose*.«

Es wird Tag. Die Kröte ist irgendwo auf dem Kahn. Odon hört sie über den Fußboden springen. Ein Geräusch von Beinen und Körper.

Jeff ist in der Küche. Er macht Kaffee. Er hat beschlossen, damit zu beginnen, das Deck zu lackieren, zuerst die Bretter auf dem Vorschiff. Er muss die Töpfe, den Staub und das angesammelte Laub entfernen.

»Wirst du morgen da sein, wenn ich komme?«
»Keine Ahnung.«
»Aber auf den Kähnen neben uns wird jemand sein?«
»Es ist immer jemand auf den Kähnen neben uns.«
»Nicht immer.«
»Versuch den Mund zu halten, Jeff.«
Jeff wendet sich den Bullaugen zu.
»Die Leute auf den anderen Kähnen mag ich auch.«
Er reibt mit dem Finger die Scheibe.
»Und wenn niemand auf den Kähnen ist?«
»Es wird jemand da sein.«
Und fast bedauernd fügt Odon hinzu: »Irgendwo ist immer jemand.«

Die freien Theaterleute haben die vierzehn Tore der Stadtmauer geschlossen. Für ein paar Minuten wird Avignon eine Insel.

Niemand kann mehr hinein oder hinaus.

Avignon, geschlossene Stadt.

Julie klettert auf eine Barrikade. Hin und her gerissen zwischen der Lust zu spielen und dem Wunsch, es mit der Staatsgewalt aufzunehmen. Sie zählt hundertfünfzig Sekunden, ehe die Bullen sie herunterholen.

Die Radikalsten wollen den Papstpalast angreifen.

Odon sieht sie über den Platz ziehen. Er versucht ruhig zu bleiben, doch es gelingt ihm nicht. Er hat Texte von Beckett und Tschechow inszeniert, sein Theater ist lange ein unumgänglicher Anziehungspunkt des Festivals gewesen. Er weiß, dass kreativ sein nicht genügt, man muss auch an die Öffentlichkeit gehen.

In seinem Büro findet ein Treffen statt. Die Truppe, die *L'Enfer* spielt, kommt dazu. Es geht nicht darum, zu katzbuckeln, sondern Kompromisse zu machen. Der Streik der Off-Szene steht nicht mehr im Fokus des Interesses. Julie sagt, alle gesellschaftlichen Fortschritte würden mit Gewalt erkämpft.

»Wie sollen wir denn leben? Aufrecht? Oder gebeugt, auf Knien?«

Odon holt seine Lizenz heraus.

»Soll ich sie zerreißen?«

»Das hat nichts damit zu tun, Papa!«

Sie hat recht. Er wendet sich ab. Er betrachtet das Plakat von *Nuit rouge*, den Namen Paul Selliès. Wenn sie spielen, erkennen sie ihn als Autor an, geben sie ihm eine Chance, gesehen und gehört zu werden und dadurch nicht länger ein toter Schatten hinter einem Text zu sein.

Es gibt immer eine Vielzahl von Gründen, etwas zu tun oder nicht zu tun.

»Es gibt andere Wege«, sagt er, »andere Möglichkeiten.«

Julie lässt sich nicht beirren.

»Nachgeben ist kein Weg!«

Odon hört ihr nicht zu.

Der Streik erregt kein Aufsehen mehr, sie werden auf andere Weise protestieren müssen.

Julie gibt nicht auf.

»Wir müssen In und Off in ein Boot bringen, aus Avignon eine tote Stadt machen! Das wäre die kulturelle Bewegung des Jahrhunderts!«

Odon wischt ihre Argumente mit einer Handbewegung fort.

Die Bühnenarbeiter sind müde. Die Jungs auch.

Julie gibt nach.

Nach kurzer Diskussion stimmen sie dafür, zu spielen.

Marie hört sie. Sie sitzt am Bühnenrand. Der Saal ist leer. Die Bühnenrequisiten stehen im Gang, ein Kostüm, ein Stuhl, ein großer Stoffparavent.

Die Sitze im Saal sind mit rotem Samt bezogen, der im Licht glänzt.

Es riecht nach Staub, nach Hitze.

»Nicht dieses Polohemd in einem Theater!«, sagt Odon, als er sie sieht.

Ihr Polohemd ist aus Baumwolljersey.

»Es ist grün«, erklärt er, »Grün bringt Unglück in einem Theater.«

Molière ist in einem grünen Kostüm auf der Bühne gestorben. Judas trug eine grüne Tunika. Der Lieferwagen ihres Bruders war ebenfalls grün... All das geht ihr durch den Kopf.

»Nur die Clowns dürfen Grün tragen, aber du bist kein Clown«, sagt Odon.

Marie bleibt auf dem Bühnenrand sitzen. Er sieht sie genauer an. In der Hand hält er das Heft ihres Bruders. Er reicht es ihr.

»Was ist das verbotene Glücksspiel?«, fragt er.

»Eine idiotische Wette«, erwidert sie.

»Und der Schild?«

»Ein Gullydeckel.«

»Und worum geht es?«

»Um nichts.«

Er gibt ihr das Heft zurück und lässt sich auf einen Sitz in der ersten Reihe fallen.

Maries Füße baumeln vor seinen Augen. Sie trägt Turnschuhe, mit offenen Schnürsenkeln.

»Und seine Faszination für die Terrakotta-Soldaten von Xian, woher kam die?«

»Die Bibliothek des Viertels, er war in ein Mädchen verliebt, eine intellektuelle Tussi, die sich wer weiß was einbildete, nur weil sie viel gelesen hatte.«

Er zündet sich eine Zigarette an, bläst den Rauch in die Luft.

»Sei nicht vulgär, das passt nicht zu dir. Wie alt bist du?«, fragt er.

»Fast zwanzig... Und Sie?«

»Nur ein bisschen älter.«

Er fährt sich mit der Hand durchs Haar. Er ist nicht alt, die Zeitspanne, die ihm noch bleibt, ist nur kürzer.

Marie baumelt mit den Beinen, die Absätze schlagen gegen den Vorhang. Dahinter sind Bretter, ein hämmerndes Geräusch.

»Du nervst, Marie.«

»Seien Sie nicht vulgär«, sagt sie.

»Vulgär sein ist etwas anderes.«

»Und was?«

»Vulgär bist du... Dein Haar, die Dinger überall in deinem Gesicht, deine Art zu reden.«

Sie antwortet nicht. Manchmal ist es einfach so, sie geht den Leuten auf die Nerven. Sie beugt sich nach hinten, um zu sehen, was über der Bühne ist, die großen Lampen und die hängenden Kulissenteile. Der Vorhang aus Streifen für *Nuit rouge* hängt ebenfalls da.

Sie setzt sich wieder in den Schneidersitz.

»Was muss man tun, um gut zu spielen?«, fragt sie.

»Man hebt den Kopf, blickt zum Kronleuchter und spricht deutlich.«

Sie sucht die Decke ab.

»Da ist kein Kronleuchter.«

Er lacht.

»Nein, da ist keiner. Aber früher gab es einen.«

Er zeigt auf einen Haken an der Decke in der Mitte des Saals.

»Aus schönem böhmischem Glas, lauter geschliffene Tränen, sehr schwer ... Zu schwer. Er ist mitten in einer Aufführung heruntergekommen, drei alte Männer saßen unter ihm.«

Marie zieht einen Schuh aus, zieht den Fuß an ihren Bauch und massiert die Fußsohle mit den Daumen.

Sie starrt auf den Haken und die Sitze direkt darunter.

»Wo ist er jetzt?«

»Der Kronleuchter? Irgendwo unterm Dach.«

Odon beobachtet sie. Er weiß nicht, ob sie wirklich glaubt, was er ihr da gerade erzählt hat. Es scheint so.

»Er ist nicht von allein heruntergefallen ...«, sagt er schließlich. »Wir haben ihn abgenommen, die Befestigung zeigte Anzeichen von Ermüdung.«

Sie betrachtet erneut den Haken.

»Dann sind die alten Männer also nicht gestorben?«

»Nein.«

Sie zieht den Schuh wieder an und bindet die Schnürsenkel zu.

»Haben Sie alles gelesen?«, fragt sie und deutet auf das Heft.

»Alles.«

»Und?«

»Er konnte gut schreiben ...«

»Ist das alles?«

»Was soll ich dir sagen?«

Sie steht auf und holt ihren Rucksack, kehrt ganz dicht an

den Bühnenrand zurück, die Fußspitzen ragen ins Leere. Ihr Fotoapparat schlägt gegen ihre Seite.

»Tatsächlich haben Sie meinen Bruder nur ein paar Tage zu spät angerufen. Haben Sie deswegen aufgehört, Bücher zu veröffentlichen?«

»Vielleicht ...«

Sie geht, verschwindet hinter dem Vorhang.

Er hört ihren Schritt, der sich entfernt, die Tür zum Gang, die geöffnet und wieder geschlossen wird.

Er bleibt eine ganze Weile allein auf seinem Platz sitzen. *Anamorphose* war ein Text, der ihn nicht mehr losgelassen hatte. Als er von Selliès' Tod erfahren hatte, war er wie erstarrt neben dem Telefon sitzen geblieben. Das Manuskript hatte auf seinem Schreibtisch gelegen, er hatte darin geblättert und nicht mehr gewusst, was er damit machen sollte. Es zu veröffentlichen war unmöglich geworden. Den Text eines toten Autors veröffentlicht man nicht. Er hatte überlegt, ihn in einer Schublade aufzubewahren. Er hatte ihn noch einmal gelesen. Sich auf etwas anderes zu konzentrieren war ihm unmöglich gewesen.

Er hatte beschlossen, es seiner Mutter zurückzuschicken. Er hatte sie angerufen. Sie hatte gesagt, sie wolle es nicht, er könne es verbrennen.

Er hatte es ihr trotzdem zurückgeschickt. In einem Umschlag. Den Umschlag in den Postkorb gelegt, sollte sie damit machen, was sie wollte, es vergessen oder verbrennen, ihr Problem.

Die Vorstellung läuft bereits seit einer halben Stunde, als die Streikenden auf die Bühne des Chien-Fou stürmen. Es sind zwanzig, draußen stehen noch mal so viele.

Sie sprechen von Solidarität.

Odon ist wütend.

»Wir sind bereits solidarisch!«

Er macht sich Vorwürfe. Er hätte die Türen abschließen sollen, doch sein Theater ist stets ein freier, offener Raum gewesen.

Der Ton wird lauter.

Einige Zuschauer pfeifen. Manche stehen auf, wollen gehen, sie verlangen ihr Geld zurück. Andere bleiben, betrübt, fatalistisch.

»Was tun wir?«, fragt Jeff.

»Was sollen wir deiner Meinung nach tun?«

Julie und die Jungs gehen unter die Dusche.

»Der heutige Abend ist im Eimer, aber morgen spielen wir bei geschlossenen Türen«, sagt Odon, als sie zurückkommen.

Julie streitet sich mit Damien.

Damien geht, wohin, sagt er nicht. Julie folgt ihm mit den Augen.

»Für heute ist es gelaufen«, sagt sie.

Ein Mädchen mit langen Haaren erwartet Yann auf dem Platz.

Odon hat einen Tisch im Restaurant de la Manutention reserviert. Marie hat gesagt, dass sie kommen würde, aber sie ist nicht da, ihr Teller steht am Ende des Tisches.

»Ein merkwürdiges Mädchen«, sagt Julie und blickt zu Maries leerem Platz.

Greg will nicht, dass der Kellner ihren Teller mitnimmt.

Yann spricht in sein Handy, er gibt seine Meinung über den Zufall kund, hört eine Nachricht ab.

Damien ist nicht da.

Streikende gehen zwischen den Tischen hindurch, sie tragen schwarze Armbinden. Julie sagt, sie werde morgen zu ihrer Versammlung kommen.

»Morgen versuchen wir zu spielen«, sagt Odon.

Flyer verteilen, proben und leben, wenn noch etwas Zeit bleibt.

Sie streiten sich deswegen. Es ist ein Festival, bei dem das Schlimmste möglich ist, ausgezeichnete Stücke werden totale Flops, und miserable Aufführungen sind ausverkauft.

Sie versuchen über andere Dinge zu reden. Über die Zukunft. Über Stücke, die sie auf dem nächsten Festival spielen könnten. Yann sagt, Porno laufe gut.

Marie kommt lautlos, setzt sich auf ihren Platz. Sie bestellt einen Salat. Die Unterhaltung geht weiter. Auf der Tischdecke beißt eine Gottesanbeterin den runden Kopf ihres Männchens ab. Sie frisst ihn. Das Männchen hängt immer noch hinten an ihr.

Greg ist angewidert.

Marie beugt sich vor.

»Das ist der Instinkt«, flüstert sie. »Wenn man seinem Instinkt folgt, ist man nie schuldig.«

»Trotzdem...«

»Sie tut das für ihre Jungen, dadurch bekommen sie Proteine.«

Sie spricht sehr leise.

»Und er ist einverstanden, sich auffressen zu lassen, damit sie ihre Ration bekommen?«

»Er ist einverstanden... aber wenn er die Wahl hat, wählt er ein Weibchen, das nicht mehr hungrig ist.«

Er hört das Geräusch der malmenden Kiefer.

Der Kellner stellt den Salat vor Marie.

Sie sprechen über *Nuit rouge*.

Odon sagt, keine Philosophie könne die Liebe, die Sehnsucht, die Hoffnung so gut ausdrücken wie diese Tonmenschen.

Yann möchte, dass ein Theateragent ihre Aufführung kauft. Auch wenn er sie zu einem Schleuderpreis verscherbelt, wenigstens würden sie in anderen Städten spielen. Warum nicht in einem anderen Land, São Paulo, Barcelona, New York...

Sie reden darüber. Beginnen zu träumen.

Jeff sagt, wenn ihr in Michigan spielt, komm ich mit.

Chatt' blickt nicht von seinem Teller auf. Der Gedanke, sich zu verkaufen, gefällt ihm nicht. Dass das Festival ein Markt ist. Dabei ist es einer, ein Markt, um den man nicht herumkommt.

»Eine richtige Messe des lebendigen Spektakels, und wir sind das Vieh...«

Odon erzählt, während irgendeiner Revolution, welche,

daran erinnert er sich nicht mehr, hätten die Theater nicht geschlossen. Die Truppen hätten jeden Abend gespielt, während draußen auf den Straßen überall Aufruhr gewesen sei. Sechs Jahre hätte das gedauert.

»Der Beweis, dass man gleichzeitig protestieren und spielen kann.«

»Uns interessiert nicht, was früher war«, sagt Julie.

»Wenn du das so siehst.«

Chatt' ritzt die Tischdecke mit der Spitze seines Messers, weiße Furchen, die sich eingraben und das Papier zerreißen.

»Im September, als die Proben wieder anfingen, da hättest du solidarisch sein sollen.«

»Was willst du damit sagen?«

Odon weiß es, er hat ihnen *Nuit rouge* aufgezwungen. In den Jahren davor hatte die Truppe Wetten über die Anzahl der verkauften Karten abgeschlossen, in diesem Jahr trauten sie sich nicht.

»Jetzt ist es jedenfalls zu spät, wir haben angefangen, und wir machen weiter!«, sagt Julie.

Odon spießt mehrere Pommes frites auf seine Gabel.

»Im Leben, in der Liebe, wir denken bei allem kurzfristig. Wenn man Theater machen will, muss man Risiken eingehen.«

»Es ist keine Frage des Risikos...«, sagt Chatt'.

Odon zögert. Er hat recht, es ist eine Frage des Mutes, und Mut beweisen sie, wenn sie spielen.

Am Ende des Tisches entfernt Marie die Schalen von ihren Garnelen.

»Ist Beckett tot?«, fragt sie.

Alle Köpfe drehen sich zu ihr.

Julie antwortet. Sie sagt, er sei schon lange tot.

Marie wischt sich die Hände an der Serviette ab, kramt in

ihrem Rucksack, holt ein Foto heraus, ein grüner Lieferwagen mit Rostflecken.

Sie gibt das Foto herum.

»Mein Bruder sagte, Beckett sei ein großer Autor.«

Die Jungs der Großen Odile spielen im Hof, um die Badewanne herum, ihre braungebrannten Beine schauen aus Baumwollshorts heraus. Sie haben den Wasserschlauch geholt. Die Wanne ist voll, Schüsseln stehen herum.

»Wo ist eure Mutter?«, fragt Jeff.

Sie zucken die Achseln, sie haben keine Ahnung.

Jeff lädt sie zu Baisers an der Place des Châtaignes ein. Sie ziehen die T-Shirts wieder an und laufen zur Bäckerei.

Die Baisers sind groß und weiß. Sie essen sie auf dem Bürgersteig sitzend, auf der Schattenseite gegenüber vom Chien-Fou.

Sie beißen hinein, und das Gebäck platzt, Stücke fliegen herum wie Segel. Sie fangen die Stücke mit den Händen auf. Die Finger kleben, sie bekommen Durst vom Zucker.

Sie sitzen nebeneinander, alle vier, aufgereiht vom Größten bis zum Kleinsten, und am Ende der Reihe Jeff.

Die Große Odile betritt das Hotel La Mirande. Schüchtern, verlegen, sie traut sich nicht weiterzugehen.

Die Jogar hat sie angerufen. »Ich erwarte dich im Hotel.«

Ohne zu sagen, warum.

Odile ist hastig in ihr schönstes Kleid geschlüpft. Sie hat die Jungs draußen mit dem Wasser spielen lassen, ist gekommen, so schnell sie konnte.

Die Jogar erwartet sie. Sie winkt ihr, ein Lächeln, sie nimmt ihre Hand und führt sie in den Patio.

»Ich wollte dir das zeigen, du sollst es einmal sehen.«

Odile blickt sich um. Sie steht in einem geschlossenen Hof mit Glasdach, Sesseln, Tischen. Ein Raum voller Licht mit Blick auf den Papstpalast durch die Glasöffnung.

Sie gehen durch die Aufenthaltsräume, schauen die Küchen an.

Die Gärten, die Fassade, Blumen, Tische mit weißen Decken unter den Sonnenschirmen. Um diese Tageszeit ist es ruhig im Hotel.

Odile blickt sich um, betrachtet die Vasen, die Sträuße.

»Man hat ja keine Ahnung, was hinter den Mauern ist...«, sagt sie träumerisch.

»Und jetzt zeige ich dir mein Zimmer.«

Sie gehen die Treppe hinauf.

Die Jogar öffnet die Tür.

Odile tritt als Erste ein. Das Fenster geht auf den Palast, ganz unten befinden sich die Gärten.

Die Badezimmertür steht offen, die weißen Handtücher hängen ordentlich da.

Einen Augenblick lang lockt sie die große Badewanne mit den schäumenden Produkten, den Cremes und Shampoos. Sie atmet die Parfums ein.

Auf einem Tisch stehen Lilien und Gladiolen in einer Vase, auf dem Kopfkissen liegen Bonbons.

Sie setzt sich auf das Bett.

»Du bist berühmt«, sagt sie.

»Deswegen hat man nicht weniger Sorgen.«

Sie telefoniert, lässt zwei Tabletts mit Knabberzeug kommen. Salzig, süß, und Getränke. Das Tablett auf dem Bett. Sie setzen sich gegenüber.

»Fünf Jahre vergehen schnell«, sagt Odile.

Sie bedient sich, betrachtet die Decke und den Kronleuchter aus farbigem Glas. Mit weit aufgerissenen Augen.

»Ich könnte hier nicht schlafen, es ist einfach zu schön!«

Sie isst ein Petit Four.

»Bezahlst du das Zimmer?«

Die Jogar bricht in Gelächter aus.

»Nein.«

»Wenn meine Jungs das sehen könnten! Wohin fährst du in Urlaub?«

»An einen See in Italien. Urlaub langweilt mich, die spielfreien Tage und all das...«

»Wie heißt der See?«

»Lago Maggiore.«

Odile betrachtet das Gesicht der Jogar, ihre Augen. Sie zieht die Augenbrauen hoch.

»Erinnerst du dich, sonntags waren wir immer traurig und Weihnachten krank.«

»Das hat sich nicht geändert.«

Odile nickt.

Die Jogar zündet sich eine Zigarette an, raucht und betrachtet die Decke.

»Und mein Vater?«

»Wie, dein Vater?«

»Hast du ihn wiedergesehen?«

»Nein, schon lange nicht mehr.«

»Weißt du, wie es ihm geht?«

»Ich habe nicht gehört, dass es ihm schlecht geht. Wirst du ihn besuchen?«

»Ich bin zu seinem Haus gegangen und habe geläutet, er war nicht da.«

Odile legt sich auf das Bett. Sie liegen nebeneinander. Teilen sich die Zigarette.

»Ich dachte, es sei verboten, in den Zimmern zu rauchen.«

»Ist es auch.«

Sie rauchen weiter. Alles ist ruhig. Die Straßengeräusche dringen kaum zu ihnen herauf.

»Als meine Mutter starb, war ich in Amerika«, sagt die Jogar.

»Du musst nicht darüber sprechen.«

»Ich wollte es dir nur sagen. Ich habe es erst bei meiner Rückkehr erfahren. Deswegen war ich nicht auf der Beerdigung.«

Sie erinnert sich an die Nachricht, die ihr Vater auf dem Anrufbeantworter hinterlassen hatte. »Deine Mutter ist heute gestorben.«

Eine weitere Nachricht zwei Tage später. »Wir haben deine Mutter heute Morgen beerdigt.«

Eine kühle, distanzierte Stimme. Ein Anruf zu Hause. Er hätte sie auf ihrem Handy anrufen können, sie hätte geantwortet, sie hätte es gewusst. Sie wäre gekommen.

»Odile?«

»Ja...«

»Ich glaube, er hat es absichtlich getan... Er hätte ahnen können, dass ich nicht da war, dass ich die Nachricht zu spät bekommen würde. Ich traue ihm das zu.«

Odile antwortet nicht.

Die Jogar hat ihren Vater ihr Leben lang geliebt und gehasst. Sich ihm gegenüber immer schuldig gefühlt.

»Wenn ich nicht hier bin, geht es mir gut, und wenn ich zurückkomme...«, sagt sie.

Sie liegen noch eine ganze Weile so nebeneinander, reden, schweigen, machen sich am Ende über sich selbst lustig und singen mit lachenden Augen *Lago Maggiore*.

Dann steht die Jogar auf. Sie nimmt ihre Tasche. Die Truppe hat einstimmig beschlossen zu spielen.

»Ich muss gehen!«

Sie geht zur Tür, kommt zurück, umarmt Odile. Ein dicker Kuss.

»Du kannst ein Bad nehmen, den Rest aufessen. Im Kühlschrank stehen Getränke... Nimm die Bonbons für deine Jungs und nimm auch die Blumen mit! Mach, wozu du Lust hast, und zieh die Tür zu, wenn du gehst.«

Die Jogar spielt um siebzehn Uhr.

Anschließend kehrt sie ins Hotel zurück.

Das Zimmer ist gemacht worden. Es gibt keine Spuren von Odile mehr.

In der Vase neue Blumen.

Sie bestellt etwas Hochprozentiges, egal was. Der Kellner kommt mit einem Tablett, ein Whisky und Post.

Die Jogar setzt sich auf den Bettrand, die nackten Füße auf dem Boden.

Sie schaltet den Fernseher ein, zappt durch die Kanäle, und macht ihn wieder aus. Schlägt ein Buch auf, blättert ein paar Seiten um. Unfähig zu lesen, steht sie auf und betrachtet ihren nackten Körper im Spiegel.

Sie nimmt ein fast kaltes Bad.

Sie schläft. Als sie aufwacht, ist es dunkel. Sie zieht eine beige Leinenhose und ein kurzärmeliges Hemd an. Unten lungern ein paar Journalisten herum. Auf der Straße reges Treiben. Zwei Clowns auf der Esplanade.

Léo Ferré hat dort gesungen, im Théâtre du Chêne-Noir. Er kam auf die Bühne. Seine Stimme. Das Klavier. Sie ging jedes Jahr in seine Konzerte. Dann die Beerdigung in Monaco, sie fuhr mit Isabelle hin, ein Grab neben dem von Josephine Baker. Sie weinten. Léo war fortgegangen, um die Toten singen zu lassen.

Place des Halles, sie wartet auf ein Taxi. Der Chauffeur starrt sie im Rückspiegel an.

»Sind Sie Schauspielerin?«, fragt er.
Sie sagt nein, sie sei auf der Durchreise.
»Aber Sie sehen jemandem ähnlich ...«
»Jeder sieht irgendjemandem ähnlich.«
»Ja, aber Sie ...«
Sie wendet den Kopf ab.

Er bohrt nicht weiter nach. Setzt sie hinter der Brücke ab. Mit baumelnden Armen, die Tasche in der Hand, läuft sie im gelben Schein einer Laterne. Der Kahn liegt unter den Bäumen. Eine gespannte Wäscheleine, darauf ein Handtuch.

Am Flussufer parkt ein Kleintransporter. Junge Leute sitzen um ein Feuer, einer spielt stockend *Jeux interdits*.

Sie geht zum Fluss.

Die Matratze liegt immer noch auf der Uferböschung. Bevor sie sich trennten, hatten sie sich geliebt, sie hatte gewusst, dass es das letzte Mal wäre, Odon hatte mit seinem ganzen Gewicht auf ihr gelegen, sie hatte es von ihm verlangt. »Zerquetsch mich ...«

Der Fluss wirbelt Schlamm hoch, der gegen den Rumpf schlägt. Es riecht nach feuchter Erde, eine Mischung aus Gras und Blättern, ein Geruch, der sie an ihre Nächte erinnert.

Die Kröte sitzt auf dem Laufsteg, aus der Ferne sieht sie wie ein grünlicher Stein aus.

»Monsieur Big Mac ...«

Sie nimmt ihn in die Hände.

Die Lampe über der Tür brennt. Sie erinnert sich, ein Satz wie ein Versprechen. Könnte es sein, dass er sie fünf Jahre lang hat brennen lassen ...

Sie setzt Big Mac wieder ab.

Odon sitzt auf Deck in einem Sessel. Mit dem Rücken zu ihr. Sie geht weiter. Berührt ihn leicht, ein Streichen mit den Fingern über den Hemdkragen.

»Es ist heiß am Ufer deines Flusses, man kommt sich vor wie in Iowa.«

Er lächelt, ohne sich umzudrehen.

Er nimmt ihre Hand und küsst ihre warme Handfläche. Seine Lippen finden den Geschmack ihrer Haut wieder.

»Aber ich bin nicht Phil Nans...«

Sie lässt ihre Finger über seine Schulter gleiten.

»Und auch nicht Clint Eastwood. Und ich bin nicht Meryl Streep.«

Sie schließt die Finger.

Er steht auf.

Er sagt: »Ich habe dich erwartet, ich habe Kaffee gemacht.«

Er schenkt ihr einen starken Arabica ein, brühheiß, ohne Zucker. Er bringt auch Wasser und Schokoladentäfelchen.

Sie sieht ihn an.

»Du hast dich nicht verändert.«

»Mein Äußeres passt sich an, aber innen drin...«

»Was ist innen drin?«

»Meine Hölle...«

Sie lächelt.

»Meine Hölle bist du.«

Die Luft ist feucht und heiß, der Fluss träge. Sie setzt sich auf das Sofa, lehnt den Kopf zurück.

»Wir konnten uns nicht zufällig wiedersehen... uns einfach so auf der Straße begegnen...«

Zwei Silberreifen umschließen ihr Handgelenk. Wenn sie sich bewegt, berühren sie sich. Ihre Arme sind nackt, goldbraun.

Er zündet sich eine neue Zigarette an. Ein Tabakhalm bleibt an seiner Lippe hängen, er entfernt ihn.

Sie streckt die Hand aus, nimmt seine Zigarette, raucht sie.

»Man erzählt, du lebst allein auf deinem Kahn und hast Freundinnen unter den Straßenmädchen.«

»Hörst du auf Gerüchte?«

»Ich höre auf alles, was mit dir zu tun hat.«

Sie erkundigt sich nach Isabelle. Sie sagt, sie sei durch die Rue de la Croix gekommen, aber nicht hinaufgegangen. Es mache ihr Angst, die Leute nach so langer Zeit wiederzusehen.

»Ich habe deine Schwester gesehen und den Pfarrer.«

Sie reden über Julie, über Jeff.

»Hast du immer noch dieses Foto? Den Vogel, der inmitten der Kugeln fliegt?«

»Ich habe es immer noch.«

»Und die Decke mit den Glühbirnen?«

Sie hatten eine Glühbirne an die andere gereiht. Vorsichtig, sie erinnern sich an die Einzelheiten, das unbändige Lachen.

Sie wirft den Kopf zurück, öffnet die Augen weit und streckt die Hand zum Himmel aus.

»Hast du den Mond gesehen, man könnte meinen, er weint...«

Sie erinnert sich an Dinge, die er vergessen hat.

»Du bist der schönste Teil von mir...«

Sagt sie.

Sie kann ihm alles sagen.

Sie reden nicht über *Anamorphose*. Und doch ist *Anamorphose* da, zwischen ihnen, ganz eng mit ihrer Geschichte verbunden.

Sie wechseln einen langen Blick.

Vor fünf Jahren hatte er das Manuskript in den Postkorb gelegt, und sie hatte es wieder herausgenommen, bevor der Briefträger kam. Sie tat es, ohne es ihm zu sagen, sie wollte es ihm später zurückgeben, er würde froh sein, es wiederzubekommen. Am Abend zuvor hatte er ihr von dieser so schönen Geschichte und dem Schicksal des Autors, der schrieb und dann starb, erzählt. Er war verwirrt, unsicher. Er hatte einen Text, aber keinen Autor. Selliès' Mutter scherte sich einen Dreck darum, und er hatte beschlossen, es ihr zurückzuschicken. Wozu?

Mathilde nahm das Manuskript ins blaue Zimmer mit.

Sie hatte es noch nicht gelesen.

Es war ein ganz gewöhnlicher brauner Umschlag.

Sie legte ihn auf den Tisch.

»Bist du mir böse?«, fragt sie.

Er antwortet nicht.

Er steht auf, legt die Hand auf ihren Nacken, eine sanfte Liebkosung.

»Ich werde etwas für dich machen.«

Er verschwindet im Kahn.

Sie steigt zu ihm hinunter. Er hat Feigen aus einer Schale genommen und halbiert sie mit einem scharfen Messer.

Sie setzt sich an den Tisch. Er hat die langsamen Bewegungen von Menschen, die auf Schiffen leben.

Er lässt Butter in einer Pfanne schmelzen und legt die Früchte in das heiße Fett. In einer anderen Pfanne erwärmt er Honig und Zitrone, darauf die Feigen. Ein paar Minuten genügen.

Zwei Kugeln Vanilleeis, eine pro Teller.

Sie kehren an Deck zurück. Essen schweigend. Die Feigen sind lauwarm, das Eis ist sehr kalt. Als sie fertig sind, bleiben auf dem Tisch zwei leere Teller und zwei Löffel.

Die Jogar stellt sich an die Reling und betrachtet den Fluss, die Stadt gegenüber und die Lichter.

Odon hat sie gelehrt, die Sterne zu erkennen, ihre genaue Position in der Sommernacht über dem Kahn.

Sie deutet mit dem Finger, benennt sie.

»Ich kenne deinen Körper, wie ich den Himmel kenne.«

Sie sagt es sehr leise.

Er geht nah an ihren Rücken heran und atmet den süßen Geruch ihres Nackens ein.

»Der Fluss ist nie so schön gewesen wie in jenem Jahr, weil ich mit dir zusammen war.«

Er spürt ihr Lächeln.

»Kann ich hier schlafen?«, fragt sie.

Er legt die Hände auf ihre Schultern und umarmt sie.

Er schüttelt den Kopf.

Er löst sich von ihr, stellt den Aschenbecher auf den Tisch, und spielt, die Zigarette zwischen den Lippen, einen alten Song von Bob Dylan.

Der Tisch stand am Fenster im blauen Zimmer. Eine Lampe mit einem Schirm aus Glas.

Mathilde erinnert sich. Sie hatte sich gesetzt, *Anamorphose* aufgeschlagen und den Anfang gelesen.

Der erste Satz hatte sie in den Text hineingezogen.

Es war dunkel geworden. Sie hatte die Lampe angemacht.

Eine brutale Geschichte, das hatte ihr gefallen. Sie hatte die Lektüre am Morgen beendet.

Sie erinnert sich nicht, warum sie Lust bekommen hatte zu korrigieren. Dieser Gedanke. Wann hat sie das zum ersten Mal gemacht? Einen Bleistift genommen und durchgestrichen? Bei welchem Wort?

Und zu welchem Zweck?

Sie weiß, dass sie am ersten Abend nicht korrigierte. Das begann erst am nächsten Tag.

Der Bleistift lag in der Schublade. Sie nahm ihn heraus. Rollte ihn zwischen den Fingern. Er war fast neu. Das Papier war von schlechter Qualität, der Bleistift war nicht gut zu sehen.

Sie unterstrich ein erstes Wort und ersetzte es durch ein anderes. Sie machte weiter. Tagelang. Sie fragte sich nicht, ob das, was sie da tat, gut oder schlecht war. Es war eine Art innerer Drang. Sie analysierte den Text, erkannte, was ihm fehlte, und gab es ihm, seine Nuancen, seine Innerlichkeit. Als sie aufblickte, war es dunkel hinter der Scheibe. Sie wusste nicht, warum sie das tat, und ebenso wenig, wohin es sie führte.

Tagsüber wartete sie auf den Abend, um sich wieder an die Arbeit zu machen. Ihr Leben hatte diesen Sinn bekommen.

Es kam vor, dass sie sich übergeben musste.

Sie sah, wie die Tage vergingen, die Stunden verflogen. Sie schlief erschöpft ein, mit dem Gefühl, dass nichts jemals ein Ende finden würde.

Sie erzählte niemandem davon.

Eines Tages las sie den Text wieder und wusste, dass sie fertig war.

Anamorphose war geschrieben.

So, wie es geschrieben sein musste.

Sie schloss das Manuskript. Legte die Hände flach darauf. In dem Bewusstsein, dass etwas getan war.

Und jetzt?

Sie brauchte Wochen, um *Anamorphose* zu lernen. Sie las laut, ganze Sätze, die sie wiederholte und mit den anderen verband.

Das geschah in ihrem Zimmer oder draußen. Sie rezitierte im Gehen, ein trauriges, düsteres Herunterleiern. Es ging ihr darum, sich die Worte einzuprägen. Der Ton würde später kommen.

Tagelang sah sie niemanden. Sie achtete nicht mehr auf sich, schminkte sich nicht, trug immer dieselben unförmigen

Kleider. Odon rief sie an, er wartete auf sie, sie kam nicht oder zu spät.

Sie vergaß.

Eines Abends kam sie auf den Kahn und legte das Manuskript auf den Tisch.

Sie sagte nichts, hatte nicht mehr die Kraft dazu.

Sie hatte abgenommen.

Er sah sie an. Ihr Mund war müde, ihre Arme hingen herab.

Er nahm das Manuskript. Die erste Seite war weiß. Er las den Titel, *Anamorphose*.

Er begriff. Sofort. Er sah wieder den Postkorb vor sich, den braunen Umschlag.

Dann begann er zu lesen. Sie stand auf der anderen Seite des Schreibtischs, reglos.

Sie rührte sich nicht.

Er las weiter.

Seine Lippen wurden trocken. Er erkannte Selliès' Worte. Sehr schnell. Er wusste, das war sein Text, aber er war zu etwas anderem geworden.

Solange er las, blieb Mathilde stehen. Er sagte ihr nicht, sie solle sich setzen. Sie hätte es tun können.

Die Lektüre dauerte über eine Stunde.

Die letzte Seite war weiß.

Er schloss das Manuskript.

Langsam blickte er zu Mathilde auf. Durch das offenstehende Bullauge drang etwas kühle Luft herein.

Er sah sie noch immer an.

Sie hob die Stirn. Sie war blass.

Und was wirst du jetzt tun?

Es spielen, sagte sie.

Er hatte gewusst, dass sie das antworten würde. Dass es keine andere Antwort geben konnte.

Er zog eine Zigarette aus seinem Päckchen.

Bevor man daran denken kann zu spielen, muss man lernen.

Sie legte eine Hand auf den Bauch, die Worte waren da, sie hatten bereits ihren Stoff gewebt. In ihrem Körper und in ihrem Kopf.

Ich habe gelernt.

Sie ließ ihm Zeit zu begreifen.

Du bist verrückt.

Wieso verrückt?

Er schüttelte langsam den Kopf.

Du hattest kein Recht dazu…, das war alles, was er herausbrauchte.

Sie löste ihre Hände.

Dieser Text durfte nicht zerstört werden.

Ihn gelernt zu haben reichte nicht. Die Aufgabe, die ihr noch zu erfüllen blieb, war größer. Sie musste vergessen. Den Weg in umgekehrter Richtung gehen, damit der Text kein Wissen mehr wäre. Erst dann würde sie ihn spielen können.

Wo den Fuß hinsetzen, wie die Stimme führen? Diesen Weg konnte sie nicht allein gehen.

Sie brauchte ihn.

Ich brauche dich, sagte sie.

Odon brachte es ihr bei. Um sie nicht zu verlieren oder um sie ein wenig länger zu behalten. Ein paar Monate. Eine Woche.

Sie trafen sich im Theater, abends, allein, wenn alle gegangen waren. Intensive Proben, die Stunden dauerten.

Sie rezitierte. Wenn sie nicht mehr konnte, zwang er sie weiterzumachen. Wenn sie erschöpft war, gab sie ihr Bestes.

Es kam vor, dass sie zu erschöpft war, um nach Hause zu gehen, sie gingen dann nach oben und schliefen dort ein paar

Stunden. Mathilde wachte auf, machte Kaffee und nahm sich den Text wieder vor. Ihre Stimme brachte sie zur Verzweiflung. Es war Nacht oder Morgen. Er fand sie auf der Bühne.

Sie liebten sich, um ihre Müdigkeit zu vergessen.

Um zu vergessen, dass das, was sie da taten, sie auch trennen würde.

Er war ihr Lehrer und ihr Liebhaber. *Anamorphose* nahm den Geruch von Schweiß und Sperma an.

Sie merkte sich alles, was er ihr beibrachte. Sie wusste seine Worte zu deuten, seine Wutanfälle, seine Ratschläge.

Sie arbeitete allein an ihrer Stimme, wenn er nicht da war.

Eines Abends kam er ins Theater, sie stand auf der Bühne, der Saal leer, und rezitierte *Anamorphose*.

Er kam lautlos herein. Sie hörte ihn nicht kommen.

Er hörte ihr zu, den Rücken an der Wand.

Es war schön, voller Kraft. Sie brauchte ihn nicht mehr. Er hatte sie verloren. Diese Erkenntnis war so offensichtlich, dass sie wie ein Messer in ihn eindrang. Sie würde fortgehen.

Er trat aus dem Schatten und öffnete seine Arme. Um nicht zu jammern, lächelte er. Sie begriff, dass er begriffen hatte, und weinte, an ihn geschmiegt.

Später änderte sie den Titel *Anamorphose*. Sie nannte es *Ultimes déviances*.

Menschenmassen drängen in den Hof des Klosters Saint-Louis. Odon ist da, er unterhält sich mit Julie Brochen und Bruno Tackels. Sie ist Schauspielerin und Regisseurin, er Schriftsteller und Bühnenautor. Alle sind gekommen, um ihren Standpunkt zur Kultur kundzutun. Auch die Einwohner der Stadt, die sich normalerweise im Hintergrund halten, haben den Weg nicht gescheut. Für die freien Theaterleute und Bühnenarbeiter geht es darum, neue Ideen zu entwickeln und die Bewegung voranzubringen. Alles muss überdacht werden, man muss erfinderisch sein, kreativ, den Weg des Theaters wiederfinden, ein neues Festival im nächsten Jahr.

Marie drängt sich in die Menge. Bahnt sich einen Weg durch die Menschen.

Auf dem großen Platz weigern sich wütende Festivalbesucher, die Flyer einer Theatergruppe anzunehmen, die spielt. Sie halten Schilder hoch, nennen sich »Zuschau-Spieler«.

Dennoch schleicht sich Routine ein. Das Herz ist nicht mehr dabei. Theatergruppen schmeißen hin, verlassen die Stadt über die Hauptstraße. Ein Exodus. Marie macht Fotos, fängt die Parolen mit der Kamera ein. Hört zu. Die Kultur muss auf sich aufmerksam machen, muss zu etwas Lebendigem werden, in dem sich alles vermischt, sich widerspricht.

Sie verirrt sich in der Stadt.

Zu viele Menschen, zu viel Haut. Die Gesichter glänzen, schwitzen. Die Körper, denen sie begegnet, sondern starke Gerüche ab. Alles vermischt sich, die Tränen, der Schweiß. Ein

Mann sitzt in gestreiften Shorts da. Eine Frau mit roten Wangen schlurft ihres Wegs, eine Tasche in der Hand.

Marie will nicht, dass man sie berührt. Sie geht dicht an den Wänden entlang, sucht den Schatten.

Von dort macht sie Fotos, die die Erschöpftheit der Körper einfangen.

Sie fotografiert auch den Abfall, der auf den Bürgersteigen der Stadt zurückbleibt.

Rue des Teinturiers. Das Viertel der Räder. Blumen an den Fenstern, Fensterläden aus Holz, Steinbänke.

Ein rotes Hemd hängt hinter einem geschlossenen Fenster auf einem Bügel. Leinenschuhe trocknen auf einem Balkon.

Die Platanen hier haben kurze Stämme.

Die Salle Benoît XII.

Die Chapelle des Pénitents Gris.

Julie und die Jungs sitzen auf dem Rand des Bürgersteigs und essen Pizza. Sie haben stundenlang Flyer verteilt. Julie hat immer noch welche. Greg schimpft über das Dreckszeug, mit dem die Pizzen belegt werden.

»Kampfstiere! Wisst ihr, wie diese Tiere sterben?«

Damien stützt sich auf die Brüstung und betrachtet das brackige Rinnsal der Sorgue.

Julie stellt sich neben ihn.

»Wie geht's dir?«

»Geht so…«

Sie haben sich wieder einmal gestritten. Sie will mit ihm reden, ein Gespräch beenden, das am Abend zuvor begonnen hat. Der Ton ist distanziert. Julie ist verkrampft. Jeder geht seines Wegs.

Abends strömen die Leute ins Chien-Fou. Odon schließt die Türen ab. Unnötig, die Streikenden sind anderswo.

Die Vorstellung beginnt.

Die Jogar ist da, diskret, sie hat einen Platz hinten im Saal gewählt. Sie will Odons Arbeit sehen. Sie weiß auch, dass seine Tochter spielt.

Zwei Zuschauer lassen ihren Sitz knallen.

Am Ende nimmt Julie die Hände der Jungs.

»Das war ein Stück von Paul Selliès!«

Sagt sie.

Der ganze Saal applaudiert.

Marie zittert vor Glück.

Die Jogar verlässt unbemerkt das Theater.

Die Jungs gehen unter die Dusche.

Julie sammelt die Digitalis ein. Sie legt sie in eine Zeitung, faltet diese zusammen und wirft sie in den Mülleimer.

»Warum hast du das gesagt?«, fragt Odon, als er zu ihr in die Garderobe kommt.

»Was?«

»Dass es ein Stück von Selliès war.«

Sie zuckt die Achseln. Sie weiß es nicht.

»Es war ein spontaner Einfall«, sagt sie.

Marie kommt. Sie hat Fotos von der Vorstellung gemacht und zeigt sie ihnen auf dem Bildschirm ihres Apparats.

Odon beugt sich vor. Die Jungs. Sogar Jeff. Die Platzanweiserin kommt mit einem Rosenstrauß für Julie.

Die Rosen sind gelb, frisch. Ein Umschlag steckt zwischen den Blättern. Es ist das erste Mal, dass Julie Blumen bekommt. Sie öffnet den Umschlag. Ihr Gesicht verfinstert sich. Sie lässt den Strauß auf dem Tisch liegen.

Sie deutet mit dem Finger auf Maries grünes Polohemd.

»Das solltest du nicht anziehen!«

Niemand begreift.

»Ich weiß...«, stammelt Marie.

»Wenn du es weißt, warum trägst du es dann?«

»Ich weiß es erst seit kurzem...«

Julie zuckt die Achseln. Mit dem Kinn deutet sie auf den Strauß und sagt zu ihrem Vater:

»Wenn du die Blumen willst...«

Die Karte ist zu Boden gefallen. Odon bückt sich und hebt sie auf.

Er dreht sie um. Ein paar Worte, geschrieben mit blauer Tinte: Du warst sehr bewegend, sehr schön, danke! Es folgt die hohe, breite Unterschrift der Jogar.

Odon hat Mathilde nicht im Saal gesehen, doch die Platzanweiserin hat gesagt, sie sei da gewesen und habe den Strauß an der Kasse abgegeben.

Er hat sie auf dem Platz gesucht.

Dann kehrt er auf seinen Kahn zurück.

Ihm ist nicht nach Schlafen. Er bleibt an Deck, denkt an sie.

Er steigt in den Frachtraum hinunter. Fünf Stufen. Die sechste ist kaputt. Jeff hätte sie schon längst reparieren sollen.

Der Frachtraum ist seine Höhle. Zwei Sessel. Bücher.

Er legt eine Platte auf, entfernt die Staubkugel am Saphir, es knackt in den Lautsprechern.

Er setzt den Arm auf die Rille, die Stimme ist rau, Klänge voller Schmerz, Maria Bethânia, *Soledad*.

Eine Stimme wie eine zweite Haut.

Der Gesang des sublimierten Leids. Die Liebe und ihre Risse.

Sie hörten es oft gemeinsam.

An der Tür, mit einer Heftzwecke befestigt, ein Foto von Mathilde. Auf dem Bett sitzend, im roten Licht der Kerzen, die Schönheit einer Bettlerin. Alle anderen hat er abgenommen. Dieses nicht, er konnte es nicht.

Er lässt sich in einen Sessel fallen. Mit den Jahren hat die Lehne die Form seines Körpers angenommen, ein breiter Abdruck im abgewetzten Samt und Brandspuren von Zigaretten auf der Armlehne.

Sie haben zusammen getrunken, Mathilde und er, hier, in

der letzten gemeinsamen Nacht, getrunken, um sich verlassen zu können.

Er, ganz allein, in den folgenden Nächten. Er deckte die Bullaugen mit Pappe ab. Sie hatte ihre Kostüme mitgenommen, ihr Lachen, ihr Licht. Sie hatte alle Spuren ihres Körpers auf dem Kahn gelöscht. Er wollte seine Liebe mit Alkohol betäuben, einen ordentlichen Kater bekommen. Er dachte, der Alkohol würde genügen und danach könnte er leben.

Er konnte es nicht.

Nachts suchte er sie. Sein Körper wurde verrückt. Er ballte die Fäuste, schlug sie gegen seinen Bauch. Er liebkoste sich, um sich an ihre Liebkosungen zu erinnern, verschaffte sich Orgasmen, es war Schmerz, er dachte, er würde daran krepieren.

Er starb nicht. Er wurde zu einem Schatten.

Einem amputierten Menschen.

Einem Witwer.

Eines Tages klingelte das Telefon, es war sie. Sie sagte, ich möchte, dass du *Anamorphose* veröffentlichst.

Es ist Mittag auf der Place des Corps-Saints, die Sonne brennt senkrecht vom Himmel. Die Tische stehen im Schatten der Platanen. Die Jogar isst mit Phil Nans, dem Direktor des Minotaure, und drei anderen Schauspielern zu Mittag.

Touristen schleppen sich dahin, kraftlos, in einer Luft, die immer noch unerträglich heiß ist.

Schauspieler, die schwere Mäntel, Handschuhe und Mützen tragen, kommen aus einer Tür und rufen nach dem Regen, dem Schnee, bitten, dass endlich etwas Kaltes vom Himmel fallen möge. Sie ziehen Tüten voller Konfetti aus ihren Taschen und werfen es in die Luft.

Auf dem Wasser des Springbrunnens schwimmt Konfetti. Dazwischen ein paar Flyer und Plastiktüten. Spaziergänger erkennen die Jogar und machen Fotos von ihr. Sie lässt sie gewähren. Ein Autogramm, ein paar Worte? Was soll sie schreiben? Herzliche Grüße? Das kann sie nicht. Sie schreibt: Danke. Danke, dass Sie da sind.

Die Schaulustigen bleiben. Weichen nicht von der Stelle. Was suchen sie in ihr? Erschaffen sie ihre Träume aus dem, was sie ihnen gibt? Die Männer begehren sie.

»Wenn ich draußen bin, gehöre ich ihnen.«

Phil Nans beugt sich vor, flüstert ihr ins Ohr. »Vielleicht denken sie, wir sind ein Liebespaar...«

Sie bleibt ernst.

»Das sind wir doch auch, schließlich spielen wir eins!«

Sie blickt ihn an. Er ist schön, der Mund sinnlich. Sie sollte eine Nacht mit ihm verbringen, ihn einen Abend lang lieben, einfach so. Sie hat es niemals gekonnt.

»Und darüber hinaus?«

»Darüber hinaus?«

»Was sind wir, wenn wir nicht spielen?«

Sie kratzt mit der Fingerspitze den Schatten auf der Tischdecke. Ihre Nägel sind rosafarben lackiert. Ein Lappen im Wind, dieses Bild fällt ihr ein, um auszudrücken, was sie ist, wenn sie nicht spielt.

»Wenn ich nicht spiele, bin ich nichts.«

Sie wendet den Kopf ab, betrachtet die fetten Nacken, die zerknitterten Hemden, einen Jungen, der beim Springbrunnen weint.

Festivalbesucher warten ungeduldig vor dem Théâtre des Corps-Saints. Ein Schauspieler, der wie ein Stallbursche gekleidet ist, tritt aus einer Tür, prallt mit der Hitze zusammen. Eine Welle der Wut rollt durch die Menge.

Die Hitze drückt die Körper auf die Bürgersteige, macht die Blicke leer. Ein Mann mit Schwabbelbauch läuft umher, das T-Shirt bis unter die Achseln hochgezogen.

Die Jogar wendet sich ab.

Sie steht auf, entschuldigt sich.

»Ich gehe ins Hotel zurück.«

Eine kümmerliche Prozession überquert den Platz. Streikende mit Bändern über den Mündern. Zwischen ihren verschlossenen Lippen dringt düsterer Gesang hervor.

Jeff hat einen Fisch in einem Glas gefunden, darauf ein Aufkleber: »Er heißt Nicky.«

Ausgesetzt auf den Stufen des Theaters.

Das Gefäß ist aus Milchglas.

»Er will nicht schwimmen«, sagt Jeff.

»Alle Fische schwimmen«, wirft Marie ein.

Dieser treibt an der Oberfläche.

Jeff nähert einen Finger ihrem Mund, berührt den Ring in Maries Lippe.

»Wozu dient er?«

»Zu nichts.«

»Dann ist er wie Einsteins Rätsel...«

Er erklärt es ihr, zeichnet fünf Häuser auf seinen Schenkel und deutet mit dem Finger auf die Dächer.

»Diese fünf Häuser haben nicht die gleiche Farbe. In jedem wohnt eine Person einer anderen Nationalität. Jeder Hausbesitzer bevorzugt ein bestimmtes Getränk, raucht eine bestimmte Zigarettenmarke und hält ein bestimmtes Haustier. Keiner hält das gleiche Tier, raucht die gleiche Zigarettenmarke und trinkt das gleiche Getränk.«

Er holt ein Stück Papier aus seiner Brieftasche. Eine große karierte Heftseite.

Er sieht Marie an.

»Machen wir weiter?«

Sie nickt.

Er liest, was dort geschrieben steht.

»Der Engländer wohnt in dem roten Haus. Der Schweizer hält einen Hund. Der Däne trinkt Tee. Das grüne Haus steht links von dem weißen. Der Besitzer des grünen Hauses trinkt Kaffee.«

Er liest langsam.

Julie und die Jungs kommen dazu und gehen um den Fisch herum. Odon lehnt sich an die Mauer und verschränkt die Arme.

Jeff gibt das Blatt Marie.

Die Fortsetzung des Rätsels ist lang. Sie liest still.

Die Person, die Pall Mall raucht, hält einen Vogel. Der Besitzer des gelben Hauses raucht Dunhill. Der Mann, der im mittleren Haus wohnt, trinkt Milch. Der Norweger wohnt im ersten Haus. Die Person, die Blends raucht, wohnt neben dem Mann, der eine Katze hält. Die Person, die ein Pferd hält, wohnt neben dem Dunhill-Raucher. Die Person, die Blue Master raucht, trinkt Bier. Der Deutsche raucht Prince. Der Norweger wohnt neben dem blauen Haus. Der Blends-Raucher hat einen Nachbarn, der Wasser trinkt.

»Man muss denjenigen finden, dem der Fisch gehört«, sagt Odon mit müder Stimme.

Julie zuckt die Achseln.

»Er hat uns Luculus versprochen, wenn wir die Antwort finden.«

Greg setzt sich neben Marie.

Er sagt, Luculus sei eines der berühmtesten Restaurants von Avignon.

»Er verspricht es, weil er weiß, dass niemand die Lösung finden wird...«

Marie lächelt und steckt das Blatt in ihre Tasche.

Mathilde ist vor einer guten Stunde gekommen. Sie hat vorher angerufen.

Isabelle presst Orangen in Gläser aus. Sie hat ihre Augen geschminkt, ausgetrocknete Wimperntusche, die sich staubig auf ihre Wangen legt.

Im Wohnzimmer riecht es nach Armen Rittern, Honig und Zucker. Die Scheiben liegen auf kleinen Tellern, dekoriert mit Johannisbeertrauben. Auf den Tellern sind die sieben Zwerge abgebildet. Sie sind unter den Scheiben verschwunden.

In einer Schale liegen Früchte: Pfirsiche, Aprikosen, Mirabellen.

Sie reden leise. Eine langsame Unterhaltung mit langen Blicken, geduldig. Ein Wiedersehen.

Mathilde trägt ihr Haar offen.

Alles hier ist ihr vertraut, die Gerüche, die Gegenstände, sogar Isabelles gealtertes Gesicht.

»Dein Haus ist immer mein Zufluchtsort gewesen...«
Isabelle lächelt.

»Als du von zu Hause weggegangen bist, bist du hierhergekommen.«

Dann ging sie nach Lyon und kam erst zehn Jahre später zurück... Wegen Odon. Sie war dreißig.

»Du hast mein erstes Bühnenkostüm genäht.«

»Als dein Vater das erfuhr, wollte er dich nicht mehr zu mir zurückkehren lassen.«

»Aber ich bin zurückgekommen...«

Sie erzählt von den Jahren im Pensionat.

Isabelle reibt ihre Hände.

»Deine Mutter wusste, dass du Schauspielunterricht genommen hast.«

Mathilde blickt auf.

»Woher wusste sie es? Hast du es ihr gesagt?«

»Nein. Sie hat es erraten. Ich kann dir sogar sagen, dass sie stolz auf dich war, weil du deinem Vater die Stirn geboten hast.«

Mathilde sitzt eine Weile schweigend da. Sie sieht das Gesicht ihrer Mutter vor sich, ihren distanzierten Blick, der stets ihrem Vater recht gab.

»Ich habe gelogen, und sie hat es gewusst...«

»Du hast nicht gelogen, du hast dich widersetzt«, sagt Isabelle.

Die Mütter müssen also sterben...

Sie war keine sehr lustige Mutter. Mathilde hat nie zu ihr gesagt: Ich liebe dich. Liebte sie sie? Eines Abend kam sie nach Hause, ihr Vater saß im Wohnzimmer. Über der Lehne eines Stuhls hing eine neue Uniform für das Internat. Er sagte nichts, deutete lediglich mit dem Finger auf sie. Er blickte nicht einmal von seiner Zeitung auf.

Es war nicht einfach, zwischen ihnen aufzuwachsen. Man wünschte sich zwangsläufig woandershin.

»Er hat mich teuer bezahlen lassen für meinen Schauspielunterricht.«

Isabelle legt die Hand auf Mathildes Arm.

»Als du gekommen bist, hast du deine Tasche dort hingestellt, neben die Tür, und geschworen, dass du dir nie mehr etwas aufzwingen lassen würdest.«

Sie reden von dem Plüschbär und der Puppe. Isabelle setzte sie an das Fenster, als Mathilde nach Lyon ging, mit zwanzig. Sie wollte, dass Monsols sich schämt, wenn er durch die Straße geht.

»Glaubst du, dass er je hier vorbeigeht?«

Isabelle weiß es nicht.

Sie berührt erneut ihre Hand, als würde ihr das helfen weiterzusprechen.

»Ich hörte dich abends herumlaufen, bis spät in die Nacht, auch im Flur, und morgens warst du schon früh auf den Beinen. Der Hunger hat dich aus deinem Zimmer getrieben.«

»Dieser Text hat mich völlig wahnsinnig gemacht«, sagt Mathilde.

Wahnsinnig vielleicht, aber die Arbeit war ihre Nahrung. Sie heilte ihre Verletzungen.

Isabelle streckt die Hand nach ihrem Gesicht aus.

Sie möchte über Odon reden. Er ist da, in ihren Pausen. Und in ihren Blicken unter den gesenkten Lidern. Sogar in der Art, wie sie zögernd ihr Glas streichelt.

»Odon geht es besser...«, sagt sie schließlich.

Mathilde lächelt sanft.

»Ich habe ihn gesehen.«

Sie erzählt von den wenigen Augenblicken am Abend auf dem Kahn, den Gesten, dieser immer noch vorhandenen Zärtlichkeit zwischen ihnen.

»Ihr beide, das war eine so schöne Geschichte«, sagt Isabelle. »Bedauerst du es nicht?«

Ein Lächeln huscht über Mathildes Gesicht. Manchmal fehlt ihr Odon, seine Zärtlichkeit, seine Liebe, die Umarmungen seines schweren Körpers.

Sie lässt ihren Löffel über die Arme-Ritter-Scheibe gleiten.

»Die Liebe ist eine Insel, wenn man geht, kommt man nicht mehr zurück.«

Sie steht auf und geht zum Fenster. Insekten summen wütend in den Balkonpflanzen. Die Blätter glühen von zu viel Sonne.

Isabelle tritt neben sie.

»Liebst du noch?«

»Ja... Ich liebe meinen Beruf, ich liebe die Worte, meine Freunde. Ich liebe die Erde, die Natur...«

»Und die Männer?«

»Die Männer auch manchmal. Ich liebe sie so sehr, dass ich sie nur leidenschaftlich lieben kann... Aber ich langweile mich schnell mit ihnen. Sie verschwenden meine Zeit, sie rauben mir die Kraft.«

Sie seufzt. »Die Leidenschaft ist eine rasch wachsende Frucht, die schnell herabfällt und... verfault.«

Sie lacht laut, als sie das sagt.

Sie nimmt die kleine Gießkanne und gießt etwas Wasser in die Töpfe. Die Feuchtigkeit, sofort aufgesogen, scheint der Erde entrissen zu werden, zu verdunsten.

Sie schließt das Fenster, um die Hitze auszusperren.

»Oben sind noch deine Sachen«, sagt Isabelle.

»Würde es dir was ausmachen, sie noch zu behalten?«

»Nein, natürlich nicht... Willst du dein Zimmer sehen?«

»Später, an einem anderen Tag... Ich komme wieder.«

Mathilde geht in der Küche umher, entdeckt vertraute Gegenstände, andere sind verschwunden. Der große rostige Spiegel.

Ihr Blick gleitet über die Dächer.

»Darf ich?«, fragt sie und bleibt vor Isabelles Schlafzimmer stehen.

Sie öffnet die Tür. Die Möbel sind um das Bett gruppiert, ein Sessel, eine Kommode, der Teppich, der Tisch, alles dicht beieinander. Ein großes Himmelbett. Der übrige Raum ist leer. Nacktes Parkett.

Auf dem Nachttisch Bücher. Ein Lehrbuch für Chinesisch.

»Lernst du Chinesisch?«

»Ich kenne schon mehr als hundert Zeichen«, erwidert Isabelle.

An einem Faden neben dem Bett hängt ein Vogel. Mathilde dreht ihn in der Hand hin und her.

Das Mobile von Calder...

Der Bildhauer schenkte es Isabelle, als sie ihn 1961 ein paar Tage beherbergte. Er hatte eine Konservendose von der Straße mitgebracht, sagte, in dem Schrott sei eine Form gefangen. Er nahm die Zange und zerlegte sie in Stücke. Ein paar rote Scheiben, abgerundete Spielsteine, ein perfektes Gleichgewicht. In das weiße Oval eines Flügels hatte er »Für Isabelle« geschrieben.

Die Jogar starrt ihr Gesicht im Spiegel ihrer Garderobe an. Ihren feuchten Hals. Sie fährt mit der Hand darüber, rollt den Kopf an der Sessellehne. Odon spreizte ihre Schenkel, hob sie hoch und ließ starke Düfte aus ihr strömen.

Pablo steckt ihr das Haar mit schwarzen Nadeln hoch.

»Woran denken Sie?«

»An nichts...«

In wenigen Minuten wird sie auf die Bühne gehen. Es sieht so aus, als würden die Streikenden an diesem Abend die Lust verlieren, so dass sie spielen können.

Pablo wärmt seine Hände, indem er sie aneinanderreibt, und lässt ein paar Tropfen Öl auf die Handflächen laufen. Es riecht nach Eukalyptus.

Er massiert ihren Nacken.

Sie schließt die Augen.

»Pablo... glauben Sie an die lebenslange Liebe?«

»Nein, meine Dunkelhaarige. Man erzählt uns davon seit der Kindheit, aber was Sie gestern geliebt haben, ist morgen schon langweilig.«

Manchmal nennt er sie so, meine Dunkelhaarige. Sie stöhnt. Der Körper altert, die Gefühle stumpfen ab.

»Das, was uns erwartet, ist also niederschmetternd?«

Er rückt ihren Kragen zurecht.

»Ja... Die Zeit vergeht, wir verlieren unseren Glanz und werden am Ende allein sein. Wir Schwulen lernen das sehr früh.«

»Und was soll man dagegen tun?«

Er massiert ihre Schläfen, ihren Schädel.

»Nehmen Sie sich Liebhaber, wechseln Sie sie und genießen Sie unbeschwerte Affären, solange noch Zeit ist.«

Sie denkt an die Liebhaber, die sie hätte haben können.

Sie denkt an Isabelle.

»Ich habe heute eine alte Freundin wiedergesehen, bei der ich früher gewohnt habe.«

»*Früher* ist ein Zauberland«, sagt Pablo.

Er wischt sich die Hände an einem Handtuch ab, wirft einen Blick auf die Wanduhr und ordnet die Puderdosen und Schminksachen, die durcheinander auf dem Tisch liegen.

Ist sie wirklich in dieser Stadt? Sie hat das Gefühl, nichts hinzukriegen.

Sie denkt an Jeff, der sie nicht grüßt. An ihren Vater, der darauf wartet, dass sie den ersten Schritt macht.

»Pablo, sagen Sie ... werde ich rührselig?«

Er steht da, mit dem Rücken zum Tisch, die Arme über der Brust verschränkt.

»Noch nicht.«

Sie lächelt. Rührseligkeit hätte sie nicht ertragen.

»Und was ist mit Ihrem schönen Flussschiffer?«, fragt er.

Die Jogar erhebt sich.

»Er ist kein Flussschiffer.«

»Aber er ist schön?«

Sie streckt die Arme, weit nach oben und dann nach hinten, und lässt die Gelenke knacken.

Sie seufzt tief.

»Viel zu schön ...«

Marie öffnet den Kühlschrank und nimmt einen Joghurt heraus, den sie an die Spüle gelehnt isst.

»Sie sollten das nicht mehr tun«, sagt sie und blickt Isabelle an.

»Das? Wovon redest du?«

Sie zuckt die Schultern.

»Nachts gehen Sie in die Zimmer und zeichnen Kreuze auf die Stirnen...«

Isabelle verzieht das Gesicht.

»Und warum sollte ich das nicht tun?«

»Eines Tages werden sie Sie an einen Pfahl binden und verbrennen.«

Isabelle neigt amüsiert den Kopf zur Seite.

»Das werden sie nicht tun.«

Auf dem Tisch steht ein Nähkästchen, Nadeln und Fäden. Ihre Kleider sind alt, die Säume lösen sich. Manchmal sind es Knöpfe, die abgehen. Sie kramt in dem Kästchen mit den Garnrollen und nimmt einen grauen Faden heraus.

»Ich habe Sie jedenfalls gewarnt«, sagt Marie.

Isabelle glaubt, dass die nächtlichen Kreuze diejenigen, die in ihrem Haus schlafen, beschützen.

Sie streicht mit der Hand über den Stoff, entfernt Staub. Ihre Hände sind alterslos. Seit einiger Zeit sind sie kalt und feucht.

»Wie fandest du Odons Stück?«

»Nicht schlecht.«

Isabelle blickt sie über ihre Brille hinweg an.

»Hast du ihm gesagt, dass es nicht schlecht ist?«

»Ja.«

»Und?«

»Und nichts.«

Sie sagt nicht, dass es das Stück ihres Bruders ist. Sie spricht nicht darüber.

Isabelle näht den Knopf an. Sie beißt den Faden mit den Zähnen durch, räumt die Nadeln, die Schere, die Garnrolle weg. Legt alles in ein Handköfferchen, die Stoffreste in eine Tüte.

»Odon ist mein Freund, weißt du das?«

»Ich weiß.«

Isabelle schließt das Köfferchen. Ihre Hände ruhen reglos auf dem Stoff.

»Ich bitte dich, das niemals zu vergessen...«

Marie antwortet nicht.

Isabelle legt die Fäden auf dem Tisch nebeneinander.

»Und jetzt erzähl mir von deinen Fotos. Fotografierst du schon lange?«

»Seit ein paar Jahren...«

»Zeigst du mir die neuesten?«

Marie zögert nicht. Sie steht auf und schaltet den Bildschirm ein. Sie zeigt die Fotos, die sie während der Aufführung von *Nuit rouge* gemacht hat, Julie auf der Bühne, allein, dann mit den Jungs. Ein Blick in den leeren Saal.

Eine Schauspielerin, mundtot gemacht mit einem Schal, ein Seil, an dem Flugblätter hängen: Das Publikum ist auch ein Künstler, das In ist Off...

»Das gefällt mir«, sagt sie und deutet auf ein erschöpftes Mädchen vor der Mauer des Papstpalastes.

Isabelle betrachtet es aufmerksam.

»Du solltest die besten ausdrucken und ausstellen. Es ist sinnlos zu fotografieren, wenn du die Fotos nicht anderen zugänglich machst.«

Marie schaltet den Bildschirm aus. Isabelle kehrt zum Tisch zurück.

Die Luft ist heiß trotz der geschlossenen Fensterläden.

Marie hat keine Lust, bei der Hitze rauszugehen. Sie bleibt in der Küche, liest noch einmal Einsteins Rätsel.

Ihr Bruder sagte, dass immer jedes Wort zähle, dass man sie sorgfältig betrachten und ihnen Zeit geben müsse.

»Odon hat Luculus für alle versprochen, wenn jemand die Lösung findet...«

Isabelle ist schlecht in Rätseln. Geschichten sind ihr lieber, aber sie hätte schon Lust, mit ihnen ins Restaurant zu gehen.

Sie lackiert ihre Fingernägel mit rotem Nagellack.

»Willy liebte Fotos... Kennst du Willy? Willy Ronis?«

Marie kennt ihn nicht. Sie hört zu, wie der Pinsel über die Wölbung der Fingernägel gleitet.

»Welche Fotografen kennst du?«

Niemanden. Doisneau ein wenig, wegen der Kalender im Caravan.

»Willy war Professor an der Kunstschule von Avignon«, sagt Isabelle. »Er war wie du, immer mit seinem Fotoapparat in den Straßen unterwegs.«

Marie schließt das Fläschchen. Im Raum riecht es jetzt nach Azeton und Nagellackentferner.

»Ich habe drei Fotos von ihm. Ich werde sie niemals verkaufen, dabei werden Willys Arbeiten heute sehr teuer gehandelt.«

Sie verlässt die Küche und kommt mit einem Buch zurück, das sie vor Marie hinlegt. Bistroszenen, Kinder, das Paris von Belleville und Ménilmontant.

»Wenn du dich für Fotografie interessierst, musst du Willy unbedingt studieren. Die anderen natürlich auch, aber besonders Willy.«

Hinten im Buch liegen die drei Originale. Ein alter Mann in einer Straße, ein Kind, das mit Murmeln spielt, und auf dem dritten eine zusammengerollte Katze unter einem Ofen.

Isabelle deutet auf die Signatur.

»Diese Fotos gehören mir, sie tragen alle eine Widmung.«

Ein letztes Foto wird von Seidenpapier geschützt. Isabelle hebt das Deckpapier hoch.

»Meine Tochter«, sagt sie leise.

Marie beugt sich vor.

»Sie ist schön«, sagt sie.

Isabelle streicht mit der Hand über das Gesicht.

»Sie ist bei dem Absturz der Japan Airlines zwischen Tokio und Osaka ums Leben gekommen, das Flugzeug prallte gegen einen Berg. Sie war dreißig.«

Sie legt das Deckblatt wieder auf das Foto und schließt das Buch, drückt es an sich.

Marie denkt an die Kreuze, die Isabelle nachts auf die Stirnen zeichnet.

Sie streckt die Hand aus, will Isabelle berühren, ihr Herz schlagen hören. Sie hat schon immer danach gesucht, durch die Haut der anderen, nach dem Pochen des Blutes.

Früher im Schulhof, man nahm sich in Acht vor ihr. Die Mädchen mieden sie, beschwerten sich bei ihrer Mutter, sie bekam Ärger deswegen. Ihr Bruder erklärte ihr, dass man sich nur den Herzen der Menschen nähern dürfe, die man sehr liebt.

Als er starb, legte sie die Hand auf seine Brust, da war nur Stille. Sie suchte überall, am Hals, in den Weichteilen des Arms, sie kratzte seinen Bauch.

Stille, nichts als Stille.

Marie hat neun Fotos ausgewählt und drucken lassen, im Format 24 x 30, schwarzweiß. Sie legt sie auf den Tisch, vor Isabelle, eins nach dem anderen.

Eine Straße mit Theaterplakaten, alle mit einem schwarzen Kreuz durchgestrichen, das Wort »Interluttants«, gemalt auf Blech, Fotos von Gegenständen, der Platz vor dem Papstpalast mit Streikenden, die auf dem Boden liegen.

Es sind auch drei Fotos der Aufführung dabei, auf denen man Julie und die Jungs mit dem großen Streifenvorhang und der modernen Stadt im Hintergrund sieht.

Isabelle betrachtet sie.

Sie beugt sich vor.

Marie genießt die Zeit, die sie mit ihr verbringt. Sie liebt ihre Pausen, ihren Geruch nach müder alter Dame.

Manchmal fragt Isabelle, wo sie ein Foto aufgenommen hat, in welchem Viertel. Sie versucht eine Straße, eine Passage wiederzuerkennen. Sie fragt selten nach dem Warum. Die Antworten darauf sind viel schwieriger.

Auf dem letzten Foto der Bär und die Porzellanpuppe, die Gitterstäbe des Fensters.

Isabelle betrachtet es länger als die anderen.

Dann nimmt sie die Brille ab.

Sie sieht Marie an, als kenne sie sie schon lange.

»Deine Fotos erzählen alle intime Details einer größeren Geschichte.«

Sie steht auf und öffnet das Fenster einen Spalt. Man hört

das Geräusch einer Bohrmaschine in einer Wohnung gegenüber.

Sie dreht sich um.

»Du solltest sie Odon zeigen. Wenn sie ihm gefallen, erlaubt er dir vielleicht, sie im Eingangsbereich seines Theaters auszustellen.«

Sie kehrt zu Marie zurück.

»Und du solltest dich gerade halten, das ist wichtig.«

Marie richtet sich auf.

Isabelle lächelt. »So ist es besser.«

Julie und die Jungs haben sich in der Garderobe versammelt und hören die Pressenachrichten, die der Regisseur Jacques Rebotier jeden Nachmittag verkündet. Es ist ein Treffen, das nicht lange dauert, ihnen aber wichtig ist.

Odon geht hinaus. Er findet den Pfarrer am Tisch mit dem Schachspiel. Er setzt sich ihm gegenüber.

Sein Gesicht ist finster.

»Woran denkst du?«, fragt der Pfarrer.

»An all das, was ich tun möchte und nicht tun werde.«

»Und?«

»Und nichts ... Es bringt mich zur Verzweiflung.«

Er hat sich mit Julie gestritten. Sie sagt, er sei ein Rechter. Das hat ihn verletzt. Er ist kein Rechter. Eher ein Linker. Sie ist wirklich eine Linke, idealistisch, sentimental, sie glaubt an das Gute im Menschen.

Eine ganze Weile geht das schon so, das Mitfühlen, die Brüderlichkeit, es nervt ihn. Er ertappt sich sogar schon dabei, dass er die Menschen für pervers, kleinlich und eifersüchtig hält.

Wird er etwa alt?

Julie sagt es.

Sie stellen die Figuren auf.

Sie spielen, ohne zu reden.

»Ich habe Mathilde gesehen«, sagt der Pfarrer. »Sie ist in meine Kirche gekommen.«

Seine Finger trommeln auf dem Rand des Tisches.

»Wir haben Marzipanschnittchen in der Sakristei gegessen. Ich habe sie auf den Vorplatz begleitet, die ganze Stadt hat uns gesehen.«

»Eitler Kerl«, knurrt Odon.

Der Pfarrer schiebt einen Bauern vor, zögert, nimmt den Zug zurück, macht den Weg für seine Dame frei. Ein spöttisches Lächeln umspielt seine Lippen.

»Ich widerspreche dir nicht... Dieser Augenblick hat mich übrigens ein paar ernste *Pater* und mehrere *Ave* gekostet. Und du?«

»Was ich?«

»Hast du sie wiedergesehen?«

»Das geht dich nichts an.«

»Du hast sie also wiedergesehen... Und wo, im Theater?«

»Auf dem Kahn.«

Die Augen des Pfarrers leuchten auf.

»Und?«

»Und nichts, wir haben einen Kaffee getrunken, uns unterhalten.«

Der Pfarrer schiebt einen Bauern vor.

Julie kommt aus dem Theater, die Hände in den Taschen einer Latzhose in völlig verrückten Farben. Sie stellt sich dicht hinter Odon und schlingt die Arme um seinen Hals.

»Weißt du, dass du wie ein alter Reaktionär spielst?«

»Ich weiß...«

Sie wirft einen Blick auf die begonnene Partie. Von Zeit zu Zeit spielt sie ebenfalls. Häufig verliert sie. Schwache Verteidigung, sie lässt sich die Figuren eine nach der anderen nehmen.

»Weißt du, dass wir beinahe das einzige Theater in dieser Stadt gewesen wären, das gespielt hat?«

»Galilei war zu seiner Zeit auch sehr allein, und er hat trotzdem recht gehabt.«

Sie löst ihre Arme von seinem Hals.

»Galilei, ja, natürlich, die Erde ist rund, während alle behaupteten, sie sei flach...«

Die Jungs kommen ebenfalls heraus.

Und Jeff, mit dem Fisch im Glas. Er stellt ihn auf die Stufe.

Er hofft, dass jemand vorbeikommt und ihn mitnimmt.

Vom Nachbarplatz dringt Beifall herüber, Applaus, der von Pfiffen übertönt wird.

Julie läuft hin.

Odon knurrt.

»Der Lärm lockt sie an wie der Honig die Fliegen...«

Odon setzt die Schachpartie mit dem Pfarrer fort. Marie kommt mit ihren Fotos, will sie ihm zeigen.

Sie wartet drinnen.

Zuschauer kommen und gehen, ein ständiges Hin und Her, manche kaufen Karten für die Abendvorstellung, andere suchen lediglich Schutz vor der Hitze.

Die Kassiererin hat gepflegte Fingernägel. Sie trägt eine Bluse mit großen Karos und eine Brille mit dicken Gläsern. Ihre Augen wirken riesig.

Zwei Japaner warten auf der Schwelle. Ihre Haut ist weiß. Sie betrachten die Sonne, wie man den Regen betrachtet. Ohne sich hinauszutrauen. Sie wechseln ein paar Worte in einer Sprache, die wie Musik klingt. Plötzlich gehen sie los, mit eingezogenen Köpfen und hochgezogenen Schultern, ähnliche dünne Baumwolljacken schützen sie. Sie überqueren den Platz, die Sonne ist überall, ihre Füße laufen durch das, was wie eine riesige Pfütze aussieht.

Sie verschwinden in der überdachten Passage.

Marie erscheint wieder in der Tür.

Rechts, am Fuß der Treppe, befindet sich die Holztafel, von der Isabelle gesprochen hat, an der ein paar Fotos früherer Vorstellungen und Zeitungsartikel hängen.

Marie setzt sich auf die Bank.

Unter ihr ein roter Teppichboden. Ihre Schuhsohlen sind dünn.

Isabelle hat gesagt: »Halte dich gerade, das ist wichtig.«

Sie richtet sich auf.

Schließlich kommt Odon. Er hat es eilig, deutet auf die Tafel. Sagt, er wisse Bescheid, Isabelle habe ihn angerufen.

Marie befestigt ihre Fotos mit Heftzwecken. Es bleibt noch Platz.

Die Kassiererin verlässt ihre kleine Kassenbox, sie findet, es sei schade, Löcher in so schöne Bilder zu machen.

Marie errötet.

Das Karussell auf der Place de l'Horloge dreht sich leer. Es nimmt die Pferde, die Kutschen mit sich, und auch die Sonne, die auf die Sättel und weißen Körper brennt.

Greg ist da, mit Jeff und seinen großen Flügeln.

»Man kommt sich vor wie in der Pampa!«, sagt er lachend.

Die Jungs der Großen Odile kommen und steigen auf die Holzpferde, ohne Tickets.

»Wo ist das Problem?«, fragen sie lachend.

Eine Prozession falscher Mönche marschiert Kirchenlieder singend über den Platz.

Marie betritt McDo. Sie bestellt einen Royal Bacon und eine Flasche Evian. Sie wählt einen Tisch im ersten Stock. Klimatisiert.

Es ist voll.

Während sie isst, beobachtet sie die Familien mit ihren Kindern.

Sie trinkt das Wasser.

Sie blättert in einer Zeitschrift, die auf einem Stuhl liegen gelassen wurde.

Sie berührt die schwarzen Krusten auf ihren Armen. Seit zwei Tagen hat sie sich nicht mehr blutig gekratzt. Sie geht hinaus. Läuft die Rue de la République hinunter, auf der Schattenseite, und weiter zum Kloster Saint-Louis. Im Hof spenden Platanen Schatten. Sie sind über hundert Jahre alt. Ihre Rinde löst sich stellenweise. Im Wasser des Springbrunnens hat jemand Flaschen kühlgestellt, ihre Hälse ragen über den Rand.

Marie taucht die Hände hinein. Das Wasser ist kühl. Sie taucht sie bis zu den Armen hinein, ihre Fingerspitzen berühren das grüne Moos, das den Boden bedeckt.

Sie lässt ihre Arme in der Sonne trocknen.

Eine Gruppe von Malern kommt aus einem Haus, sie tragen weiße Kittel und Zeichenmappen.

Marie geht weiter.

Unter den Arkaden eine Buchhandlung. Bücher sind auf Tischen ausgelegt.

An der Wand ein Poster von Beckett und Bartabas' Pferde.

Sie liest die Zeitungsartikel, Kritiken von Aufführungen, Interviews mit Schauspielern, die sie nicht kennt.

Sie blättert in einem Buch der Fotografin Nan Goldin, nackte Körper, Blicke, nächtliche Szenen, ein Mann, der im grellen Licht eines Spots auf dem Bettrand sitzt. Ein schonungsloses Bild, das ihr gefällt. Viel besser als Willy Ronis.

Auf einem Verkaufsständer stehen die weißen Bücher der Éditions O. Schnadel. Sämtliche Theatertexte, die im Chien-Fou gespielt worden sind, insgesamt zwanzig. Innen Fotos. In einem der Bücher erkennt Marie die Fassade, die Garderoben, in einem anderen die Bühne, den Saal. Odon Schnadel auf der Türschwelle. Schauspieler, die in früheren Jahren bei Stücken mitgespielt haben.

In der Küche riecht es nach Öl und Pfeffer. Paprikaschoten liegen mariniert in einer kleinen blauen Salatschüssel. Grüne und rote, zusammen mit eingelegten Tomaten.

Die Große Odile setzt sich an die andere Seite des Tisches und nimmt den Kopf zwischen die Hände.

»Im August fahren die Jungs ins Ferienlager, die beiden Großen werden ihren Vater besuchen.«

Sagt sie.

Odon blickt auf. Der Mund seiner Schwester ist traurig.

Sie bräuchte einen Mann, einen, der sie so sehr liebt, dass er sich um sie kümmert und sich in ihrem Leben verankert.

Odile kratzt den Tisch mit ihrem Fingernagel. Im Winter wird sie eine Anzeige aufgeben: Frau mit Kindern sucht… Es wird nicht einfach werden, ein neuer Mann in dieser Meute.

Esteban döst auf dem Sofa vor sich hin. Ihm ist warm, seine Wangen sind rot, das schweißnasse Haar klebt an seinem Nacken.

»Den anderen ist es egal, aber er bräuchte wirklich einen Vater«, sagt sie.

»Den anderen ist es nicht egal.«

Odile seufzt, steht auf und öffnet den Fensterladen einen Spalt.

»Das hab ich nur so gesagt…«

Odon spießt eine rote Paprika mit der Klinge seines Messers auf. Ein Tropfen Öl formt sich, langsam, voller Licht.

»Was sind das für Blumen?«, fragt er.

Sie dreht sich um. Die Lilien und Gladiolen, die sie aus dem La Mirande mitgebracht hat, stehen in der großen Arcopal-Vase. Schon am Verwelken.

Sie hat auch die Bonbons eingesteckt, für die Jungs. Aber sie hat kein Bad genommen. Sie ist eine Weile auf dem Bett sitzen geblieben. Die Blumen haben sie gereizt.

Sie möchte nicht darüber reden.

»Das sind Blumen«, sagt sie.

Odon sieht seine Schwester an.

In ihrer Kindheit haben sie ständig gestritten, Raufereien, die bisweilen recht heftig waren. Dann folgten Jahre, in denen sie kaum Kontakt hatten. Mit der Zeit haben sie sich angenähert.

Odile dreht sich um.

»Ich habe Mathilde lange vor dir gekannt.«

»Warum sagst du das?«

»Ich denke an unsere Jugend zurück.«

Sie geht zur Spüle und lässt kaltes Wasser ins Becken laufen, bis es voll ist.

»Sie kam zu mir, du bist ganz sicher manchmal da gewesen, du hast sie nur nicht gesehen ...«

Esteban liegt noch immer eingerollt auf dem Sofa. Sie geht zu ihm, hebt ihn hoch, setzt ihn auf den Rand der Spüle und taucht seine Füße in das kalte Wasser. Mit schalenförmig zusammengelegten Händen lässt sie das Wasser seine Waden entlangrinnen. Die Tropfen gleiten über die Haut.

Sie kühlt auch sein Gesicht.

Schließlich zieht sie ihm das T-Shirt aus, taucht es ins Wasser, wringt es aus und zieht es ihm nass wieder an.

»Manchmal sage ich mir, dass ich ebenfalls Unterricht hätte nehmen können, anstatt ihr zuzuschauen oder an der Tür auf sie zu warten.«

Sie spricht schleppend.

Odon ist überrascht.

»Hättest du gern Geige spielen gelernt?«

Sie trocknet sich die Hände an ihrer Schürze ab.

»Geige oder tanzen oder schauspielern... Weiß man denn, was man will, solange man es nicht versucht hat?«

Esteban lässt sich von der Spüle gleiten. Er geht zu Odon, verschränkt seine Finger und flüstert, dass in der Höhle seiner Hände Vögel fliegen.

Odon sagt, da sei nichts, die Vögel, die er sehe, seien nur für ihn da.

Der Junge lächelt. Der Stoff des T-Shirts klebt an seiner Haut, Tropfen rinnen seine nackten Schultern hinunter.

Die Unterhaltung schleppt sich dahin.

Odile füllt ein Glas mit Wasser. Sie sagt, sie müsse noch vor dem Herbst die Heizung überholen lassen. Und die Schultaschen für das neue Schuljahr kaufen.

Der Verein des Viertels hat einen Ausflug in die Camargue organisiert, vielleicht wird sie mitfahren.

Marie hat eine große Schachtel auf dem Bürgersteig gefunden.

Sie stand neben den Mülleimern. Eine Schachtel aus dicker Pappe, mit einem Deckel, den man herunterklappen kann, und einem Verschluss aus Metall. Sie sieht aus wie eine Hutschachtel. Die Innenseite ist glatt und mit einem dunklen geblümten Stoff ausgeschlagen.

Marie nimmt sie mit in ihr Zimmer. Stellt sie auf die Matratze.

Sie hat keine Ahnung, was sie damit anfangen soll.

Sie lässt die Schachtel auf dem Bett, ohne sie zu berühren.

Die Krusten auf ihren Armen sind eingetrocknet. Sie hat keine Lust, sie aufzukratzen. Manche sind abgefallen. Wenn sie mit dem Finger drüberfährt, spürt sie die weiche Spur der Narbe.

Sie sagt sich, es ist vorbei, jetzt gibt es keinen Grund mehr, das zu tun.

Die Schachtel ist rund, man könnte Dinge darin aufbewahren. Keine Gegenstände, nur Dinge, die mit kostbaren Wörtern benannt wären und die man in die Schachtel legen könnte, damit sie nicht verloren gehen.

Sie nähert sich der Schachtel. Schaut sie sich genauer an.

Auf dem Tisch im Wohnzimmer liegt ein großes Heft mit Blättern und Filzstiften daneben. Sie reißt eine Seite heraus. Mit großen Buchstaben schreibt sie: Gedankenurne.

Sie klebt das Stück Papier auf die Schachtel.

Mit einer Schere macht sie einen Schlitz in den Deckel.

Dann schneidet sie Papierquadrate zurecht.

Sie stellt die Schachtel auf die Bank auf dem Platz, neben die Telefonzelle. Sie legt die Papierstücke daneben und auf jedes einen Stein, damit sie nicht fortfliegen. Einen Stift.

Sie lässt die Schachtel dort stehen.

Überquert den Platz, dreht sich noch einmal um.

Am späten Nachmittag kommt sie wieder. Die Schachtel ist immer noch da. Sie setzt sich auf die Bank und stellt sie auf ihre Knie. Als sie sie vorsichtig schüttelt, bewegt sich etwas im Innern.

Sie hebt langsam den Deckel hoch.

Ein Dutzend Papierstücke, gefaltet, ein Platanenblatt, ein paar Flyer.

Auf dem ersten Zettel: »Ich liebe dich morgen.«

Sie faltet einen anderen auseinander: »Heute habe ich Erdbeeren gegessen, einen alten Stein gefunden, aus dem ich eine Bank machen kann, und einen Tisch in den Garten gestellt.«

Sie liest sie alle.

Nimmt sie mit in ihr Zimmer. Sie öffnet die Fensterläden, um das Licht hereinzulassen. Es ist zu schwach.

Sie geht mit den Zetteln ins Badezimmer. Das Neonlicht ist weiß, sehr grell, es tut fast weh in den Augen.

Genau das wollte Marie.

Sie legt die Zettel auf die Fliesen und macht ein Foto.

Jeff überquert den Platz mit den Hunden, die in der ersten Szene von *L'Enfer* auftreten werden.

Esteban hat vor dem Portal auf ihn gewartet. Er hat ihn auf den Rücken von Éthiopie gesetzt, einem ruhigen dreijährigen Weibchen. Ein kleiner Junge in Shorts und weißem Polohemd, die Passanten sind überrascht, ein Kind mit einem solchen Lächeln und einem Mondgesicht.

Marie sieht sie kommen.

Sie winkt ihnen zu. Jeff erwidert den Gruß, und die kleine Gruppe verschwindet im Flur.

Marie hat drei neue Fotos zu den anderen gehängt. Jetzt sind es zwölf, und es ist immer noch Platz für weitere. Die Leute, die darauf warten, dass die Türen geöffnet werden, nähern sich, um sie zu betrachten.

Sie hat ihre Gedankenurne auf der Bank stehen gelassen. Am späten Vormittag hat sie die Botschaften herausgenommen.

Sie betritt den Saal. Wählt einen Platz in der vierten Reihe.

Der Vorhang steht offen. Auf der Bühne Erde. In der Mitte ein Tisch mit einer weißen Decke.

Die Vorstellung beginnt. Ein Mann in einem Pelzmantel steigt eine Leiter hinauf und klettert auf eine Art Felsen.

Die Hunde kommen bellend auf die Bühne, es dauert nur ein paar Sekunden. Die Bühne ist zu klein für ein so großes Bühnenbild. Die Hunde geben ihr Bestes. Sie bellen, laufen und springen, versuchen den Mann auf der Leiter zu beißen.

Danach bringt Jeff sie zurück.

Marie langweilt sich.

Die Zuschauer um sie herum ebenfalls.

Marie lässt sich mit untergeschlagenen Beinen tief in den Sitz gleiten. Sie schließt die Augen. Die Stimmen wiegen sie. Ein langsames Eindösen, das in Schlaf übergeht.

Klagen wecken sie auf. Sie öffnet die Augen. Die Schauspieler stehen alle auf der Bühne, sie strecken ihre Hände, ihre Arme aus, und sie klagen. Manche kriechen. Man könnte meinen, sie seien Verdammte, wollten sich berühren, sich streicheln, werden daran gehindert.

Sie drehen sich wie Büßer, auf ihren Rücken tragen sie die Buchstaben des Wortes *enfer*, Hölle. Marie erschauert. Das ist die Umarmung der Toten. Sie stellt sich ihren Bruder in der Vorhölle vor, mit ausgestreckten Händen. Ebenso allein wie diese Seelen. Ebenso verdammt.

Die Körper auf der Bühne verrenken sich noch immer. Es dauert lange. Ein schrecklicher Anblick, von dem man die Augen nicht abzuwenden vermag und der andauert.

Marie schluckt bittere, salzige Spucke. Es ist ihr unmöglich zu applaudieren. Sie krümmt sich vor Übelkeit, steht auf. Schließt sich in die Toilette ein, ein Waschbecken, ein winziger Raum. Sie trinkt Wasser. Benetzt ihr Gesicht. An einem Nagel hängt ein Handtuch. Ein feuchter, stinkender abgewetzter Lappen. Sie riecht daran, um Brechreiz auszulösen.

Sie übergibt sich nicht.

Ihr Gesicht im Spiegel ist leichenblass. Sie blickt in ihre Augen.

Eins, zwei, drei, das Kinderspiel Himmel und Hölle, am Ende der Himmel, doch auf dem Rückweg landet sie mit geschlossenen Füßen auf dem Feld Hölle. Früher spielte sie das.

Sie geht hinaus.

Die Sonne auf dem Platz tut ihr weh.

Die Tür quietscht ganz leicht. Das Wohnzimmer ist leer. Marie schließt sich in ihr Zimmer ein. Sie hört die Geräusche von draußen, Lachen auf der Straße. Das Théâtre de la Condition-des-Soies ist ganz in der Nähe.

In ihrer Tasche findet sie die neuen Zettel, die sie am Vormittag aus der Gedankenurne genommen hat.

Sie wartet, dass es Nacht wird, um sie zu lesen.

Eine Theatergruppe kommt nach Hause, dann eine zweite. Gedämpfte Worte in den Nachbarzimmern, Seufzer, Türen öffnen sich, sie gehen unter die Dusche.

Dann Stille.

An die Stelle des Gelächters treten die Geräusche des Hauses, knarrender Fußboden, ein quietschender Fensterladen.

Im Schlaf hört sie ihren Bruder stöhnen. Sie träumt von Flüchen.

Sie rollt sich zusammen.

Weint salzige Tränen.

Paul fehlt ihr, sie hat nichts, was sie an seine Stelle setzen kann.

Sie wartet auf den Morgen.

Sie dreht den Kopf zum Fenster. Hinter den Scheiben ist noch immer viel Nacht.

Sie leckt ihren Arm, die Verletzungen. Leckt wie ein Tier, das sich putzt, und kratzt leicht, mit der scharfen Kante ihres Fingernagels. Zerkratzt sich dort, wo sie sich vorher bereits zerkratzt hat.

Die Jogar geht langsam über die Bühne, bis zum Rand. Die Füße in Netzballerinas mit geschmeidiger Sohle. Sie umschlingt ihren Körper, nimmt sich selbst in die Arme. Und es ist, als hätte sie das noch nie getan. Als hätte sie am Abend zuvor nicht bereits die gleichen Gesten auf dieser Bühne gemacht.

»Ich werde weiterleben, als wären diese Tage ein Traum gewesen....«

Sie hört Atmen, das Rascheln von Stoff, Beine, die sich kreuzen.

Sie wischt eine Träne mit dem Ärmel weg. Jemand flüstert.

»Gott, ist sie schön...«

Die letzten Worte.

Beifall.

Blumen werden auf die Bühne geworfen.

»Rote Rosen für Ihre schönen Augen!«

Ein ganzer Strauß.

Sie bückt sich, hebt den Strauß auf und drückt die roten Rosen an ihre Brust. Die Blütenblätter sind kalt.

Der Boden vibriert vom Beifall. Sie lächelt, zwischen Lachen und Tränen, strahlend steht sie vor ihnen. Sie verführt sie von den Bühnenbrettern herab.

Verzückte Gesichter.

Sie lächelt noch einmal.

Sie kehrt nicht zurück.

Sie kehrt niemals zurück.

In der Garderobe wirft sie die Blumen weg, lässt sich auf den Stuhl fallen und nimmt für einen Augenblick den Kopf zwischen die Hände, erschöpft.

Pablo legt ihr die Hand auf die Schulter.

»Jemand möchte Sie sprechen.«

»Ich bin für niemanden da.«

Sie befreit sich von den Ballerinas, legt die Beine auf die Tischkante und schließt die Augen.

Etwas Blut an der Stelle ihrer Brust, an die sie die Blumen gedrückt hat.

Pablo übt mit der Hand insistierenden Druck auf ihre Schulter aus.

Sie seufzt, zieht die Beine vom Tisch und dreht sich um.

Odon steht in der Tür.

Sie steht auf, bringt ihr Haar in Ordnung.

»Warst du im Saal?«

»Ja.«

»Wie war ich?«

»Wunderbar.«

»Ich glaube dir nicht.«

Er deutet auf die roten Spuren auf ihrer Brust.

»Du bist die gekreuzigte Jogar.«

Sie blickt in den Spiegel. Träufelt Desinfektionsmittel auf einen Wattebausch. Er nähert sich ihr und nimmt ihr die Watte aus der Hand.

»Du solltest die Blumen nicht so fest an dich drücken.«

Er tupft ihre Brust ab.

Um den Hals trägt sie die Kette, die er ihr geschenkt hat, als sie nach Schottland fuhren. Es hatte die ganze Woche geregnet. Sie hatten ihre Tage in den Pubs verbracht.

Er schiebt einen Finger unter die Kettenglieder.

»Die Schwester von Selliès ist da.«

»Wessen Schwester?«

Sie blickt zu ihm auf.

Dann wendet sie sich ab. Eine leichte Röte breitet sich auf ihren Wangen aus.

»Ich wusste nicht, dass er eine Schwester hatte.«

Er wirft den Wattebausch in den Mülleimer.

Sie schminkt ihr Gesicht ab. Auf dem Kosmetiktuch das Sandbraun des Puders. Zwischen den Borsten der Bürste ein paar Haare. Auf einem Stuhl zusammengefaltet eine Jeans und ein T-Shirt. Ein breiter geflochtener Ledergürtel. Sie nimmt alles und schlüpft hinter den Vorhang. Odon hört, wie sie das Kleid auszieht, das Rascheln des Stoffs. Er stellt sich ihre Bewegungen vor, die Schenkel in der Jeans, den Reißverschluss und das T-Shirt. Die Schnalle des Gürtels.

Sie kommt wieder hervor. Sie ist braungebrannt, am Bauch und an den muskulösen Armen. Sie nähert ihr Gesicht dem Spiegel, legt einen Hauch Puder auf.

Odon folgt ihr mit dem Blick.

»Sie weiß, dass ihr Bruder *Anamorphose* geschrieben hat...«

Ihre Augen begegnen sich.

»Und?«

»Und nichts... Sie weiß auch, dass er es mir geschickt hat.«

Sie zündet sich eine Zigarette an. Der Text wäre verloren gegangen. Über zweihundert Seiten, die nicht einmal gebunden waren.

»Ich habe nichts Schlimmes getan.«

»Das habe ich auch nicht gesagt.«

»Also was?«

Sie trägt Lipgloss auf ihre Lippen auf und schlüpft in Sandalen mit Absätzen und gekreuzten Riemen.

»Den Text von Selliès gibt es nicht mehr... Ich habe ihn

überarbeitet, ich habe ihn ersetzt, er ist zu etwas anderem geworden.«

Sie hebt den Kopf, ihre schwarzen Augen glühen. Sie wollte immer stärker sein als ihre Ängste, stärker als ihre Wünsche, dadurch ist sie die Jogar geworden.

Sie beruhigt sich. Lächelt ihm seufzend zu.

»Gehen wir etwas trinken?«

»Man wird uns zusammen sehen...«

Sie nimmt ihre Tasche, eine rote Umhängetasche, die sie über die Schulter hängt.

Sie berührt leicht Odons Arm.

»Ich kenne einen verschwiegenen Ort nicht weit von hier.«

Seit zwei Tagen trägt Jeff schon den Fisch mit sich herum. Er erträgt es nicht mehr, ihn eingehen zu sehen, daher überquert er mit dem Glas die Brücke und geht zu der Stelle am Ufer, wo Monsieur Big Mac für gewöhnlich schwimmt.

Der Fluss ist breit, zu groß, mit Wasser, das zu dunkel ist. Er stellt das Glas ans Ufer und kippt es langsam um. Das Wasser aus dem Glas vermischt sich mit dem des Flusses.

Jeff neigt das Glas noch mehr, lässt es ins Wasser gleiten und untergehen. Der Fisch bleibt im Inneren, er scheint es nicht verlassen zu wollen.

Jeff setzt sich unter die Platanen und kratzt mit einem Stock in der Erde herum.

Er denkt an das, was er tun muss, das Deck lackieren und den Salat gießen. Die Töpfe sind zu klein, der Salat hat nicht genügend Platz. Vorher waren Geranien in den Töpfen gewesen, doch er hatte den Geruch nicht gemocht und sie nicht mehr gegossen. Er muss auch die Abflüsse reinigen.

Der Fisch ist noch immer in seinem Glas.

Jeff beschließt zu gehen.

Am Abend kommen die Streikenden zurück und schlagen gegen die Türen, ein Höllenlärm, der Odon zwingt, die Vorstellung zu unterbrechen. Er geht hinaus und versucht zu diskutieren. Er spricht von *Nuit rouge*, von der langen Zeit, die nötig war, um dieses Stück auf die Bühne zu bringen.

»Wer seid ihr, dass ihr verhindert, einen Text zum Leben zu erwecken?«

Die Streikenden wollen sich nicht durch den Vorwurf der Gleichgültigkeit mundtot machen lassen. Odon bezeichnet sie als Scharlatane. Er sagt, Selliès sei wirklich gestorben.

Der Ton wird lauter. Die Meute drängt in den Eingangsbereich und stürmt den Saal.

Julie und die Jungs versuchen sie zu beruhigen.

Dann mischt sich Jeff ein. Wütend kommt er angelaufen und schlägt um sich. Schläge, die wehtun, im Gefängnis hat er gelernt auszuteilen. Das Ganze dauert nicht lange. Die Bullen kommen und nehmen Jeff mit aufs Revier.

Danach stehen alle draußen auf dem Platz, mit herabhängenden Armen. Der Pfarrer kommt heraus.

Damien ist angewidert. Er sagt, er werde sich von der Welt zurückziehen, Einsiedler werden und die Bank nicht mehr verlassen.

Die kleine Gruppe zerstreut sich langsam.

Odon geht in den Flur, eine dunkle, plumpe Gestalt. Julie hat seine Wut gehört, die Worte, mit denen er *Nuit rouge* verteidigt hat.

Sie lehnt sich an die Tür.

»Was ist das für eine Geschichte zwischen dir und Selliès?«, fragt sie.

»Es gibt keine Geschichte.«

»Kanntest du ihn?«

»Nein.«

»Warum dann?«

Er nimmt seine Jacke.

»Er hat mir vertraut.«

»Du hast ganze Schachteln voller Autoren, die dir vertraut haben.«

Er sieht seine Tochter ernst an.

»Ja, aber er hatte Talent.«

Odon überquert den Platz, findet den Pfarrer in der Sakristei. Er fragt sich, inwieweit die Götter die Menschen verstehen, was sie wirklich von ihnen sehen.

Er zündet eine Kerze an, die Flamme erhellt die Wand.

»Dein Gott hat uns vergessen, Pfarrer...«

»Du solltest schlafen gehen, Odon Schnadel.«

Odon zuckt die Achseln. Reibt das Holz des Tisches mit der Hand.

»Sie haben Jeff mitgenommen!«

»Das war nur eine Schlägerei«, sagt der Pfarrer, »ein Wutausbruch, an dem die Hitze schuld ist, morgen ist er wieder draußen.«

Vor dem Betstuhl hängt ein Kruzifix. Die Nägel durchbohren die Handgelenke der Christusfigur, Blut, zerfetzte Muskeln.

Odon geht in dem zu engen Raum hin und her.

»Ich möchte wissen, was dein Gott von den Menschen erwartet.«

»Er erwartet nichts.«

»Warum hat er uns dann erschaffen? Um uns das alles ertragen zu lassen?«

»Er erträgt sehr viel mehr als wir.«

Odon kann sich nicht beruhigen.

»In deinen Messen isst du Fleisch und trinkst Blut, du betest auf Knien zu einem Typen, der sich an ein Brett hat nageln lassen!«

Der Pfarrer schiebt ihn mit der Hand weg.

»Ein Kreuz ist kein Brett...«

Er geht in die Kirche, kniet nieder und betet mit gesenkter Stirn ganz allein vor dem Kreuz in der Dunkelheit für das Heil der Lebenden.

Marie hat einen freien Tisch im Schatten der Platanen auf der Place des Châtaignes gefunden. Sie bestellt ein großes Glas Limonade.

Bevor sie ging, hat Isabelle ein Buch in ihre Tasche gesteckt. »Du musst dich gerade halten und dich außerdem bilden«, hat sie gesagt.

Giono, *Regain*.[*]

Marie ist in die Geschichte vertieft, als Damien auf den Platz kommt. Er lässt sich auf den Stuhl ihr gegenüber fallen. Die Gendarmen hätten Jeff wieder freigelassen, erzählt er. Er blickt sich um.

»Ich muss mich um jemanden oder etwas kümmern.«

»Und Julie?«

»Julie?«

Er zuckt die Achseln.

»Ich werde mich darum kümmern.«

Es ist nichts da, auf einer Bank ein alter Mann. Auf einer anderen die Gedankenurne. Marie glaubt, dass er von dem alten Mann spricht, doch er meint die Bank, die im Schatten liegt, wenn es am heißesten ist, neben der Telefonzelle.

Eine Stunde später befestigt er Zeichnungen an den Fensterscheiben der Telefonzelle, Stücke von Girlanden, ein paar Plastikblumen, die er auf der Straße gefunden hat, und eine Puppe, der ein Arm fehlt.

---

[*] *Ernte*, 1930.

Er klebt große ausgeschnittene Buchstaben auf ein Pappschild: »Ich liebe dich, Julie.« Touristen gehen vorbei und lesen das Schild. Achselzuckend gehen sie weiter.

Marie bestellt eine zweite Limonade. Setzt ihre Lektüre fort.

Von der Telefonzelle aus ruft sie ihre Mutter an. Es klingelt lange, ohne dass jemand abhebt. Sie stellt sich den Caravan in der Hitze vor.

Etwas später ruft sie noch einmal an, ihre Mutter sagt, sie habe im Sessel geschlafen.

Marie weiß nicht, wann sie zurückkommt. Auf der anderen Seite der Leitung hört sie ein Flugzeug vorbeifliegen.

Sie nimmt die Botschaften aus der Gedankenurne. Über dreißig. Sie liest sie nicht.

Sie steckt sie in ihre Tasche.

Sie setzt sich auf die Bank.

Sie zieht ihre Ärmel nach unten, damit Damien die Kratzer auf ihren Armen nicht sieht.

»Was ist das?«, fragt er und deutet auf den Lederbeutel unter ihrem Hemd.

»Mein Bruder«, sagt sie.

Sie erklärt es ihm.

»Ich habe die Asche mit meiner Mutter geteilt…«

Sie erinnert sich, wie ihre Mutter den Löffel in die Asche getaucht hatte. Sie hatte gesagt, es sei ihre Sache, das zu tun, den Staub herausgeholt und ihn in den Lederbeutel gefüllt. Sie hatte geweint. Dadurch war ihre Brille beschlagen, und sie hatte die Gläser putzen müssen. Sie waren zerkratzt, es war sinnlos gewesen, sie zu putzen.

Damien nickt.

Er fragt, ob sie sie noch lange mit sich herumtragen werde.

Sie haben mich alle Mademoiselle Isabelle genannt. Auch Ferré. Wenn er in die Rue de la Croix kam, klingelte er und kam herauf. Wir saßen um den Tisch mit Benedetto, Laurent Terzieff war auch da ... Agnès machte Fotos ... Agnès Varda.«

Isabelle erzählt.

Marie hört zu. In der Nachmittagshitze vergehen die Stunden langsam.

Isabelle zeigt ihr ein Porträt an der Wand.

»Marceau war ein weißer Gaukler. Du kennst doch den Pantomimen Marceau?! Wo lebst du eigentlich?«

Sie sagt es lachend.

Sie deutet auf ein weißes Gesicht, das aus einem gestreiften Pullover herausschaut. Das Foto trägt eine Widmung: »Schweigen ist die einzig sinnvolle Haltung.« Eine Unterschrift.

Isabelle schiebt Marie zu einem anderen Porträt.

»Das ist Béjart, ein großer Tänzer, ein schöner Mann, nicht wahr? ... Und da ist Agnès, sie war zwanzig 1948, immer mit ihrem Fotoapparat, wie du. Das blaue Hemd, das sie auf diesem Foto trägt, hängt im Schrank im Schlafzimmer. Und das ist Ariane Mnouchkine, im Sommer 1969.«

Sie dreht den Amethyst an ihrem Finger.

»Vilar, man nannte ihn den König! Gérard, er war der Prinz. Und Maria, Maria Casarès, sie war unser Licht.«

Isabelle erinnert sich an alle Gesichter. Sie ist ihnen gefühlsmäßig stark verbunden, ihrer Geschichte, ihrer Legende.

Sie hätte sich etwas von ihrem Talent gewünscht, um an dieser Magie teilzuhaben. Sie konnte sie nur lieben. Und das hat sie wirklich getan. Intensiv.

Sie dreht sich zu Marie um, nimmt ihr Gesicht in ihre Hände, die so blauen Augen.

»Auch du bist schön, du kannst ein Licht sein, wenn du willst.«

Eigentlich möchte sie noch etwas hinzufügen. Ein Leben ist so kurz. Sie löst sich von ihr.

Sie zieht eine Schallplatte aus einer bunten Hülle und legt sie auf den Plattenteller.

»Er könnte dir alles sagen, was du wissen musst.«

Sie reicht ihr die Hülle. *Ferré singt Aragon.* Die Texte sind auf der Rückseite abgedruckt.

Isabelle geht zu einem der Fenster. Sie hören ein Chanson, dann ein zweites.

»Er stand hier und beobachtete die Leute auf der Straße. Das beruhigte ihn. Er spielte gern Karten, endlose Partien. 1959 kaufte er ein Schloss in der Bretagne, bei Cancale. Ich bin einmal dort gewesen. Bei Flut war es eine Insel. Später hat er die Toskana vorgezogen.«

Sie setzt sich wieder auf das Sofa. Als er zum letzten Mal hier war, wirkte er bereits alt, er hatte Mühe, die Stufen hinaufzusteigen. Im Jahr darauf erfuhr sie von seinem Tod, während des Festivals.

»Es waren viele da, ein Abend, der Anaïs Nin gewidmet war. Wir weinten. Dann fuhren wir zu seiner Beerdigung, im Cabrio, nach Monaco. Geschlafen haben wir am Strand. Wir hatten Wein gekauft und ließen seine Platten herumgehen. Es war eine phantastische Nacht.«

Isabelle schließt die Augen. Die Stimme singt Gedichte. Erinnerungen steigen hinter ihren geschlossenen Lidern hoch.

Ihre faltige Hand zittert auf der Lehne.

»Mathilde war bei uns, sie nahm den Wagen, verbeulte den Kotflügel, aber sie kam mit Croissants und Thermoskannen voll Kaffee zurück. Wir tranken den Kaffee am Grab, aßen die Croissants und heulten wieder. Das Grab war über und über mit Blumen geschmückt, es war Sommer.«

Tränen trüben ihren Blick.

»Alt werden ist nicht schlimm, wenn man sich erinnert. Erst wenn man vergisst, leidet man…«

Marie legt die Plattenhülle ins Regal zurück.

»Wer ist Mathilde?«, fragt sie.

Das Chanson geht zu Ende, die letzten Töne.

Stille.

In diese Stille hinein antwortet Isabelle.

»Sie war Odon Schnadels große Liebe.«

Isabelle steht auf, sie stützt sich auf einen Stock.

»Ich werde dir etwas zeigen...«

Sie geht zum Bücherschrank und öffnet eine der unteren Türen. Im Innern zwei lange mit geblümter Klebefolie überzogene Regale. Auf jedem Regal Bücher, Akten, Schachteln und ein Sparschwein.

Es riecht muffig, nach Staub, nach alten Papieren.

Isabelle lehnt den Stock gegen den Bücherschrank, bückt sich, zieht Bücher heraus und versucht zu erkennen, was sich dahinter befindet. Sie sagt, dass sie unbedingt aufräumen müsse.

»Mathilde ist heute eine berühmte Schauspielerin. Außerdem ist sie meine Nichte, und ich bin sehr stolz auf sie.«

Das zweite Fach quillt über von Zeitschriften, mehrere Jahre alten Flyern und zusammengerollten Plakaten. *Paris Match*, Dezember 1951. Isabelle reicht das Heft Marie. Das Papier ist vergilbt. Eine Nummer der Zeitschrift *Ciné Monde* 1962, das Gesicht von Jeanne Moreau auf dem Titelblatt.

»Ich räume nichts auf, aber ich behalte alles, also muss es zwangsläufig hier irgendwo sein.«

Sie kramt, nimmt heraus, was sie ihre Schätze nennt, einen Kalender der Vorstellungen des TNP 1955, den mit Buntstiften gezeichneten Entwurf des Kostüms von Richard II.

Sie entdeckt eine kleine Spieluhr und gibt sie Marie, die vorsichtig die Kurbel dreht. Töne tanzen durch die Luft, *Sur le pont d'Avignon*.

Marie lächelt.

Isabelle kramt weiter und findet endlich, was sie sucht. Sie richtet sich auf, die Stirn schweißbedeckt.

In der Hand hält sie einen dicken Stapel Blätter, die von zwei Gummibändern zusammengehalten werden.

Sie legt den Stapel auf das runde einbeinige Tischchen.

Eines der Gummibänder platzt und fällt auf das Parkett.

»Mit diesem Text ist sie bekannt geworden.«

Ihre Wangen sind gerötet. Marie hebt das Gummiband auf.

Isabelle schließt die Türen.

»Damit ist sie berühmt geworden. *Ultimes déviances*... Sie hat ihn hier geschrieben. Und auch gelernt.«

Sie streicht über die erste Seite.

»Sie hat oben gearbeitet, im blauen Zimmer. Nur ein Fußboden, kein Teppich. Ihr Schritt hörte sich an wie der eines Raubtiers. Wochenlang ging das so. Sie lebte völlig zurückgezogen.«

Sie sagt, nachts höre sie sie noch immer hin und her gehen.

Marie erinnert sich an den Blick ihres Bruders, wenn er schrieb. Auch er ähnelte einem Raubtier.

Sie legt das Gummiband auf das Tischchen und die Spieluhr daneben.

Nähert sich dem Manuskript.

Auf der ersten Seite, mit einem Stift geschrieben:

Möglicher Titel: *Ultimes déviances*?

Darunter, in Druckschrift, ein anderer Titel: *Anamorphose*.

In Klammern gesetzt.

Marie hört ihr Herz schlagen.

Isabelle hat sich wieder auf das Sofa gesetzt. Sie erzählt in allen Einzelheiten von Mathildes Weggang, zuerst nach Lyon, dann nach Paris. Wie glücklich Mathildes Erfolg sie gemacht hat.

Marie schlägt das Manuskript auf. Der Text ist über hundert Seiten lang, maschinengetippt, mit Bleistiftkorrekturen.

Anamorphose, sie erinnert sich an diesen Titel.

Sie liest ein paar Zeilen: »Was man sieht, ist nur das, was man sehen will.«

Andere Sätze, zufällig herausgegriffen. »Denn jeder Gegenstand hat eine Geschichte, jede Falte, jede Hand. Ich gehe zur Wand, ohne mich rechtfertigen zu wollen, ich bastle mir mein Leben zurecht und verfange mich in seinem Netz.«

Korrekturen sind vorgenommen worden, Sätze durchgestrichen, andere hinzugefügt. Pfeile, Zeichen, Umstellungen von Absätzen.

Zwischendurch ganze Seiten ohne Korrekturen.

Marie blättert zum Anfang zurück.

»Die Sterne über meinem Kopf befinden sich immer am selben Ort, am Tag sind sie da, und doch sehe ich sie nicht.«

Sie erschauert.

Ihre Fingernägel kratzen ihre Haut. Lösen eine Kruste.

»Wer hat das geschrieben?«

Isabelle hebt den Kopf.

»Mathilde natürlich.«

»Warum hat sie das getan?«

»Warum hat sie was getan?«

Marie zeigt ihr die durchgestrichenen Wörter, die Ergänzungen am Rand.

Die Frage überrascht Isabelle.

»Um es spielen zu können ... Weil es ein Entwurf war ... Sie musste es überarbeiten. Eine erste Fassung wird immer überarbeitet. Was hast du für ein Problem?«

Marie sagt, sie habe kein Problem. Sie blättert.

»Hat sie das geschrieben?«

Isabelle bricht in schallendes Gelächter aus.

»Sie hat es geschrieben und korrigiert. Und dann hat sie es gespielt.«

»Wie können Sie da so sicher sein?«

Isabelle nimmt Marie das Manuskript aus den Händen und streift das Gummiband um die Seiten.

»Manche glauben, dass eine Schauspielerin nicht auch das Talent zu schreiben habe...«

Ihre Stimme klingt jetzt schroff, kalt.

Sie drückt das Manuskript an ihre Brust.

»Eines Morgens kam sie aus ihrem Zimmer und hat es rezitiert. Am Anfang hat sie sich versprochen und musste von vorn anfangen. Sie war unglaublich gereizt. Später brauchte sie dann Odon, aber bis dahin hat sie alles ganz allein gemacht.«

Isabelle wird von Rührung übermannt. Sie erinnert sich gern an diese Augenblicke. Als Mathilde fortging, ließ sie ein paar Dinge zurück. Das Manuskript und Kleider, die noch immer auf Bügeln im Schrank hängen.

Marie starrt auf den Fußboden. Alles ist plötzlich so verworren.

»Wo ist es gespielt worden?«, fragt sie.

»In Paris, in Lyon, überall...«

»Und wann war das?«

Isabelle legt das Manuskript neben sich auf das Sofa. Sie lehnt den Kopf zurück, die Augen halb geschlossen, das Gesicht dem Fenster zugewandt. Der blaue Himmel über den Dächern.

»Es war zur Zeit ihrer Liebe, etwas mehr als fünf Jahre ist es jetzt her.«

Marie nickt.

Sie deutet auf das Manuskript.

»Darf ich es mir ausleihen?«

Marie verlässt langsam das Haus. Die Treppe, die Straße.

Ein Junge dribbelt mit einem Ball über den Bürgersteig. Sie hört ihn über den Asphalt rollen, folgt ihm mit den Augen.

In ihrem Kopf summt es.

Die Luft ist klebrig.

Sie geht weiter.

In der Rue Sainte-Catherine herrscht reges Treiben. Es ist mitten am Nachmittag.

Reges Treiben auch unter den Platanen der Place des Châtaignes.

Sie betritt das Chien-Fou. Das Vaudeville ist fast zu Ende. Auf Stühlen liegen Kostüme, eine falsche Wand, ein großes Schloss.

Aus einer Garderobe hört sie Lachen, Gelächter auch hinter einer Zwischenwand.

Sie geht zum Büro. Die Tür ist verschlossen.

Sie klopft, wartet.

Sie kehrt zum Eingang zurück. Touristen betrachten ihre Fotos.

Die Kassiererin hat Odon nicht gesehen, aber sie sagt, dass er nachmittags manchmal auf seinen Kahn geht, um sich auszuruhen.

Marie überquert die Brücke.

Eine Menge lärmender junger Leute ergießt sich in die Stadt, Mütter, manche mit Kinderwagen, Kinder.

Es ist heiß.

Der Asphalt vibriert.

Stellenweise schmilzt er.

Marie läuft gegen den Strom, das Manuskript an sich gedrückt. Es hat etwas Beklemmendes, so mit gesenktem Kopf durch diese heiße, stickige Luft zu gehen.

Sie geht zum Ufer hinunter und dann am Fluss entlang. Hier ist es ruhiger. Die Natur wird urwüchsiger. Sie flüchtet sich in den Schatten des Wegs, unter das Laubdach der Bäume.

Am Rand des Flusses schwimmen ein paar Enten.

Marie betritt das Deck. Sie drückt ihr Gesicht an die Fensterscheibe. Odon ist nicht da.

Sie setzt sich in einen Sessel, mit untergeschlagenen Beinen. Die Seiten des Manuskripts tragen keine Seitenzahlen. Sie beginnt zu lesen, ohne auf die Korrekturen zu achten, sie liest nur, was in Druckschrift geschrieben ist.

Langsam.

Sie hat alle Zeit der Welt.

Manchmal hält sie inne und betrachtet den Himmel.

Das Licht scheint auf den Fluss. Sie stellt sich vor, dass es so in Vietnam aussieht, die Halong-Bucht, der Mekong, überall Licht, so grell, dass die Augen tränen.

Marie sitzt still auf dem Kahn.

Sie spielt mit den Worten. Sont – thon – tong – long – goal …

Sie geht von einem Wort zum nächsten, tauscht einen einzigen Buchstaben aus in einem Wort, das aus vier besteht.

Das tut sie, um an nichts denken zu müssen. Mit den Fingernägeln kratzt sie ihre Handflächen.

Gale – pale – lame – rame – aime – cime …

Die Wipfel der Bäume.

Sie blickt auf. Der Tag neigt sich, die Sonne geht unter.

Miel – fiel – lien – lion.

Foin – noix – lion – pion.

Odon kommt nicht.

Sie geht ans Ufer zurück.

Sie sucht im Gras, unter den Bäumen, zwischen den Stämmen. Sie findet einen Dornenzweig, dessen Braun fast rot ist, und setzt sich auf den Boden. Sie rollt den Ärmel hoch.

Sie lässt den Zweig über ihren nackten Arm gleiten. Zuerst streicheln die Dornen die Haut, dann kratzen sie, verfangen sich in den alten Rissen.

Marie drückt mit der Hand.

Sie ist schmerzunempfindlich, pflegte ihre Mutter zu sagen.

Manchmal sind Schmerzen etwas Gutes, denkt Marie.

Sie zieht.

Die Dornen bleiben hängen und reißen neue Furchen in ihre Haut.

Julie und die Jungs verteilen ihre Flyer auf der Place de l'Horloge, zwischen den Tischen, den Touristen auf der Terrasse, unter den großen Sonnenschirmen.

Marie geht zu ihnen.

Sie sagt, dass sie Odon suche.

Julie zuckt die Achseln.

Greg erwidert, um diese Zeit spiele er vielleicht Poker in der Sakristei.

Sie sitzen zu viert um den Tisch, als Marie eintritt. Odon, der Pfarrer und zwei andere.

Sie legt *Anamorphose* zwischen die Karten.

Odon blickt auf die Seiten.

»Das ist jetzt nicht der richtige Augenblick, Marie…«

Der Pfarrer rührt sich nicht vom Tisch.

Die anderen warten.

»Ich will einfach nur verstehen.«

Odon legt die Karten hin. Er entschuldigt sich.

»Spielt ohne mich zu Ende…«

Er verlässt die Sakristei, Marie folgt ihm. In der Kirche ist niemand. Um neunzehn Uhr schließt der Pfarrer die Türen. Odon durchquert das Kirchenschiff.

»Wir gehen dort hinaus«, sagt er.

Marie bleibt stehen.

Unter dem Gewölbe ist es dunkel. Odon blickt in die Dunkelheit. Er hat immer gewusst, dass dieser Augenblick kommen, dass der Fehler seine Wiedergutmachung verlangen würde. Es wäre ihm nur lieber gewesen, wenn es nicht auf diese Weise passiert wäre.

Und nicht mit Marie.

Sie drückt das Manuskript fest an ihren Bauch, als wollte sie eins werden mit ihm.

»*Anamorphose*, ... Ich konnte mir das Wort einfach nicht merken. Beim Tippen hab ich es immer falsch geschrieben.«

Er geht zu ihr zurück. Die Bodenplatten der Kirche sind dick und glatt, sie spiegeln ihre reglosen Schatten.

»Sie müssen es mir erklären«, sagt sie.

Erstickte Worte.

Odon deutet auf den Ausgang.

»Wir wollen das doch nicht in einer Kirche besprechen...«

Er entfernt sich, kommt zurück.

Sie rührt sich nicht.

»Wo hast du das gefunden?«, fragt er.

»Bei Isabelle.«

»Hast du danach gesucht?«

»Nein.«

Er wendet sich ab. Draußen hört er Lachen, Musik.

Marie starrt ihn ohne Wut an.

»Sie haben ihr seinen Text gegeben...«

Sie hat nicht laut gesprochen, und doch hallt ihre Stimme zwischen den Mauern wider.

Er geht ein paar Schritte an den Bänken entlang. Das Licht zeichnet abstrakte Linien.

»Dein Bruder war tot. Was sollte ich tun? Sollte ich verbrennen, was er geschrieben hatte? Sollte ich es verschwinden lassen? Hättest du das gewollt?«

Sie schüttelt den Kopf, mehrmals, langsam.

»Wäre es dir lieber gewesen, dass er auf dem Grund eines Kartons verschwindet?«

»Nein…«

»Ich habe daran gedacht, stell dir vor… Ich hätte es fast getan. Staub und Vergessen, das ist das Schicksal der Menschen, nicht der Texte.«

Marie verzieht das Gesicht. Ein brennender Brechreiz steigt ihr in den Hals.

»Warum hat sie es korrigiert? War es nicht gut?«

»Doch, es war gut.«

»Warum also?«

Der Brechreiz schlägt gegen ihre Zähne. Sie fährt sich mit der Zunge über die Lippen, leckt den Ring.

»Ihr Schweigen… Sie haben ja keine Ahnung… Er hat geglaubt, es sei schlecht und deswegen würden Sie ihn nicht anrufen.«

Odon seufzt.

»Gehen wir hinaus«, sagt er und macht erneut ein paar Schritte in Richtung Tür.

»Mathilde, war sie Ihre große Liebe? Haben Sie ihr deswegen den Text meines Bruders gegeben, weil Sie sie so sehr geliebt haben?«

Es ist ein merkwürdiges Gefühl, Mathildes Namen so durch das Kirchenschiff hallen zu hören. Er steckt die Hände in die Taschen.

»Ich habe ihr den Text deines Bruders gegeben, weil sie ihn mochte. Sie wollte ihn retten.«

Marie fährt sich mit der Hand durchs Haar, verwirrt es.

»Paul hat Ihnen *Nuit rouge* geschickt, und auch *Anamorphose*…«

Das ist keine Frage.

Odon wartet.

Sie sagt nichts mehr.

Sie gehen gemeinsam zu der kleinen Tür, die auf die Straße

führt. Der Ärmel ihres Hemdes ist hochgerollt, er sieht ihren zerkratzten Arm.

»Was hast du da gemacht?«

Rasch zieht sie den Stoff über ihren Arm. Lässt die Hand dort liegen.

»Dornenzweige... Diese verdammten Dornen.«

Sie schüttelt den Kopf.

Sie hat einen unangenehmen Geschmack im Mund.

Als ihr Bruder ihr den Text zeigte, sagte er, wir werden ihn *Anamorphose* nennen. Das war ein schöner Titel, sie wiederholte ihn mehrmals, ohne zu verstehen, was er bedeutet. Sie suchte im Wörterbuch, *Anamorphose*. Sie schrieb es immer mit *f*, ihr Bruder schimpfte ständig.

Der Text war lang, er kostete sie viel Zeit. Eines Tages überhitzte sich der Computer und verbrannte Maries Schenkel. Sie gingen ins Bistro zu Tony. Die Mädchen kamen dorthin, um Kaffee zu trinken oder eine Schale heißer Suppe mit weichgekochten Eiern zu essen, sie schlangen sie zwischen zwei Freiern hinunter.

Sie versorgten die Verbrennung.

Marie hat eine kleine Narbe zurückbehalten.

Jeff hat einen Vogel mit kurzen Flügeln gefunden. Das Nest befand sich unter dem Dach, bei Odile. Dem Vogel muss heiß geworden sein, er hat sich vorgebeugt, auf diese Weise fallen sie aus dem Nest, während sie Kühle suchen.

Er sagt, es sei ein Mauersegler.

Mauersegler können nicht im Käfig gehalten werden. Wenn sie eingesperrt sind, werden sie verrückt, wie die Rotkehlchen.

Der Durst öffnet den Schnabel des Vogels.

Jeff gibt ihm Wasser. Er setzt ihn in einen Schuhkarton. Zusammen mit Esteban fängt er Fliegen.

Jeff steckt die lebenden Fliegen in die Schachtel. Wenn der Vogel wieder zu Kräften gekommen ist, wird er mit ihm auf den Glockenturm steigen, den Karton öffnen und hoffen, dass er fortfliegt.

Marie schläft schlecht, eine unruhige Nacht, es ist heiß im Zimmer. Schwalben haben ihr Nest in der Mauer gebaut, sie hört sie, ihren flachen Flug und ihre schrillen Schreie.

Pauls Manuskript geht ihr nicht aus dem Kopf. Als sie es bei Isabelle sah, war ihr nicht klar gewesen, was es dort zu suchen hatte. Sie war sich nicht sicher gewesen, ob es seins war. Dann hatte sie die Sätze wiedererkannt.

Sie hatte gesehen, dass es korrigiert worden war.

Sie hatte den Blick nicht vom Titel abwenden können.

Sie erinnert sich an das, was Odon in der Kirche gesagt hat. Wäre es ihr lieber gewesen, wenn er die Seiten verbrannt hätte? Verbrannt hätten sie niemandem mehr gehört.

Wem gehören sie jetzt?

Sie steht auf. Verlässt das Zimmer.

In der Küche sitzen Schauspieler. Sie reden über belanglose Dinge. Sie schenkt sich einen Kaffee ein, trinkt ihn im Stehen am Fenster. Sie achten nicht auf sie.

Isabelle schläft noch.

Marie geht hinaus, bevor die Hitze alles noch schwerer macht.

Die Bank auf dem Platz ist leer. In der Nacht hat jemand die Gedankenurne umgeworfen, sie ist bis zur Kirche gerollt und liegt jetzt an der Mauer.

Marie hebt sie auf.

Der Deckel ist eingedrückt. Ein Fußtritt vermutlich. Die

meisten Zettel sind herausgenommen worden, im Innern liegen nur noch zwei.

Sie setzt sich auf die Bank und stellt die Schachtel auf ihre Knie, repariert den Deckel.

Sie denkt nach.

Am Eingang des Chien-Fou steht ein Tisch, der zu nichts nütze ist. Sie beschließt, die Urne mitzunehmen und sie zusammen mit einem Stift und Zetteln dort hinzustellen.

Sie geht mit der Schachtel über den Platz. Arrangiert alles und zieht den Tisch dann unter die Fotos.

Die Kassiererin kommt heraus, um nachzusehen, was sie da macht.

Marie erklärt es ihr.

Sie entfaltet eine Botschaft für sie: »Es gibt drei Arten von Personen: diejenigen, die zu leben wissen, und diejenigen, die es nicht wissen.«

»Und die anderen?«, fragt die Kassiererin.

Marie sagt: »Die anderen, das ist Poesie.«

Am nächsten Tag holt Marie über hundert Botschaften heraus. Auch Zeichnungen, eine andere Art von Gedanken.

Die Leute setzen sich, schreiben, blicken auf und betrachten die Fotos. Die Kassiererin sagt, sie nähmen den Kopf zwischen ihre Hände und schienen zu träumen.

Marie nimmt alle Zettel mit in ihr Zimmer. Sie wirft keinen weg.

Am liebsten würde sie die Tinte in Geräusche verwandeln.

Am Nachmittag spricht sie mit Greg darüber.

Geschriebene Worte, die Klang werden? Er findet im Theaterfundus ein Tonband für sie. Sie schließt sich in ihr Zimmer ein und nimmt alle Botschaften auf, wobei sie nach jeder eine Pause macht. Dann legt sie die Zettel unter dem Fenster auf einen Haufen.

Sie würde sie gern in einen großen Würfel aus Plexiglas einschließen. Man würde die Zettel im Innern sehen, könnte sie aber nicht berühren. Man könnte nur diejenigen lesen, die an der Wand liegen, und dazu die aufgenommene Stimme hören.

Mit dem Finger zeichnet sie den Würfel auf die Fensterscheibe.

Man könnte auch jeden Zettel filmen, ein paar Sekunden, so lange, wie man braucht, um ihn zu lesen, und die geschriebenen Worte an die Wand projizieren.

Sie stellt sich die weiße Wand und die Botschaften vor. Sie würde keine Auswahl treffen, die schlechten würden die guten erst richtig zur Geltung bringen.

Marie geht nach oben, kommt in einen schmalen Flur mit mehreren Türen hintereinander. Sie bewegt sich lautlos. Ihre Schritte sind kaum zu hören.

Sie öffnet eine Tür, eine zweite, bis sie das blaue Zimmer findet.

Eine Tapete wie aus Stoff.

Ein Bett, ein Schrank, ein Tisch und ein Stuhl. Der Holztisch ist vor das Fenster geschoben.

Im Schrank hängen noch ein paar Kleider. Decken. Holzbügel, die leer baumeln.

Auf dem Bett liegt eine prächtige Überdecke.

Marie geht hinein. Tintenflecke sind in das Holz des Tisches eingedrungen, eine Ausgabe der Zeitschrift *Arts et Vie*, eine alte Lampe. Sie öffnet die Schublade: zwei Füller, ein Knopf mit einem Fadenrest, ein toter Skarabäus, ein Verlängerungskabel, ein Wecker und ein Röhrchen Aspirin.

Auf einem Regal Bücher.

Marie legt sich auf das Bett, die Hände hinter dem Kopf verschränkt.

Sie steht wieder auf und setzt sich an den Tisch.

In einer zweiten Schublade findet sie eine stehen gebliebene Uhr. Sie zieht sie auf, der Sekundenzeiger bewegt sich. Es liegen auch Kerzen in der Schublade, kleine Scheren, eine Postkarte aus Brüssel und ein Buch von Jean-Paul Sartre. An der Wand, mit Heftzwecken befestigt, ein Zitat von Baudelaire.

In dem Buch das Foto einer Frau, die auf einer Bühne steht,

in einem seltsamen Kostüm, in der Hand hält sie eine Maske. Auf der Rückseite eine Widmung: »September 1997. Für meine Freundin Isabelle.«

Darunter eine lange und hohe Unterschrift.

Marie legt das Foto zurück.

Sie nimmt es wieder in die Hand.

Das Bühnenbild sagt ihr etwas, sie hat es schon einmal gesehen, erinnert sich nicht, wo.

Isabelle ist im Wohnzimmer.

»Ich habe das hier gefunden«, sagt Marie.

Sie erwähnt nicht, dass sie in das blaue Zimmer hinaufgegangen ist.

Isabelle rückt ihre Brille zurecht, nimmt die Aufnahme.

»Das ist Mathilde...«

Sie dreht es um, liest die Widmung.

»Wo hast du es gefunden?«

»In einem Buch.«

»Dieses Foto ist im Chien-Fou aufgenommen worden... Ich weiß nicht mehr, was sie gespielt hat... Du solltest in ihre Vorstellung gehen... Sie spielt in *Die Brücken am Fluss*, im Minotaure, gleich nebenan. Falls das Personal nicht streikt, natürlich...«

»In wessen Vorstellung?«

»Na, in Mathildes!«

Sie legt das Foto auf das Regal des Bücherschranks.

»Ich muss einen Rahmen dafür finden.«

Marie verlässt die Wohnung, geht die Stufen hinunter, die Hand am Geländer, öffnet die Tür und läuft durch die Rue Bonneterie und die Rue de la République zum Kloster Saint-Louis.

Die Buchhandlung ist geöffnet.

Festivalbesucher warten, um Karten zu kaufen.

Marie schlendert zwischen den Tischen hindurch. Sie findet Bücher der Éditions O. Schnadel, fährt mit dem Finger über die Buchrücken.

Ultimes déviances.

Sie nimmt das Buch heraus.

Öffnet es.

In der Mitte wie bei den anderen zwei Doppelseiten aus Hochglanzpapier mit Fotos.

Marie blättert sie um.

Da ist das Foto, das sie sucht, identisch mit dem, das sie im blauen Zimmer gefunden hat. Versehen mit einer Bildlegende: »Reise ans Ende der Nacht, *Mathilde Monsols*.«

Auf der folgenden Seite ein weiteres Foto von ihr.

Auf dem Buchdeckel steht derselbe Name, Mathilde Monsols.

Innen, als Untertitel: *Anamorphose.*

Marie wird blass. Langsam wird ihr bewusst, dass sie den Text ihres Bruders in der Hand hält, veröffentlicht unter dem Namen einer anderen.

Das Théâtre du Minotaure liegt in einer kleinen Straße hinter dem Papstpalast.

Marie erreicht es über den Bürgersteig auf der Schattenseite. Festivalbesucher sitzen müde herum. Ein Mann erklärt ihnen, dass die Vorstellung abgesagt worden ist, drinnen befinden sich Streikende, die fest entschlossen sind, alles zu blockieren.

In der Hand hält er seine Eintrittskarte. Er wartet, hofft. Zweifelt.

Marie hebt den Kopf. In großen Buchstaben steht dort der Name der Jogar. Presseartikel sind ausgehängt: »Mehrere Schauspieler haben es versucht, ihnen ist es gelungen.«

Darunter ein Foto von ihr an der Seite von Phil Nans.

Hinter einer Glasscheibe sind weitere Fotos ausgestellt.

Marie hat das Buch gekauft.

Sie setzt sich auf den Bürgersteig. Ist korrigieren das Gleiche wie schreiben? Odon sagt, dass Mathilde *Anamorphose* überarbeitet habe, weil sie ihm den zündenden Funken geben wollte. Hat sie deswegen auch den Titel geändert?

Sie weiß nicht mehr, ob das, was sie da in den Händen hält, noch das Buch ihres Bruders ist oder ob es zu etwas anderem geworden ist.

Odon hätte Pauls Namen auf den Umschlag drucken lassen können. Vielleicht bringt es Unglück, Tote zu veröffentlichen.

Er hätte seinen Namen hinzufügen sollen. Wenigstens klein. Wenigstens im Innern.

Ein Skarabäus kriecht vorbei, im Rinnstein. In einer Zeitschrift hat sie gelesen, dass diese Insekten auch ohne Kopf leben können. Nicht lange, aber ein paar Stunden. Schmetterlinge und Kakerlaken können angeblich sogar einige Tage durchhalten. Sie nimmt den Skarabäus in die Hand. Gelbgoldener Panzer. Auf ihrer Handfläche sinkt er in sich zusammen. Der Mensch überlebt seine Enthauptung nur drei Sekunden.

Sie drückt die Fingernägel zusammen.

Learning by doing, murmelt sie und zwickt den Kopf ab.

Es tritt kein Blut aus. Sie legt den Kopf auf den Beton, den reglosen Körper daneben. Sie wartet. Ein paar Sekunden geschieht nichts, dann beginnen die Beine sich zu bewegen. Der Gang ist anfangs unsicher.

Der Körper geht am Kopf vorbei, läuft weiter, entfernt sich.

Mathilde folgt ihm mit den Augen.

»Das ist eine dumme Grausamkeit«, sagt eine Frau neben ihr.

Odon isst im Restaurant de l'Épicerie zu Mittag, ein Tisch im Schatten, immer derselbe, am Fenster. Er braucht nicht zu reservieren, es ist seine Gewohnheit, jeden Tag zur Mittagszeit. Der Wirt kennt ihn.

Portulak wächst in den Töpfen hinter dem Gitter.

Touristen sitzen beim Essen. Andere nehmen gerade Platz. Auf den Tischen stehen Körbe mit Brot.

Odon wechselt ein paar Worte mit dem Kellner, bestellt einen Teller mit Salat, gegrillten Auberginen, Spargelspitzen, Tomaten und Oliven. Dazu Garnelen in einer Schale und Toastscheiben mit Tapanade.

Ein Glas Wein.

Von seinem Platz aus kann er sowohl den Eingang der Kirche als auch die Türen des Chien-Fou sehen.

Er trinkt einen Schluck.

Beginnt zu essen.

Marie erscheint. Sie geht um die Tische herum und kommt auf ihn zu.

Sie lässt sich auf einen Stuhl ihm gegenüber fallen. Legt das Buch auf den Tisch.

Das Grün der Markise, die die Terrasse in ihren Schatten taucht, ist das gleiche wie das Grün der Stühle.

Die Unterhaltungen ringsum gehen weiter, manche in fremden Sprachen.

»Bringt ein toter Autor Unglück?«, fragt sie. »Haben Sie deswegen seinen Namen nicht auf das Buch gedruckt?«

Odon nimmt sein Glas und trinkt einen Schluck Wein.

»Der Name deines Bruders steht überall, auf *Nuit rouge*, auf den Flyern, auf den Plakaten.«

»Er steht nicht auf *Anamorphose*!«

Sie redet laut, schreit fast, Leute drehen sich um.

Ihre Stimme ist eine solche Lautstärke nicht gewohnt. Sie hustet.

Odon stellt sein Glas ab. Er nimmt eine Garnele und löst sie aus der Schale.

Sie schaut ihm zu.

»Sie haben kein Recht dazu…«

Er weiß es.

Er sieht sie an, ohne mit der Wimper zu zucken.

Sie senkt den Blick und kratzt mit dem Absatz die braunen Pflastersteine des Platzes. Kümmerliche Grashalme wachsen dazwischen, sie scheinen am Verdursten zu sein.

»Sie haben Pauls Namen auf das Plakat von *Nuit rouge* gedruckt… Haben Sie das getan, um Ihr Gewissen zu erleichtern?«

»Wenn du so willst.«

Sie nickt.

Er streicht Butter auf ein Stück Brot, träufelt Zitrone darauf. Er nimmt eine weitere Garnele, deutet auf die Schale.

»Iss…«

Der Kellner kommt, fragt, ob alles in Ordnung ist.

»Besser wäre geradezu unanständig«, erwidert Odon.

»Werden Sie *Nuit rouge* ebenfalls veröffentlichen?«, fragt sie.

»Nein.«

Er veröffentlicht schon lange nichts mehr. Seit *Anamorphose*. Damals hat er die ersten zehn Exemplare aufbewahrt, als sie aus der Druckerei gekommen sind.

Marie streckt die Hand aus, nimmt eine Zitronenscheibe und leckt die gelbe Säure.

»Wird *Nuit rouge* in Paris gespielt werden?«

»Ich glaube nicht.«

Sie beißt in das Fruchtfleisch, löst es von der Schale.

Eine Taube pickt mit dem Schnabel zwischen den Pflastersteinen. Graues Gefieder, rundes Auge. Sie hat einen kranken Fuß, eine Art Lepra, die ihre Krallen zerfressen hat, so dass sie hinkt. Marie nimmt eine Garnele am Ende des Fühlers und wirft sie der Taube hin. Innerhalb weniger Sekunden verschlingt der Vogel sie und blickt in Richtung Marie.

»Mathilde hat Glück gehabt«, sagt Marie.

»Das ist lange her.«

»Es war nicht einmal im letzten Jahrhundert!«

Odon reibt mit der Hand das Holz der Schüssel.

»Wir haben uns alle auf irgendeine Weise schuldig gemacht ...«

Sie wird blass.

Sie ist nicht imstande zu schreien. Oder zu schlagen. Ihre Wut behält sie für sich. Sie schluckt immer alles hinunter.

Sie stellt das Schicksal über alles, sagt sich, letzten Endes ist es nicht so schlimm, es ist keine wirkliche Wut.

Und sie beerdigt sie.

Beerdigt sie ganz tief.

Das führt dazu, dass ihr Fleisch abstirbt. Die Kratzer fügt sie sich zu, um Flüssigkeit abzusondern.

»Mein Bruder hat Ihnen vertraut«, platzt sie heraus.

Sie bohrt ihren Blick in seine Augen.

Odon verzieht keine Miene.

»Was wirfst du mir vor? Dass ich es veröffentlicht habe?«

»Nein.«

»Also was?«

»Er war der Autor, Sie hätten es unter seinem Namen veröffentlichen müssen.«

»Das hätte nicht funktioniert.«

»Weil ein toter Autor sich nicht verkauft?«

Er fährt sich mit der Hand übers Gesicht. Er hat sich nicht rasiert, sein Bart knistert.

»Genau ... Außer, er kann bereits ein Werk vorweisen.«

Maries Gesicht verschließt sich. Zwei tiefe Falten erscheinen zwischen ihren Augen.

»Mein Bruder hatte sein Werk noch vor sich.«

Odon blickt auf seinen Teller. Er hat sich lange schuldig gefühlt. Für alles. Schuldig, Mathilde geliebt zu haben, schuldig, Nathalie verlassen zu haben, schuldig, Julie im Stich gelassen zu haben. Man kann seiner Leidenschaften schuldig sein.

»*Anamorphose* hätte ohne Mathilde niemals diesen Erfolg gehabt.«

Sie versucht zu lachen.

»Muss ich ihr dafür danken?«

»Das verlange ich nicht von dir.«

»Was verlangen Sie dann von mir?«

Er verlangt nichts von ihr. Er wendet den Kopf ab.

Es ist kurz nach Mittag, die Messe ist vorbei, der Pfarrer kommt mit seinem Kreuz heraus. Zwei Chorknaben gehen vor ihm her, man fühlt sich an ein Bild von Soutine erinnert.

Aus der Kirche dringt Orgelmusik.

Marie beißt in die Haut um ihre Fingernägel. Sie zieht langsam. Judas ist seit mehr als zweitausend Jahren schuldig. Und sie, wessen ist sie schuldig? Sie denkt an das Gesicht auf dem Fresko. Einen Verrat von solchem Ausmaß begeht man nicht zweimal in einem Jahrtausend.

Der Kellner räumt den Teller, den Brotkorb und die Garnelenreste ab.

Odon bestellt zwei Desserts.

Der Pfarrer verabschiedet die letzten Gläubigen, bückt sich und küsst ein Kind. Die Orgel spielt noch immer, man hört sie durch die offenstehenden großen Türen auf dem Platz.

Der Kellner bringt Erdbeeren. Marie fährt mit dem Finger darüber. Sie sind sanft, glatt, kühl. Sie zerdrückt eine zwischen den Zähnen.

»Sie ist in der Stadt. Ich bin zum Minotaure gegangen, aber sie haben nicht gespielt.«

Odon verkrampft sich.

Er verteilt Zucker auf seinen Erdbeeren. Marie schaut ihm zu.

»Ich möchte einen Kaffee mit ihr trinken«, sagt sie.

Er schüttelt den Kopf.

»Sie trinkt mit niemandem Kaffee.«

»Mit Ihnen aber schon?«

»Mit mir schon.«

»Sie soll es mir erzählen, mehr will ich nicht, nur, dass sie mir erzählt, wie es damals war.«

Sie steckt eine Erdbeere in den Mund.

»Könnten Sie sie überreden?«, fragt sie kauend.

Odon beugt sich vor, stützt beide Ellbogen auf den Tisch.

»Du musst endlich damit aufhören, Marie.«

Sie lächelt.

Er lehnt sich wieder zurück.

»Mathilde hat nur getan, was ich ihr erlaubt habe.«

»Und?«

»Wenn du also jemandem Schwierigkeiten machen willst, dann mir.«

Marie steht auf und greift nach ihrem Rucksack.

»Ich will niemandem Schwierigkeiten machen...«

Marie hat noch immer den Geschmack der Erdbeeren im Mund, als sie zur Bibliothek kommt. Sie setzt sich an einen Tisch ganz hinten in dem großen Lesesaal.

Es ist ruhig. Ein paar Menschen gehen zwischen den Regalen umher. Eine über ihre Bücher gebeugte Studentin macht sich Notizen auf karierten Blättern. Ein alter Mann döst über einer Enzyklopädie.

Das Buch, das sie sucht, steht in der Abteilung ›Alte Malerei‹.

Sie schlägt es auf, blättert. Reproduktionen von Gemälden aus der Renaissance. Am Ende das Inhaltsverzeichnis. Das Bild nimmt eine halbe Seite ein, *Die Gesandten* von Hans Holbein dem Jüngeren, ein Gemälde aus dem Jahr 1533.

Sie hat es bereits im Internet gesehen, bei Isabelle.

Sie beugt sich vor. Auf dem Gemälde stützen sich zwei reiche Männer auf ein Regal. Der eine trägt einen langen Pelzmantel, der andere ist schwarz gekleidet und hält ein Paar Handschuhe in der Hand. Hinter ihnen verschiedene Gegenstände, auf dem Boden ein Teppich. Im Vordergrund liegt ein merkwürdiger Gegenstand, eine weiße lange Form, die an einen Schulp erinnert. Alles Übrige, der Globus, die Bücher, die Laute, die Flöten, ist deutlich erkennbar, mit Ausnahme dieses Gegenstandes.

Und genau dafür interessiert sich Marie.

Sie kehrt zum Tisch zurück.

Fährt mit dem Finger über das Papier.

Es ist ein menschlicher Schädel, der verzerrt wurde, um ihn unkenntlich zu machen. Mit Hilfe eines Spiegels oder eines gewölbten Löffels könnte man das Bild entzerren.

Sie blickt sich um.

Die großen Fenster sind geöffnet, sie gehen auf den Hof, die Bäume.

Die beiden Bibliothekarinnen sitzen an ihren Schreibtischen. Der alte Mann schläft noch immer.

Marie reißt an der Seite, ein langsames Heraustrennen, ohne Schere. Das Papier zackt aus.

Sie reißt es vollständig heraus. Als sie fertig ist, klappt sie das Buch zu und steckt die Illustration in ihre Tasche. Ohne sie zu falten.

Sie stellt das Buch zurück und geht zum Ausgang. Die Sicherheitsschranken schrillen nicht wegen einer einzelnen Seite. Sie steht wieder draußen, im glühend heißen Licht des Hofs.

Place Saint-Didier, sie kauft einen Klebestift. Besorgt sich ein Stück dünne Pappe. Kehrt in die Gärten zurück, setzt sich auf eine Bank und klebt die Reproduktion des Gemäldes auf die Pappe.

Sie entfernt, was übersteht. Ohne Schere, es ist nicht gleichmäßig, sieht eher aus wie eine selbstgemachte Postkarte.

Sie dreht die Karte um.

Schreibt.

»Anamorphose: reversible Verzerrung eines Bildes mit Hilfe eines Spiegels oder eines optischen oder elektronischen Systems. Der merkwürdige Gegenstand im Vordergrund ist eine Anamorphose.«

In der Nacht wandert sie im T-Shirt und mit bloßen Füßen durch die Wohnung. Der Fußboden ist staubig.

Sie öffnet eine erste Tür. Dahinter ein Zimmer wie die anderen, mit Matratzen, Laken, Taschen. Die Straßenlaternen beleuchten die Körper.

Ein Mädchen schläft, eine Hand zwischen den Schenkeln. Ein weißes Laken ist zusammengeknüllt. Andere schlafende Körper.

Hinter allen Türen ineinander verschlungene Beine, auf den Boden geworfene, zerknitterte Kleidung. Atmen im Schlaf.

Marie geht hinein, bückt sich, schnüffelt an der Haut, an den feuchten Nacken, Gerüche von Mädchen, Jungen, atmet den Schweiß ihres verklebten Haars.

Im Flur.

Zwei Schatten schlüpfen unter die Dusche. Das Rauschen des Wassers. Der feuchte Beschlag hinter dem Plastikvorhang. An der Wand Schimmelflecke. Auf den Fliesen Kleidungsstücke. Ein weißes Höschen und kaltes grelles Neonlicht.

Marie öffnet eine andere Tür. Ein weißer Bauch, eine Brust, ein Arm quer über einem Gesicht. Sie nähert ihre Hand, der Bauch ist flach, die Haut warm, lebendig. Sie geht von einem Körper zum nächsten.

Sie findet Schläge, behält sie in der Hand.

Schläge des Herzens, des Lebens. Sie hört Stöhnen im Schlaf.

Sie will niemanden wecken.

Sie berührt Haut, streift sie flüchtig.
Plötzlich stößt sie einen Schrei aus.
Zwei weit offene Augen starren sie an. Isabelle ist da, sie sitzt mit dem Rücken an der Wand, in einer weißen Baumwolltunika. Ihre Arme sind nackt.
Eine alte Frau, auferstanden aus einem Grab, ein Lächeln auf den Lippen, erschreckend wie der Tod.
Sie scheint zu träumen.

Odon dimmt das Licht. Er setzt sich hinten in den Saal. Der Vorhang ist geschlossen. Er zündet sich eine Zigarette an.

Das Quietschen der Tür veranlasst ihn, den Kopf zu drehen. Ein Schritt auf dem Fußboden. Der Duft eines Parfums.

»Die Tür war offen…«, sagt sie und legt eine Hand auf seine Schulter.

Sie setzt sich neben ihn.

»Das ist das Privileg der Liebenden«, fügt sie hinzu, »zu spüren, wo der andere ist, dorthin zu gehen und ihn zu finden.«

»Der ehemaligen Liebenden, Jogar…«

Sie muss lachen. Es gibt keine ehemaligen Liebenden, es gibt nur Menschen, die sich berührt, sich vereint haben, in Verwirrung geraten sind, Menschen, die von dieser Gnade mitgerissen wurden und sich ein absolutes Vertrauen bewahrt haben.

Sie sagt, dass sie gern durch Städte streife, dass es ihr jedoch nicht gelänge, ganz normal durch diese Stadt zu streifen.

Er hört sie atmen. Sie trägt ein leichtes, blumiges Parfum.

Er betrachtet ihr Gesicht. Einen Augenblick lang hat er Lust, sie zu küssen, in diesen halb geöffneten Mund einzudringen.

»Tausende Männer wären gern an meiner Stelle.«

Ein kehliges Lachen ertönt. Die Männer lieben die Jogar, begehren sie. Eine Wunschvorstellung.

Sie lehnt den Kopf zurück.

»Tausende, ja, und noch viel mehr ...«

Wenn sie nicht spielt, lernt sie. Wenn sie nicht lernt, spielt sie. Nachts träumt sie von den Brettern. Sie sagt, dass sie unglaubliches Glück habe, dass sie nicht anders hätte leben können.

»Ich habe sehr wenige Liebhaber gehabt, weißt du ... Beinahe hätte ich geheiratet ... Ich bin vorher gegangen. Es war ein Fehler, ich liebte ihn nicht, aber er liebte mich, er hätte mich beschützen können.«

Sie macht eine unbekümmerte Handbewegung.

Beide müssen lachen. Ein wenig.

Sie blickt ihn an, plötzlich ernst geworden. Ihre dunklen Augen im Halbdunkel des Theaters.

»Wir sind beide einen weiten Weg gegangen.«

»Du hast es weiter gebracht als ich. Du bist sehr schnell vorangekommen.«

»Es waren die Fehler, die mich weitergebracht haben. Die Mängel ... Du sagtest immer, die Kunst könne die Welt retten ... Ich fand das naiv und rührend.«

»Ich glaube noch immer daran.«

»Du hast kluge Dinge gesagt, ich habe dich sehr bewundert.«

Eine Notlampe brennt hinter ihnen, beleuchtet das Rot der Wand. Wirft warme Schatten auf ihre Gesichter.

Mathilde deutet auf das Plakat.

»Dieses Stück von Selliès, das du gerade spielst ... *Nuit rouge* ... Willst du damit meinen Fehler wiedergutmachen?«

»Nenn es, wie du willst.«

Sie sieht ihn an.

»Wie hast du den Text bekommen?«

»Er hat ihn mir geschickt, vor *Anamorphose*.«

Sie nickt.

»Und ist es besser als *Anamorphose*?«

»Nein.«

Sie legt ihren Kopf an seine Schulter, findet seinen Geruch wieder. Ihre Lippen dicht an seiner Wange. Sie liebte es, seine Haut mit ihren Lippen zu berühren.

Er legt seinen Arm um ihren Hals, drückt sie an sich, ohne zu sprechen. Eine Weile sitzen sie da, ohne sich zu rühren.

Dann löst sie sich sanft von ihm. Sie öffnet ihre Tasche.

»Ich habe heute das hier bekommen...«

Sie holt einen Umschlag heraus, darin ein Stück Pappe, auf das die Reproduktion der *Gesandten* geklebt ist.

Sie bedeutet ihm, die Karte umzudrehen. Er liest. Sein Gesichtsausdruck wird finster.

»Hast du eine Idee, wer dir das geschickt haben könnte?«, fragt er.

»Keine Ahnung... aber es gefällt mir ganz und gar nicht.«

Ihm auch nicht.

Sie nimmt ihren Platz wieder ein, lehnt sich in ihren Sitz. Sie hebt die Stirn.

Er spürt, dass sie verwirrt, verunsichert ist, auch wenn sie sich nichts anmerken lässt.

»Vielleicht ist es ja nur eine Aufmerksamkeit, die augenzwinkernde Geste eines anonymen Bewunderers?«

Sie glaubt es nicht. Es handelt sich um eine direkte Anspielung auf *Anamorphose*. Der Umschlag war nicht mit der Post gekommen, sondern im Théâtre du Minotaure abgegeben worden.

Odon denkt an Marie.

Er dreht die Karte um und fährt mit dem Finger über den merkwürdigen Gegenstand im Vordergrund.

Der Tod ist gegenwärtig, trotz der schönen Gewänder und des Reichtums, ein Schädel, der alles bedeutungslos macht, den Luxus, die Eitelkeit, den Ruhm. *Memento mori*: Sei eingedenk, dass du sterben musst. Das ist die Botschaft.

Die Jogar holt einen Spiegel aus ihrer Tasche und nähert ihn der merkwürdigen Form.

»Alles steckt im Detail«, murmelt sie.

Die Verzerrung wird in der Wölbung des Spiegels korrigiert. Der Schädel wird sichtbar. Ein Kontrast, der alles Übrige, den Reichtum, den Prunk, lächerlich erscheinen lässt.

Nur die Liebe entgeht vielleicht dieser Hoffnungslosigkeit.

»Der Teufel liebt das Detail«, sagt die Jogar.

Sie steckt ihren Spiegel wieder in die Tasche.

Sie erhebt sich.

Sie sagt, dass sie hinauswill, atmen, die Stadt von oben sehen, die Gärten, den Fluss.

»Bring mich weg von hier!«

Odon steckt die Karte in seine Tasche.

Sie verlassen das Theater. Trotz der späten Stunde herrscht immer noch lebhaftes Treiben in den Gassen. Die Luft ist fast kühl. Sie hatten gehofft, der Platz vor dem Papstpalast sei leer, er ist es nicht. Paare umarmen sich.

Die Jogar betrachtet sie.

»Die Leute, die sich lieben, sind dermaßen schön, manchmal möchte man einer von ihnen sein.«

Gruppen, ein Mann mit einem gelben Fahrrad und zwei schweren Satteltaschen.

»Wir müssen in einer anderen Nacht wiederkommen, noch später«, sagt sie.

Odon denkt, dass der Platz niemals leer sein wird, nicht einmal spätnachts.

Die Gittertore der Gärten sind für die Nacht geschlossen. Sie machen kehrt und tauchen wieder in die menschenleeren Gassen der alten Viertel ein.

Sie geht neben ihm. Folgt seinem ruhigen Schritt. Sie redet nicht mehr über die Karte, doch Odon spürt, dass sie unruhig ist. Er ist es auch.

Sie kommen am Gefängnis vorbei, reden von Jeff, machen einen Umweg durch die Rue des Bains. Bei Odile ist alles dunkel.

Ihr Weg führt sie zum Haus von Mathildes Vater. Kein Licht. Die weißen Vorhänge sind zugezogen. Die Jogar blickt nach oben. Die große Bibliothek im ersten Stock, die Schlafzimmer, das Büro, der Wachsgeruch der Möbel, die Keramik aus Longwy.

Ihr Vater schläft vermutlich.

Ein Salamanderpaar lebte im Hof, bei dem alten Brunnen. Im Stein waren glänzende Kristalle eingeschlossen, die wie Salzkörner aussahen. Odon sagt, Salamander könnten zwanzig Jahre alt werden.

Die Jogar redet nicht über ihren Vater. Sie betrachtet die Vorhänge. Die Fenster stehen offen.

Sie zündet sich eine Zigarette an. Sie sind ganz allein auf der Straße. Eine nächtliche Straße, in einem verschwiegenen Viertel.

Der Garten ist von einer hohen Mauer umgeben. Eine kleine Tür führt zur Rückseite, die durch Efeu und die wild wachsenden Zweige eines Heckenrosenstrauchs vor den Blicken geschützt ist.

Die Tür ist von innen mit einem einfachen Haken verschlossen. Odon beugt sich vor, zieht ihn aus seiner Öse, und sie geht auf.

Hinten ein paar Bäume, eine kleine Buchsbaumallee. Die Jogar geht weiter. Die Bank, der Springbrunnen, der Brunnen mit den Salamandern. Sie fährt mit der Hand über den rauen Stein am Rand. Weiter weg zirpen Grillen im Kies.

Sie lässt sich mit dem Rücken am Stein des Brunnens zu Boden gleiten. Odon setzt sich neben sie.

»Was tut er wohl gerade, was glaubst du?«, fragt sie.

»Er denkt an dich«, sagt Odon. »Er schreibt ein Buch, das du lesen wirst, wenn er tot ist.«

»Was du da erzählst, ist unmöglich!«

Trotzdem lächelt sie.

Sie stellt sich ihren Vater in der Einsamkeit dieses großen Hauses vor. Sie sieht ihre Mutter in der Nacht der Erde liegen, wie einsam sie war im harten Schatten dieses Mannes.

Sie erschauert.

Sie schlingt die Arme um ihren Körper.

»Ist dir kalt?«, fragt Odon.

»Nein.«

Es ist etwas anderes.

»Er fehlt mir, und doch weiß ich, dass es sinnlos ist, ihn zu lieben.«

Sie lauscht den Geräuschen des Wassers im Springbrunnen. Dem schwerfälligen Flügelschlagen der Nachtfalter, den Schwärmern mit ihren toten Augen, am Tag fand sie sie tot hinter den Fensterscheiben.

»Ich werde wieder Mathilde, wenn ich hier bin.«

Odon steht auf, geht ein paar Schritte weiter, unter das Laub der Bäume.

Sie sieht ihn nicht mehr. Nur das glühende Ende seiner Zigarette.

»Können wir noch ein bisschen bleiben?«

»Können wir.«

Marie will gerade hinausgehen, als der Briefträger klingelt. Er hat ein Paket und braucht eine Unterschrift. Isabelle ist nicht in der Küche. Marie sucht sie.

Vor ihrem Schlafzimmer zögert sie. Am Abend zuvor hat Isabelle bis spät in die Nacht ferngesehen, es war heiß, und auf der Straße war es laut. Sie schläft bestimmt noch.

Marie hat diese Tür noch nie geöffnet. Sie klopft.

Keine Antwort.

Die Tür ist strohgelb und hat altmodische Zierleisten.

Sie dreht den Griff.

Drinnen ist es dunkel, die Fensterläden sind geschlossen. Marie wartet, bis ihre Augen sich daran gewöhnt haben. Ein Fenster steht offen. Sie klappt den Fensterladen zur Seite, um Licht hereinzulassen.

Ein großes Himmelbett. Darum herum Möbelstücke, der Rest des Zimmers ist leer.

Isabelle sitzt auf dem Bettrand, die nackten Beine ausgestreckt. Ihre Augen sind geöffnet. Sie trägt eine Leinentunika mit quadratischem Ausschnitt. Ihr gekrümmter Rücken ist im Spiegel zu sehen. Sie starrt vor sich hin.

Als Marie eintritt, dreht sie den Kopf nicht.

Auf dem Parkett stehen blaue Schnabelschuhe.

Das Licht, das durch die Fensterläden hereinfällt, beleuchtet ihren Körper, schneidet ihn aus der Dunkelheit aus. Ihre Haut ist blass, fast grau.

Sie wirkt wie ein lebendiges Leichentuch.

Das liegt am Licht. In ein paar Sekunden wird alles anders sein. Das Gesicht wird sich bewegt haben. Marie zückt ihren Fotoapparat.

Eine reflexartige Bewegung. Geräuschlos entfernt sie die Kappe, ohne Isabelle aus den Augen zu lassen, und richtet die Kamera auf sie. Der Körper, das Gesicht, die Hände, die zu beiden Seiten des Körpers flach auf die Matratze gestützt sind.

Die nackten dünnen Beine.

Das Licht ist schonungslos.

Marie drückt auf den Auslöser.

Sie gibt sich keine zweite Chance. Lässt den Apparat sofort wieder sinken.

Isabelle blickt auf.

»Du bist da ...«

Marie erklärt die Sache mit dem Paket, dass der Briefträger auf dem Treppenabsatz warte.

Isabelle schlüpft in die Pantoffeln. Sie geht zur Tür.

»Kannst du die Fensterläden öffnen?«

Die Fensterläden sind aus durchbrochenem Holz. Ein kleiner quadratischer Hof. Ein alter Brunnen.

Marie geht durch das Zimmer.

Ein langer Umhang aus rotbraunem Stoff hängt auf einem Stummen Diener neben der Tür, Seide, dickes, schweres Futter. Auf der Kommode eine Scheide. Darin ein Degen. In einem Rahmen ein Foto von Pina Bausch.

Sie zieht den Degen aus der Scheide. Fährt mit den Fingern in die dunklen Falten des Umhangs.

Isabelle kommt zurück.

»Dieser Umhang ist das Kostüm, das Gérard Philipe 1958 trug. Und mit diesem Degen hat er Rodrigue gespielt. Ich habe gesehen, wie er ihn Chimène reichte, ›Willst du meinen Tod oder nicht?‹ ... Er verlangte von ihr, sich zu entscheiden.«

Isabelle zieht sich an.

»Sie hätte sich rächen, ihn töten und die ganze Geschichte beenden können.«

»Welche Geschichte?«, fragt Marie.

»Hast du den *Cid* nicht gelesen?«

Isabelle zieht ein Exemplar aus einem Bücherstapel auf der Kommode. Sie reicht es ihr.

Sie öffnet die erste Schublade und nimmt eine Schachtel heraus. Darin Briefe, etwa zwanzig, zusammengebunden mit einem blauen Band.

»Mein Mann …«

Sie atmet den Duft der Umschläge ein, streicht über das Band.

»Ich wusste nicht, dass ich mit ihm glücklich war.«

Sie nimmt Maries Hände und streichelt sie, wie sie die Briefe gestreichelt hat.

»Drei Feen haben sich über deine Wiege gebeugt.«

»In meinem Wald gab es keine Feen«, sagt Marie leise.

Isabelle nimmt erneut ihre Hände.

»In allen Wäldern gibt es Feen, selbst in den dunkelsten.«

Sie berührt ihre Arme, die misshandelte Haut, die Kratzer.

»Die erste Fee hat dir das Talent gegeben, die zweite hat dir die Schönheit gegeben …«

»Und die dritte hat meinen Bruder ermordet«, sagt Marie und zieht jäh ihre Hand zurück.

Ein Schatten huscht über Isabelles Gesicht.

»Nein, Marie, die dritte Fee hat dir wunderbare Wege geöffnet, und das ist ein großes Geschenk.«

Die Straßenreinigung verspritzt Wasser, das zwischen die Pflastersteine läuft, kostbare Ströme, die die durstigen Ratten gierig auflecken.

Odon geht die Treppe hinauf, küsst Isabelles Hände, so begrüßt er sie immer, das erste Mal war es Spaß, und dann ist es eine Gewohnheit geworden.

Er hat ihr Blumen mitgebracht.

»Alles Gute zum Geburtstag...«

»Der war am Montag.«

»Ja, aber am Montag bin ich nicht gekommen, und als ich angerufen habe, bist du nicht drangegangen.«

Sie drückt ihren Kopf gegen seine breite Brust.

Dann nimmt sie den Strauß und füllt eine Vase mit Wasser. Sie schneidet jeden Stiel an und stellt die Blumen eine nach der anderen hinein.

In der Küche trinken ein paar Schauspieler ihren Kaffee, mit wirren Haaren, sie haben eine zu kurze Nacht hinter sich.

Außer den Blumen hat Odon auch Croissants mitgebracht, er legt die Tüte zwischen die Kaffeeschalen. Blickt zum Fenster. Zerzauste Spatzen jagen die Fliegen in den Balkonpflanzen.

»Du schaust aber finster drein...«, sagt Isabelle und zieht Odon zum Licht.

»Die Nacht war kurz.«

Er geht ins Wohnzimmer zurück. Marie sitzt mit dem Rücken an der Wand, im Schneidersitz, unter einem der Fenster, ein aufgeschlagenes Buch auf den Knien.

»Wie kommst du mit ihr aus?«, fragt er.

»Gut.«

Er geht zu der großen Leerstelle an der Wand. Ein hellerer Fleck, Schattenmotive.

»Hast du den Wandteppich verkauft?«

»Schon vor ein paar Tagen... Er war von Motten zerfressen, verstaubt, die Fäden waren lose, und man hat mir einen guten Preis geboten.«

»Ich hätte ihn dir abgekauft, wenn du mir was gesagt hättest.«

»Um ihn in deinem Kahn aufzuhängen? Deine Wände sind nicht stark genug, und die Feuchtigkeit schadet der Wolle.«

Sie fährt mit dem Finger über die Wand, folgt imaginären Linien.

»Alles ist da, die Vögel, die beiden großen Eichen, der Hund und das Kind, das vorausgeht.«

Sie geht ein Stück weiter.

»Hier die Kutsche, die vier Pferde, eines ist weiß, der Steinweg, der Springbrunnen und die von der Meute gestellte Hirschkuh.«

Sie starrt die Wand an. Er drückt sie an sich, spürt ihre zarten Schultern unter seinen Pranken.

»Ich werde morgen wiederkommen und dir Glühbirnen mitbringen. Die in der Küche sind zu schwach.«

»Sie sind stark genug.«

»Nein, das sind sie nicht.«

Sie entfernt sich.

»Ich bereite meine Reise nach Ramatuelle vor«, sagt sie.

»Erinnerst du dich, was Aragon geschrieben hat, als Gérard Philipe starb? ›Die Seinen haben ihn in den Himmel der letzten Ferien mitgenommen, nach Ramatuelle, ans Meer...‹«

Die Fortsetzung hat sie vergessen.

Odon hilft ihr.

»›…damit er für immer der Traum des Sandes und der Sonne sei, außerhalb der Nebel, und auf ewig der Beweis für die Jugend der Welt bleibe.‹«

Sie beenden den Satz gemeinsam, ihre Stimmen vereinen sich. Isabelles ist zarter, schwächer.

»›Und wer vorbeikommt, wird, solange es über seinem Grab schön ist, sagen: Nein, Perdican ist nicht tot, er hat nur zu viel gespielt, er musste sich in einem langen Schlaf ausruhen.‹«

Wenn sie einmal stirbt, werden sie traurig sein, weinen und sie vergessen.

Er wendet sich zu Marie. Versunken in ihr Buch, hat sie sich nicht von der Stelle gerührt.

»Ich muss mit ihr reden.«

»Macht sie dir Probleme?«

»Noch nicht.«

Isabelle hält ihn am Arm zurück.

»Dieses Mädchen ist innerlich zerrissen, mach ihr keine Schwierigkeiten.«

»Auch wenn sie leidet, gibt ihr das nicht alle Rechte.«

Isabelle lässt sich nicht beirren.

»Sag mir lieber, wie du die Fotos findest, die sie bei dir ausgestellt hat.«

»Sie sind nicht schlecht…«

Er nimmt das letzte Croissant aus der Tüte.

»Ich muss wirklich mit ihr reden«, sagt er und geht zu Marie.

Marie ist in ein Buch von Willy Ronis vertieft. Schwarzweißfotos, auf dem Umschlag eine Straße in Paris. Die Seiten sind biegsam, das Papier von guter Qualität.

Das Exemplar des *Cid*, das Isabelle ihr geliehen hat, liegt neben ihr.

Odon geht auf sie zu. Sein Schatten gleitet über die Seiten. Er reicht ihr das Croissant, und der Umriss seiner Hand zeichnet sich ab.

»Hast du dich schon wieder an den Dornen aufgeschürft?«, fragt er.

Sie streift den Ärmel herunter.

Er bückt sich und drückt ihr das Croissant in die Hand. Er nimmt das Exemplar des *Cid* und blättert rasch die Seiten durch.

»›Los, stirb oder töte, räche dich, räche mich!‹ Die schöne Chimène, hin und her gerissen zwischen ihrer Liebe zu dem tapferen Rodrigue und ihrem Ehrgefühl… Du liest das?«

»Ich will wissen, wie es ausgeht.«

»Und wie soll es ausgehen?«

Sie zögert.

»Gut… Aber ich glaube, das ist nicht möglich. Ich möchte wissen, ob Chimène den Mörder ihres Vaters heiraten wird.«

»Oder ob sie die Rache vorzieht?«

Eine Seite ist mit einem Eselsohr markiert. Er würde ihr gern sagen, dass man Seiten nicht einknicken soll.

»Was würdest du tun, wenn du Chimène wärst?«

Sie weiß es nicht.

Die Karte mit den *Gesandten* steckt in seiner Tasche, er holt sie heraus.

»Gehört das dir?«

Er legt die Karte auf das Buch.

Maries Gesicht ist ein paar Zentimeter von seinem entfernt, er sieht die Konturen, die klaren Linien ihrer Wangen. Das Licht, das durch das Fenster hereinfällt, beleuchtet ihre Haut und die Ringe.

Mit dem Finger schiebt sie die Karte langsam zurück. Spöttisch blickt sie auf.

»Dann hat der Star sich also in Ihren Armen ausgeheult...«

Odon möchte sie am liebsten ohrfeigen. Mit einer Handbewegung könnte er sie ans andere Ende des Raums befördern. Er denkt: ›Mit einem Fußtritt schleudere ich dich durch den Raum.‹

Sie lächelt ironisch. Schließt das Buch. Ihre Hand ruht auf dem Umschlag.

»Was genau willst du?«, fragt er.

»Ich sagte Ihnen doch, ich will sie treffen.«

»Das ist nicht der richtige Weg.«

Sie zuckt die Achseln.

»Ich will, dass sie mir sagt, warum sie das getan hat. Ich will sie über *Anamorphose* reden hören.«

Sie fährt mit dem Finger an dem Buchdeckel entlang.

Er wendet sich ab, geht zum Fenster und betrachtet die Mauer gegenüber.

Unten auf der Straße demonstrieren Schauspieler mit Fußfesseln wie Sträflinge, andere folgen ihnen und schlagen dabei auf Kanister.

Marie steht auf, halbiert das Croissant und atmet den Geruch ein.

Sie gibt ihm eine Hälfte.
Dann stützt sie sich auf und beugt sich aus dem Fenster.
»Dürfte ich noch Fotos bei Ihnen aufhängen?«, fragt sie.
Er seufzt.
»Ja, darfst du.«

Jeff überquert den Platz mit den Flügeln auf dem Rücken und in seinen mit Glanzpapier beklebten Stiefeln. Er schiebt seinen Leierkasten. Ballons in allen Farben schweben an Schnüren über ihm.

In Odiles Hof legt er die Flügel ab. Den Leierkasten stellt er in den Unterstand für den Kinderwagen. Die Stiefel zieht er ebenfalls aus. Er trägt keine Socken. Seine Füße sind rot, sie sehen aus wie gekocht.

Odile sitzt in der Küche. Mit Odon. Jeff hört vom Treppenabsatz aus ihre Stimmen.

Er öffnet die Tür.

Es riecht nach Fleisch und gegrilltem Gemüse.

»Sie zeigen die Stadt«, sagt Odile und deutet auf den Fernseher.

Sie schimpft. Immer die gleichen Bilder, und nie etwas über die Rue des Bains ...

Sie schneidet die Tomaten in dünne Scheiben und legt sie in eine Schüssel.

Jeff leert seine Taschen, eine Handvoll Münzen, ein paar zusammengefaltete Scheine, er legt alles in die Schale. Notiert die Summe im Heft.

Seit Jahren geht das schon so zwischen ihnen.

Er setzt sich an den Tisch, da er zu lange auf dem Platz war, hat ihn die Sonne erschöpft. Er sollte damit aufhören. Odile sagt: »Eines Tages wird man dich tot unter deinen Flügeln finden.«

Jeff muss lachen.

»Ich schulde dir Geld, und ich zahle es dir zurück. Danach verlasse ich die Stadt.«

Odile schüttelt den Kopf.

»Der Michigansee, ja, du wirst uns Postkarten schicken, wenn du dort bist…«

Sie wendet sich achselzuckend zu ihrem Bruder.

Weiße Zwiebeln braten goldbraun in Öl, eine Mischung aus Gemüse und Aromaten, dunkle Gewürze, die starke Gerüche verbreiten.

Jeff hat Hunger. Seine Nasenflügel beben.

»Du bist keine Frau, du bist der Teufel…«, sagt er leise.

Sie lacht.

Ihre Wangen sind rot. Schweiß rinnt über ihre Stirn.

»Willst du sofort einen Teller, oder soll ich es einpacken, und du nimmst es mit?«

Er leckt sich die Lippen.

»Warum warten?«, sagt er.

Sie beugt sich vor. Sie hat breite Hüften. Üppige Brüste. Bei der Bewegung zeichnet sich ihr Hintern unter dem Kittel ab.

Das Nylon des Kittels raschelt, als würde sie zittern.

Jeff schiebt seine Hand über sein Glied.

Odon ertappt ihn dabei, es dauert nur ein paar Sekunden.

Odon wirft seine Kippe in die Strömung. Der Sommer muss endlich ein Ende haben.

Es ist einfach zu heiß. Holzstücke treiben zwischen dem Rumpf und dem Ufer. Plastikflaschen. Seit ein paar Tagen sind Schnecken in das Gras um die Taue eingefallen. Sie heften sich an die Blätter, winzig wie Nadelspitzen.

Odon schenkt sich einen Cognac ein. Er trinkt ihn, sein Magen ist absolut leer. Er muss schlafen. Letzte Nacht ist er aufgewacht, glaubte, es würde regnen, aber es war nur ein Zweig, der über das Dach scheuerte.

Er kennt das Leben der Flüsse, einer von ihnen hat die Wiege von Moses fortgetragen. Ein anderer trennt die Welt der Lebenden von der der Toten, man nennt ihn den Styx, die Fährleute warten an seinen Ufern und setzen für ein bisschen Geld über.

Um diesen Legenden näher zu sein, lebt er auf dem Kahn.

Big Mac steigt langsam vom Rand des Wassers nach oben. Der Boden ist rutschig. Er hebt den Kopf. Mit einem Blick schätzt er den steilen Weg ab, den er nehmen muss, um das Ufer zu erreichen.

Der Abendwind bläst, leicht und warm. Die Autos fahren in nicht abreißenden Kolonnen über die Brücke.

Odon geht zu der Kröte, bückt sich und versperrt ihr den Weg mit der offenen Hand.

Die Kröte zögert, macht einen Schritt und klettert auf die Handfläche.

Sie lässt sich hochheben und mitnehmen. Ein intensiver Geruch geht von ihr aus, eine starke Mischung aus Schlamm und Erde.

Maries Schritt ist leicht, sie berührt das Gras.

Sie setzt sich neben Odon, mit angewinkelten Knien, die Hände flach auf den Schenkeln. Der Wind wirbelt die dunklen Strömungen des Flusses auf. Die Taue des Kahns sind bis zum Zerreißen gespannt, graben Furchen in die Erde.

Ein Eichhörnchen läuft vorbei, tief gebeugt. Es hat Durst. Alles hier ist am Verdursten.

Allen ist heiß.

Marie kratzt ihre Haut, ein langsames Kratzen über die weißen Narben ihrer Arme.

»Hör auf!«

»Was?«

Ihr Blick richtet sich auf die Kröte. Sie kriecht, bewegt die Zweige. Eine Grille zirpt im Gras. Etwas weiter entfernt eine zweite.

»Ich habe sie gesehen«, sagt sie, »auf der Bühne des Minotaure, heute haben sie nicht gestreikt.«

Ihre allzu leise Stimme erstickt das letzte Wort.

»Hinterher wollte ich mit ihr sprechen, aber man hat mich nicht zu ihr gelassen.«

Odon antwortet nicht.

Er wirft seine Kippe ins Wasser.

Sie klemmt die Hände zwischen ihre Schenkel.

Gelächter dringt über den Fluss zu ihnen herüber, eine Gruppe auf der Brücke, der Campingplatz ist nicht weit entfernt. Alle Laternen brennen.

»Der Planet ist Ihnen scheißegal«, sagt sie und betrachtet die Kippe, die auf dem Wasser treibt.

»Lass den Planeten aus dem Spiel!«

»Trotzdem...«

»Bist du gekommen, um mit mir über den Planeten zu reden?«

Sie verzieht das Gesicht, hebt einen Stein auf und wirft ihn ins Wasser. Dort, wo er hineinfällt, entstehen Wellen.

Im Schatten längs der Böschung blüht Digitalis. Schwere Trauben, die sich der Erde zuneigen.

Ein Touristenboot fährt flussaufwärts, in Richtung der alten Brücke.

Marie erzählt von dem Caravan am Waldrand, dem Elend zwischen den Pfützen. Ihre Mutter hat nach Pauls Tod zwanzig Kilo zugenommen, es ist schon komisch, wie man sich vollstopfen kann, wenn man unglücklich ist.

»*Anamorphose*... Wie viele Exemplare haben Sie gedruckt?«

»Zweitausend.«

Sie zwingt sich zu lächeln.

»Sie hätten mir ein Zimmer im Luxushotel mieten können, anstatt mich zu Isabelle zu schicken.«

»Gefällt es dir nicht bei Isabelle?«

Sie schüttelt den Kopf.

»Das hab ich nur so gesagt... Sie haben doch sicher eine Menge Kohle verdient?«

Odon holt eine Zigarette heraus. Spuckt den Filter aus. Zündet sie mit dem Feuerzeug an, die Flamme beleuchtet seine Hände, die schweren Ringe unter den Augen.

»Ich habe das Geld deiner Mutter geschickt.«

Marie lacht höhnisch.

»Sie haben den Engel gespielt, Ihnen fehlt nur noch die Krone.«

Er verbessert sie.

»Der Heiligenschein.«

Sie beugt sich vor, kratzt den Schlamm ab, der an ihrer Wade klebt. Nach Pauls Tod wusch ihre Mutter ihr das Gesicht mit Seife, damit es wie ein Spiegel glänzte. Und sie machte noch andere Dinge dieser Art.

Sie blickt auf das schwarze Wasser, die Kippe, die von den Wellen hin und her geschaukelt wird. Die Strömung reißt die Blätter mit sich. Sie hebt den Kopf, um die Lichter der Stadt zu sehen. Den beleuchteten Papstpalast. Die goldene Jungfrau.

»Marie, wie ist dein Bruder gestorben?«

»Ein blöder Tod.«

»Deine Mutter hat von einem Kranunfall gesprochen.«

»Das hat sie allen erzählt, oder auch, dass er vom Gerüst gefallen sei.«

Er fragt, ob das nicht stimme.

Sie antwortet nicht. Ein Vogel mit bunten Flügeln nähert sich und pickt im Schlamm.

»Reizt es Sie nie, mal woanders hinzufahren? Sie könnten doch den Anker Ihres Kahns lichten ...«

»Mein Kahn hat keinen Anker.«

»Und was machen Sie dann, um loszufahren?«

»Man löst die Taue und lässt ihn treiben.«

Odon kehrt auf den Kahn zurück, verschwindet unter Deck und kommt mit einer Flasche Whisky und zwei dickwandigen Gläsern wieder nach oben.

Er bleibt stehen.

Marie geht zu ihm, lässt sich auf einen Sessel fallen und legt die Beine über die Lehne. Den Kopf zurückgeworfen, blickt sie sich um, die Bäume, die Töpfe, der ganze Krempel, der da herumsteht. Und die Nacht.

Im Caravan gab es keine Trennwände, ihre Mutter zog einen Vorhang vor ihr Bett. Marie schlief auf der Bank. Ihr Bruder blieb im Lieferwagen. Im Winter fror er.

Sie steht auf, geht zum Klavier, legt die Finger auf die Tasten. Ein Wappen ist in den Lack graviert. Sie drückt mehrmals mit dem Zeigefinger auf denselben hohen Ton.

»Sind sie aus Elfenbein? ... Wissen Sie, dass man die Elefanten wegen solchem Quatsch tötet?«

Sie drückt die Finger auf die Tasten. Es hallt in der trockenen Luft. Es hallt auch in ihrem Schädel. Sie lässt den Deckel zurückfallen.

Als Paul gestorben war, drehte sie die Musik im Lieferwagen voll auf. Ihre Mutter schlug mit der Faust gegen die Wagentür. Sie machte sich ein letztes Geschenk mit der Musik bei geschlossenen Türen.

»Meine Mutter hat einen Baum gepflanzt. Sie hat die Erde mit der Asche vermischt, sie sagte, er brauche fünfzig Jahre, um zu wachsen.«

Sie geht zum Sessel zurück.

»Wie lange haben Sie gebraucht, um zu erkennen, dass *Anamorphose* gut ist?«

»Ich habe es sofort erkannt.«

Sie lässt ihre ausgestreckten Hände zwischen ihren Augen und dem Himmel tanzen.

»Genau sechsundzwanzig Tage, das ist die Zeit, die Sie haben verstreichen lassen, bevor Sie ihn angerufen haben.«

Sie wirft ihm einen Blick zu.

Der Fluss schimmert. Die Nachtvögel fliegen dicht über der Oberfläche auf der Suche nach Insekten. Die Dunkelheit lässt anderen Geräuschen Raum. Merkwürdiges Kratzen am Holz des Kahns. Äste, die von der Strömung mitgerissen werden, reiben sich am Rumpf, verfangen sich ineinander und bilden etwas weiter weg eine Sperre.

Marie dreht den Kopf.

»Am Anfang hab ich Sie gemocht«, sagt sie.

»Du nervst, Marie.«

»Er nervt niemanden mehr.«

Die Whiskyflasche steht auf dem Tisch. Am Ufer explodieren Knallkörper. Mädchen lachen.

Sie schenkt sich ein Glas ein. Benetzt ihre Lippen. Der Alkohol ist stark. Sie ist ihn nicht gewöhnt. Sie hat Tränen in den Augen, zerdrückt sie mit der Faust.

»Ich glaube, ich werde nach Hause gehen.«

Über ihr bewegen sich die Blätter der Platanen im Wind.

Marie geht nicht. Sie behält ihr Glas in der Hand. Ohne zu trinken. Nur der Geruch, wie ein Parfum.

»Es war kein Kranunfall«, sagt sie.

Sie blickt zu Odon auf, das Glas an ihrem Gesicht.

Er lehnt an der Reling.

»Nur eine Kugel im Magazin. Eine Chance von eins zu sechs.«

Er verspannt sich.

Sie spricht nicht weiter.

Sie dreht das Rad einer imaginären Trommel. Richtet den Zeigefinger auf ihre Schläfe.

»Dein Bruder hat Selbstmord begangen, ist es das, was du mir sagen willst?«, fragt er mit plötzlich tonloser Stimme.

Was er da gerade erfahren hat, lässt ihn schwanken.

»Nicht wirklich... Russisches Roulette. Er nannte es das verbotene Glücksspiel.«

Sie schöpft Atem, zwingt sich zu einem Lächeln, dessen Anblick wehtut.

»Normalerweise setzte er auf Hunde, aber da er keine Hunde mehr hatte...«

Odon lässt sich langsam in einen Sessel fallen, eine Hand ruht auf der Lehne. Seine Finger zittern. Er presst sie gegeneinander.

Der Schweiß steht ihm auf der Stirn.

»Es ist verrückt, was für ein Blutbad eine einzige Kugel anrichten kann...«, sagt Marie.

Odon breitet ohnmächtig die Hände aus. Wenn er auf den Fluss blickt, wird ihm schwindlig. Er blickt sie an. Sie lügt nicht.

Sie wirkt ruhig, ihr ganzer Körper scheint zu schmerzen.

»Was haben Sie empfunden, als meine Mutter Ihnen sagte, dass mein Bruder gestorben sei?«

»Das habe ich dir bereits erklärt.«

»Man ist immer sehr schnell mit Erklärungen bei der Hand.«

Er fährt sich mit den Händen über das Gesicht und dann mit den Fingern durchs Haar. Eine Weile sitzt er so da, mit schwerem Kopf.

Er erinnert sich, dass er ganz benommen war. Tagelang wusste er nicht, was er tun sollte, und fragte sich, ob er schuldig sei.

»Ich hatte einen Text, aber keinen Autor mehr.«

»Es gab einen Autor!«

»Ja, Marie...«

Er steht auf.

Sie bleibt im Sessel sitzen, die Beine über der Lehne.

»Mein Bruder wurde Indianer genannt. Bevor er am letzten Abend fortfuhr, hat er im Briefkasten nachgesehen, er glaubte nicht mehr daran, aber er hat trotzdem nachgeschaut... Die Bullen fanden seinen Körper am Ufer der Seine, im Gras, sie sagten, es sei eine Abrechnung unter Ganoven gewesen.«

Sie kratzt ihre Handfläche mit den Fingernägeln. Ihre Mutter verkaufte danach den Lieferwagen. Im Handschuhfach schaute sie nicht nach, es lagen noch beschriebene Seiten darin.

Sie löst eine Kruste, zieht sie langsam ab.

»Hör auf.«

»Ich kann nicht.«

Er lehnt sich an die Reling.

Wo ist der Zufall? Hätte er früher angerufen, hätte Selliès nicht diese idiotische Wette mit sich selbst gemacht. Vielleicht. Vielleicht auch nicht.

»Jetzt muss ich Sie hassen.«

Sie sagt es mit trauriger Stimme.

»Wie du willst.«

»Nein, nicht wie ich will.«

Er blickt auf den Fluss.

»Du wirst dich selbst zugrunde richten«, sagt er.

Es wird Tag. Noch kann man atmen, doch schon in wenigen Stunden wird die Hitze alles schwer machen.

Odon hat schlecht geschlafen. Er hat Tränensäcke unter den Augen und das Aussehen eines kosovarischen Flüchtlings, als er an Deck kommt.

Er trinkt seinen Kaffee.

Er lässt Wasser ins Spülbecken laufen und sucht Big Mac, findet ihn bald. Das Fenster steht einen Spalt offen, die Kröte braucht nur ein paar Schritte zu machen, um nach draußen zu gelangen.

Das Radio läuft. Im Norden regnet es. Hier müsste es ebenfalls regnen. Die Erde wartet seit Wochen darauf. Die Menschen, die Bäume, die Tiere. Selbst der Staub sehnt sich nach Regen.

In der Ferne fährt ein Zug vorbei, der Wind trägt das Geräusch heran.

Er schenkt sich einen zweiten Kaffee ein.

Er schaltet sein Handy ein und ruft Mathilde an.

Die Jogar trägt die Erinnerung an die Straße in ihrem Gedächtnis. Ein Leuchtschild, Nummer 19. Odon hat ihr eine Nachricht hinterlassen, sich mit ihr verabredet. Er hat nicht erklärt, warum. Seine Stimme klang angespannt.

Sie kennt diesen Ort. Es ist ein niedriger Raum mit einer langen Bar und Barhockern. An den Wänden hängen Poster. Man legt dort Jazzplatten auf.

Sie geht hinein. Auf der Tanzfläche tanzt ein Mädchen, Latinojazz, Blues, Soul. An den Tischen sitzen Leute. Rotes Licht, ein wenig düster.

Odon sitzt an der Bar. Die Ellbogen aufgestützt, breite Schultern. Ein graues Leinenhemd.

Sie zieht einen Hocker dicht an seinen heran. Sie weiß, wie schwer sein Männerkörper zwischen ihren Schenkeln wiegt. Ein Körper wie ein Abdruck.

Sie setzt sich auf den Hocker. Er dreht sich halb zu ihr.

Er deutet auf sein Glas. Er hat bereits getrunken, zu viel.

»Trinken hilft mir, mich zu erinnern.«

»Und woran willst du dich erinnern?«

Er lässt seinen Blick an ihrem Rock entlangwandern.

»An alles. An dich.«

Ihr letzter Urlaub in Fécamp, es regnete, es war unmöglich, sich im Freien aufzuhalten, doch sie wollten das Meer sehen, also parkten sie oben an der Steilküste. Das Meer lag vor ihnen, ein drei Meter tiefer Abgrund, er ließ die Scheibenwischer eingeschaltet.

»Trinken wir auf unsere Fehler...«

Sie bestellt einen *Kiss me boy*. Hebt ihr Glas, stößt mit ihm an.

»Hast du nach mir mit vielen Frauen geschlafen?«

»Mit Tausenden...«

Er streichelt ihre Wange und lässt die Hand in ihr Haar wandern. Lange Zeit hatte er die Hoffnung gehabt, sie könnten ohne einander glücklich sein.

»Aber unter deinen Kleidern habe ich das Paradies gefunden.«

Sie presst ihre Lippen auf seine Hand.

»Hast du mich sehen wollen, um mir das zu sagen?«

»Nicht wirklich.«

Sie dreht ihr Glas. Eine Haarsträhne fällt auf ihre Wange. Immer dieselbe Strähne, sie streicht sie hinters Ohr, vergeblich, schon im nächsten Augenblick fällt sie zurück.

Sie trinkt einen Schluck.

Er erzählt ihr von Marie.

Er erzählt ihr von ihren Besuchen, ihren Fragen, alles, was er von ihr weiß, wie sie das Manuskript von *Anamorphose* gefunden hat.

»Sie weiß, dass du es überarbeitet hast, um es spielen zu können. Sie weiß auch, dass es unter deinem Namen gedruckt wurde.«

Er erzählt ihr nicht, wie Selliès gestorben ist. Alles Übrige schon, das kann sie hören, doch das eine behält er für sich.

»Noch etwas?«, fragt sie.

Er schüttelt den Kopf.

Die ganze Zeit, während er spricht, behält sie die Lippen am Glas.

»Erinnerst du dich, du wolltest es verbrennen...«, sagt sie, als er fertig ist.

»Nicht verbrennen, zurückschicken.«

»Das ist das Gleiche... Seine Mutter wollte es nicht.«

Sie gibt dem Kellner ein Zeichen, bestellt ein zweites Glas und gesalzenes Knabberzeug.

»Dieser Text war zu schön, man konnte ihn nicht so lassen... Und den Toten gibt man nie etwas zurück.«

Odon verfolgt mit den Augen die Bewegungen des Kellners, der das Glas füllt und Oliven und Toast auf den Tresen stellt.

»Sie will dich treffen, über all das mit dir reden.«

Die Jogar bricht in Gelächter aus.

»All das? Was soll das heißen?... Ich will weder mit ihr noch mit irgendjemandem darüber reden.«

Sie kratzt am Fleisch einer Olive, Picholine-Oliven, die besten.

»Ich habe nur gerettet, was gerettet werden musste.«

Er nickt.

Sie zwingt sich zu lächeln. Sie mag es gar nicht, sich Gedanken machen zu müssen. Das Theater ist ihr Territorium, ihre Heimat, nichts als eine schöne Illusion, aber damit kann sie leben, darin fühlt sie sich zu Hause. Das ist der einzige Boden, auf dem sie gehen kann.

Sie isst eine weitere Olive, spuckt den Kern aus. In ein paar Tagen wird sie zurückfahren, sie hat Arbeit, muss den Text über Verlaine lernen. Freunde treffen.

Es ist heiß.

Ihre Haut ist feucht.

Sie nehmen ihre Gläser und gehen zum Rauchen auf den Bürgersteig.

»Erinnere dich, wir waren dreißig...«

»Du warst dreißig.«

Sie lächelt.

Die Nacht riecht gut, eine Mischung aus Geißblatt, Rosen- und Lavendelduft. Sie beschließen, Marie zu vergessen und das Thema zu wechseln.

Damien verbringt Stunden auf seiner Bank. Nur hundert Meter liegen zwischen seinem Platz und dem Chien-Fou. Er hat eine Reihe weißer Gestalten auf die Lehne geklebt und ein von einem Pfeil durchbohrtes Herz.

Er beobachtet die Leute. Dieser Platz ist nicht nur der größte der Stadt, er ist auch voller Leben. Die Leute treffen oder begegnen sich, man geht sich aus dem Weg, man trennt sich. Man sieht auch Hunde und ein paar Katzen.

Damien behauptet, er könne erkennen, wer im Viertel lebt und wer von woandersher kommt.

Er behauptet, er schlafe dort und der Wind sei sein Kopfkissen.

Marie betrachtet sich im Badezimmerspiegel. Ein Lipgloss ist dort vergessen worden, sie verteilt ein wenig davon auf ihren Lippen. Eine Cremetube, sie öffnet sie, riecht daran. Sie ist es nicht gewohnt, sich zu schminken. Sie verteilt etwas Puder auf ihren Wangen. In einem Zug hat sie einmal eine Handtasche geklaut. Darin befand sich eine Puderdose von Dior. Sie hat sie ihrer Mutter geschenkt. Ihre Mutter hat sie geohrfeigt, die Puderdose jedoch behalten.

Marie geht aus dem Haus.

Sie lässt das Foto von Isabelle auf dem Rand ihres Himmelbetts ausdrucken.

Das nackte Fleisch, die Schatten und das weiche Material des Stoffs. Der Blick vor allem, die offenen Augen, der abwesende Blick. Das Foto ist perfekt. Sie will es im Eingangsbereich des Chien-Fou ausstellen.

Odon ist dort, regelt Kartenprobleme mit Festivalbesuchern.

Marie befestigt das Foto neben den anderen. Man könnte glauben, alle anderen Fotos seien als Vorbereitung auf dieses gemacht worden, eine alte Frau, die auf dem Bettrand sitzt, mit Möbeln um sich herum, dicht an dicht, stumm.

Julie nähert sich.

Sie sagt zu Marie, sie hätte Isabelle in einem ihrer Kleider aufnehmen sollen.

»Strass und Pailletten, sie hat wunderschöne!«

Odon kommt zu ihnen. Diese Arme, dieser Bauch, die Wölbung ihrer abgemagerten Schultern, das bleiche Gesicht. Verwirrt betrachtet er das Foto. Dieses Gesicht ist das Gesicht aller Lebenden, die auf den Tod warten. Es ist die Arbeit der Zeit, sie löscht Teile aus, stumpft die Wünsche ab, verändert die Gefühle. Eine furchtbare Verwüstung.

»Hast du es Isabelle gezeigt?«

»Nein.«

Er schweigt. Die Lippen geschlossen, trocken.

Schönheit kann wehtun. Sie kann Angst machen.

Er entfernt eine Heftzwecke, eine zweite, seine Bewegungen sind langsam. Die Hand schwer.

»Du kannst ein solches Foto nicht einfach ausstellen, ohne dass sie es weiß.«

Er sieht Marie an.

»Du musst sie fragen, verstehst du?«

Als die Jogar die Bühne verlässt, bleibt sie kurz stehen, das macht sie immer so, bevor sie abgeht, sie dreht sich um und wirft einen letzten Blick ins Publikum.

Manche Zuschauer sitzen noch. Andere erheben sich. Man lächelt ihr zu. Schon wendet man sich ab. Sie verlässt die Bühne stets bei geöffnetem Vorhang.

Auch morgen wird sie da sein, im Saal ein anderes Publikum, aber die Geste wird die gleiche sein, der gleiche geprobte Abschied.

Ein großer Mann mit gebeugtem Rücken aus der fünften Reihe mischt sich unter die Menge. Weißes Hemd, anthrazitgraue Jacke. Ihn blickt sie an.

Sie folgt ihm mit den Augen.

Warum er und nicht ein anderer? Weil er groß ist? Die Gestalt ist ihr vertraut.

Sie starrt auf den Nacken.

Das Haar ein wenig schütter, die Schultern vielleicht etwas schmaler. Der Mann ist allein. Er geht durch den Mittelgang und ohne Eile weiter zu den Flügeltüren des Ausgangs.

Im Saal brandet der Applaus wieder auf, weil sie immer noch da ist. Sie lächelt.

Der Mann geht durch die Tür, sie hebt die Hand. Er dreht sich nicht um. Das Publikum applaudiert. Der Beifall folgt ihr.

Auf dem Gang signiert sie Fotos.

Sie betritt ihre Garderobe.

Phil Nans küsst sie.

Pablo kommt hinzu.

»Sie waren wunderbar, meine Dunkelhaarige!«

Sie geht zum Fenster, blickt auf die Straße, den Bürgersteig, die einsame Gestalt ihres Vaters, der sich entfernt.

»Aber ich bin bei der Roseman Bridge hängengeblieben«, murmelt sie, »an dieser Stelle bleibe ich immer hängen.«

Jeff ist hingefallen, ein Sturz auf der Straße, verursacht durch seine Flügel. Er erhebt sich. Der Leierkasten ist kaputt, sosehr er sich auch bemüht, die Walzen im Innern haben sich verklemmt.

Er rempelt die Leute an. Diejenigen, die ihn aus der Nähe betrachten, sehen, dass er Tränen in den Augen hat. Sein herabhängender Flügel verleiht ihm den Gang eines Albatros.

Es ist früher Nachmittag. Die Jungs der Großen Odile sehen ihn mit seinen Flügeln ankommen.

Er setzt sich zu ihnen. Erzählt ihnen die Geschichte von Ikarus, einem Sonderling, der fliegen wollte wie die Vögel.

Als es Abend wird, geht er in die Stadt zurück und sammelt die Kippen vom Bürgersteig auf. Er steckt sie in eine Streichholzschachtel. Als die Schachtel voll ist, kehrt er zur Place de l'Horloge zurück und sucht sich eine Stelle, die gut sichtbar ist.

Er nimmt eine erste Kippe heraus. Touristen bleiben stehen. Etwa ein Dutzend. Jeff steckt die Kippe in den Mund. Kaut sie. Der Tabakgeschmack widert ihn an. Er schluckt sie hinunter. Nimmt eine zweite Kippe und wiederholt den Vorgang. Eine Gruppe von Schaulustigen bildet sich um ihn herum. Der Tabak haftet an seiner Zunge, die Spucke ist wie Lava.

Ein Kind fragt, warum macht der Monsieur das?

Jeff blickt auf. Die Münzen prasseln in die Schirmmütze wie auf dem Höhepunkt seiner Flügelnummer. Er nimmt eine weitere Kippe. Betrachtet die Münzen und fragt sich, ob der Himmel über dem Michigansee blau ist.

Julie, Damien und Greg sitzen auf der Bank. Marie ebenfalls. Sie haben Jeff vorbeigehen sehen.

Julie erzählt das Geheimnis der Schuld, die ihn mit Odile verbindet.

»Sobald er ihr alles zurückgezahlt hat, steigt er in einen Zug und fährt nach Amerika.«

»Man braucht mehr als einen Zug, um so weit zu reisen«, sagt Marie.

Mehr als einen Tag auch. Manchmal reicht ein Leben nicht.

Die weiten Reisen machen Angst, wenn man nicht daran gewöhnt ist. Man plant sie. Bevor man in den Zug steigt, zögert man und bleibt auf dem Bahnsteig.

Julie sagt, dass sich viel Geld in Odiles Stiefeln befunden habe, genug, um ein Leben lang Schulden zu haben.

Sie flüstert ihr die Summe ins Ohr.

»Dann ist sein Traum sinnlos«, sagt Marie.

Ein Traum von drei Männern«, sagt Isabelle. »Ohne sie wärst du nicht hier.«

Sie legt die Zeitschrift auf den Tisch.

Auf der Titelseite René Char, Jean Vilar und Christian Zervos.

»Mit diesen Männern hat alles angefangen.«

Sie zeigt ihr den Artikel im Innern. Im Papstpalast gab es eine Picasso-Ausstellung, sie hatten die Idee, sie mit ein paar Theaterstücken zu ergänzen, und nannten es *Semaine d'art dramatique.*

Isabelle legt ihre Hand auf Maries Gesicht.

»Hättest du keine Lust, Theater zu spielen?«

»Ich habe keine Stimme.«

»An einer Stimme kann man arbeiten. Mathilde hat sehr erfolgreich an ihrer gearbeitet.«

Marie verspannt sich, als sie den Namen Mathilde hört.

Isabelle zieht ihre Hand zurück.

Marie lässt den braunen Umschlag auf den Tisch gleiten.

»Odon sagt, ich hätte nicht das Recht, es auszustellen, ohne es Ihnen zu zeigen.«

Isabelle zieht die Augenbrauen hoch. Sie rückt ihre Brille zurecht und nimmt das Foto heraus, setzt sich.

Es zeigt sie auf dem Himmelbett. Ist sie wirklich so alt? Sie schämt sich ihrer Hände. Morgens sieht sie im Spiegel immer nur Teile, Wangen, Lippen, Hals, Haar. Ist sie dieses Gesicht geworden?

Sie sieht Marie über ihre Brille hinweg an.

»Wen glaubst du damit zu verzaubern?«

Marie senkt den Blick.

Isabelle wendet ihren ab. Man sollte darüber lachen. Es würde sogar zum guten Ton gehören, die Gleichgültige zu spielen. Schmetterlinge sammeln Blütenstaub in den Balkonblumen, mehr als zehn, die alle gleich aussehen, sie schlagen mit ihren blassgelben Flügeln.

»Die musst du aufnehmen!«

Sie betrachtet erneut das Foto, diesen merkwürdigen Körper auf dem Bettrand. Sie hat nicht den geringsten Anlass, darüber zu lächeln! Werden die Tage, die ihr noch bleiben, erträglich sein? Wird sie den kommenden Tag lieben können? Und wenn ihr noch zehn oder zwanzig bleiben, wird sie sie ebenfalls lieben können? Und wenn es nur eine Stunde ist, sie trotzdem lieben...

»Bin ich wirklich so?«

»Sie sind schön«, sagt Marie.

Isabelle überlegt, was sie sagen soll, und steckt das Foto in den Umschlag zurück.

»In diesem Fall...«

Sie richtet sich auf und schließt die Verschlusslasche des Umschlags.

Die Hopi-Indianer sagen, dass Fotos die Seele derer bewahren, die sich aufnehmen lassen. Wem gehört das Foto dieses Gesichts? Marie?

Kann ein Text lebendiger sein als sein Autor? Bedeutender?

Marie sieht, wie das Licht in Isabelles Augen zurückkehrt. Ihr Bruder hatte Flammen in den seinen. Er hatte keine Angst vor dem Tod, und doch hat der Tod ihm eine Falle gestellt.

Isabelle gibt ihr den Umschlag mit dem Foto zurück.

»Es gehört dir, du kannst damit machen, was du willst.«
Sie geht zur Tür, dreht sich um.
»Aber ich bitte dich, halte dich gerade.«

Julie kommt nach Hause. Sie ist allein. Am Morgen, bevor sie gegangen ist, hat sie vergessen, die Fensterläden zu schließen.

Während des Tages ist die Hitze in die Wohnung gedrungen.

Sie ist wie eine Mauer.

Julie nimmt eine kalte Dusche.

Damien will ein Kind von ihr. Er will noch andere ernste Dinge. Er hat mit ihr darüber gesprochen.

Sie legt sich auf das Bett. Die Baumwolllaken sind zerknittert, vom Waschen dünn geworden. Sie würde gern schöne Laken kaufen, aus Perkal, ohne Blumen, aber in schönen Farben.

Die Hitze ist sogar in die Matratze gedrungen.

Sie schläft spät ein. Träumt von Bäumen, die brennen, von Eichhörnchen, die mit ihren Jungen fliehen.

Als sie aufwacht, ist es fast Mittag.

Sie nimmt einen Rock aus dem Wandschrank, eine indigoblaue Tunika, die siebte Farbe des Regenbogens, eine nicht ganz klare Mischung aus Blau und Violett.

Sie verlässt die Wohnung.

Sie kauft zwei Hamburger und Getränke. Kehrt zur Place des Châtaignes zurück und stellt die Tüte auf Damiens Knie. Er blickt hinein.

»Heute Abend machen wir Crêpes auf dem Kahn, kommst du?«

»Ich habe hier zu tun…«

Er nimmt ihre Hand, drückt einen langen Kuss darauf, die Handfläche ist weich wie ein Nest.

»Siehst du den jungen Mann da, der in die Bäckerei geht?«

Sie dreht sich um.

Irgendein x-beliebiger junger Mann, mit einem kleinen Kopf auf einem sehr langen Körper.

Damien fährt fort.

»Er kommt jeden Tag zur Mittagszeit auf den Platz. Er kauft ein halbes Baguette und etwas in einer Papiertüte, kommt wieder heraus, ohne irgendjemanden anzusehen, und verschwindet in der kleinen Straße.«

Damien sagt, er könne jeden Tag zur gleichen Zeit kommen und würde immer diesen jungen Mann sehen.

»Bis zu dem Tag, an dem er nicht kommt«, sagt Julie.

Damien nickt.

»Oder früher kommt, oder später...«

Der junge Mann kommt mit seinem Baguette und seiner Tüte heraus. Er verschwindet wie vorgesehen.

Zwei Minuten vergehen.

Eine junge Frau kommt aus der Passage Saint-Pierre und überquert den Platz, wobei sie zwischen den Tischen hindurchgeht, um abzukürzen. Sie trägt einen geblümten Rock aus dünnem zerknittertem Stoff. Sie betritt ebenfalls die Bäckerei.

Damien sagt, am Tag zuvor habe sie einen anderen Rock angehabt, sei aber zur gleichen Zeit durch dieselbe Passage gekommen.

Und am Tag davor auch, wiederum in einem anderen Rock.

»Käme sie nur zwei Minuten früher, würde sie dem jungen Mann begegnen.«

Sagt er.

Er wartet darauf, dass die junge Frau wieder herauskommt.

Julie wartet mit ihm.

Ein Mann, eine Frau mit Hund, ein kleines Mädchen mit einem großen Brot.

Dann kommt die junge Frau heraus.

Sie verschwindet durch dasselbe Gässchen.

»Seit drei Tagen beobachte ich, wie sie sich verpassen.«

Er sieht Julie an.

Julie blickt auf ihre Uhr.

Sie steht auf, streicht ihren Rock glatt.

»Ich bin mit meiner Mutter zum Mittagessen verabredet«, sagt sie.

Es ist ihr Montagsritual, sie verabreden sich in einem McDonald's neben der Zeitung. Sie essen gemeinsam zu Mittag und sprechen über belanglose Dinge.

Als Julie kommt, ist Nathalie bereits da. Sie hat einen Tisch in einer dunklen Ecke gewählt.

Nathalie fährt Anfang August nach Roscoff. Wenn sie zurück ist, will sie umziehen, sie hat bereits eine größere Wohnung im Quartier de la Balance besichtigt.

»Ich möchte sie dir gern zeigen...«

Julie nickt.

Sie nennt eine Zeit, einen Tag.

Sie wird in den Süden Spaniens fahren. Mit Damien oder ohne ihn. Um ein Kind zu machen oder auch nicht.

Sie taucht eine Pomme frite in den Ketchup. Spricht über Damien, sagt, dass es im Augenblick nicht besonders gut läuft zwischen ihnen.

»Er sitzt stundenlang auf seiner Bank und lernt das *Mahâbhârat* auswendig. Er sagt, wenn er das *Mahâbhârat* kann, wird er es auf der Bühne spielen.«

Sie erzählt von den Fotos, die Marie im Eingangsbereich des Theaters ausstellt, und von der Gedankenurne auf dem Tisch daneben.

Nathalie fragt, wer Marie sei.

Julie erklärt, die Schwester von Selliès, dem Autor von *Nuit rouge*, per Anhalter gekommen und mit Ringen im Gesicht.

»Sie hat eine Fotografie von Isabelle gemacht, wunderschön

und irritierend. Ich weiß nicht, ob ich sie mag… Ich habe ein komisches Gefühl.«

»Wovon sprichst du, von dem Foto oder von diesem Mädchen?«

»Von dem Foto… Und von Marie… Ihre Fotos und sie, das ist das Gleiche. Du solltest sie dir anschauen.«

»Und was sagt dein Vater?«

»Nichts, er lässt sie gewähren.«

Die Unterhaltung wendet sich anderen Dingen zu, den Streiks, die weitergehen, den Spannungen zwischen den Theatergruppen, die spielen, und den anderen.

Julie denkt an die Jogar, sie ist in der Stadt, hier, ganz in der Nähe, sie würde gern über sie sprechen.

Sie hat sich geschworen, es nicht zu tun.

Aber sie weiß, dass ihre Mutter auch daran denkt.

»Du solltest dir ihr Stück ansehen und einen Verriss schreiben…«, sagt sie schließlich.

Ohne explizit von der Jogar zu sprechen.

Ohne ihren Namen auszusprechen.

Sie hebt den Kopf.

»Oder du gehst nicht hin, schreibst aber doch einen Artikel.«

Nathalie antwortet nicht. Sie lächelt leise, den Kopf geneigt. Früher, ja, da hätte sie es vielleicht getan. Die Wut verfliegt, was unerträglich schien, wird plötzlich vertraut. Man gewöhnt sich, andere Gefühle treten an die Stelle, und wenn man sich umdreht, ist das, was so wehgetan hat, Vergangenheit geworden.

Das ist die Macht der Zeit.

»Ich habe deinen Vater sehr geliebt«, sagt sie.

Julie senkt den Kopf. Sie versucht zu lächeln. Ihre Lippen werden blass. Sie taucht den Löffel in ihr Dessert, eine Creme mit goldener Kruste, serviert in einem Aluminiumbehälter.

Nathalie schaut ihr zu.

Sie holt sich einen Kaffee.

Bevor sie geht, gibt sie ihr etwas Geld, damit sie sich Kleider kaufen kann.

Odon lässt die Klinge durch den Schaum gleiten, der seine Wange bedeckt, sie hinterlässt eine Spur. Er spült den Rasierkopf ab und beginnt von vorn.

Die Klinge knistert auf dem Bart.

Es ist ein Zimmer mit einem Bett, einer Dusche, einem Waschbecken und ein paar sauberen Hemden im Schrank.

Bevor er den Kahn gekauft hat, hat er in diesem Zimmer gelebt.

Julie sitzt auf dem Bett. Sie ist gerade gekommen, betrachtet ihren Vater.

»Ich habe mit meiner Mutter zu Mittag gegessen, sie macht sich Sorgen um dich.«

»Du weißt, ich mag es nicht, dass ihr über mich sprecht, wenn ihr zusammen seid!«

»Wir haben nicht über dich gesprochen. Sie hat lediglich gesagt, dass sie sich Sorgen macht.«

Sie ist lange nicht mehr hier oben gewesen. Sie blickt sich um, die alten Bühnenrequisiten, die Plakate an den Wänden. Es riecht staubig.

»Ich möchte, dass du mich an einen zwielichtigen Ort mitnimmst, in eine Nachtbar, ich möchte das kennenlernen.«

»Das sind keine Orte für dich.«

»Die Jogar würdest du mitnehmen, wenn sie dich darum bitten würde.«

Sie wollte es nicht sagen. Sie sinkt in sich zusammen. Er zögert.

»Die Jogar, ja …«, sagt er schließlich.
»Warum nimmst du mich dann nicht mit?«
»Sie kann alles sehen.«
»Und ich nicht?«
Er begegnet den Augen seiner Tochter im Spiegel.
»Du kannst ebenfalls alles sehen … aber nicht mit mir.«

Er spült den Rasierer ab und legt ihn auf die weiße Plastikablage über dem Waschbecken. Er trocknet sich das Gesicht ab.

Der muffige Geruch des Handtuchs.

Er legt es auf den Rand des Waschbeckens, wechselt das Hemd.

»Ich gehe zu meiner Schwester, kommst du mit?«
»Ein andermal.«
»Ein Fehler, man isst gut bei ihr.«

Er geht zur Treppe. Dreht sich um. Holt ein paar Scheine aus seiner Brieftasche, geht zurück. »Kauf dir ein paar Kleider, bitte …«

Julie lächelt, ohne dass er begreift, warum.

Am Abend zuvor haben sie in den Nachrichten die Église Saint-Pierre und das Théâtre du Chien-Fou gezeigt. Die Fassade, die Türen, das Plakat, es hat nur ein paar Sekunden gedauert, die Große Odile hat es aufgenommen.

Als ihr Bruder eintrifft, zeigt sie es ihm.

»Das ist mein Theater«, sagt er, »ich sehe es in echt jeden Tag…«

Sie lässt sich nicht beirren, sagt, dass alles, was im Fernsehen komme, berühmt werde.

Er muss sich setzen.

Er hat Kuchen mitgebracht zum fünften Geburtstag von Esteban.

Sein Vater hat ihm ein Geschenk geschickt, eine große Schachtel mit Glanzpapier. Esteban öffnet nie die Geschenke, die er bekommt. Er hebt sie auf, eingepackt in ihr Sternenpapier. Er stellt sie auf ein Regal in seinem Zimmer und träumt vor ihnen. Manche hat er unter das Bett geschoben.

Die Jungs teilen sich den Kuchen, ihre Augen glänzen, ihre Finger kleben.

Odon beugt sich aus dem Fenster und blickt in den engen Hof hinunter.

»Du solltest hier wegziehen«, sagt er.

»Und wohin?«

»Woandershin.«

Sie zuckt die Achseln. Anderswo ist überall. Hier ist sie wenigstens zu Hause. Sie hat ihre Gewohnheiten. Den Rest des Jahres ist sie im Viertel unterwegs. Wenn nicht dieses verdammte Festival wäre, würde sie häufiger rausgehen.

Odon sagt, er kenne Leute in den Alpen, die ihr Tal wieder bevölkern wollen.

»Du könntest dort für nichts ein Haus bekommen.«
»Für nichts gibt es nicht«, sagt Odile.
Ihr Ton ist schroff.
»Mit deinen Jungs kannst du ihre Schule retten.«
»Wenn sie groß sind, gehen sie nicht mehr in die Schule, meine Jungs.«

Sie sieht ihren Bruder an.
»Meine Kinder lieben die Sonne.«

Sie nimmt Kleidungsstücke, die auf den Stühlen liegen, räumt die Bücher, die Spiele weg und stellt die Gläser zusammen.

Sie faltet den Karton, in dem der Kuchen war. Auf dem Boden klebt etwas Nougatfüllung, sie kratzt sie mit dem Finger ab.

Sie wischt mit einem feuchten Schwamm über die Tischdecke.

»Mathilde hatte ihre Träume, man interessierte sich nicht für sie, und das war ein Fehler.«

Odon antwortet nicht.

Sie sammelt die Krümel in ihrer Hand, öffnet den Fensterladen einen Spalt und wirft sie den Vögeln hin.

Julie und die Jungs ziehen los und verteilen Flyer. Zwei Plätze zum Preis für einen. Sie sind zu früh, finden viele auf dem Boden wieder. Marie schließt sich ihnen an, hilft ihnen beim Verteilen.

Danach spielt Yann einen begeisterten Festivalbesucher, erzählt von dem Stück, es ist anstrengend, aber wirksam.

Am Abend wartet eine dicht gedrängte Menge vor dem Chien-Fou.

Die Glühbirnen des Bühnenbilds flackern, ein Wackelkontakt. Jeff sagt, er müsse sie ausschalten, sonst sei ein Kurzschluss unvermeidlich.

Die Zuschauer kommen herein und setzen sich. Als der Saal voll ist, schlagen die Streikenden gegen die Türen. Niemand hat mehr Lust zu diskutieren. Julie will spielen. Die Jungs auch.

Es sind die letzten Zuckungen eines Streiks, dem die Luft ausgeht. Schließlich ziehen die Protestierenden ab.

Nach der Vorstellung gehen die Jungs unter die Dusche.

Julie möchte den Abend fortsetzen. Sie hat eine Pluderhose angezogen, eine karierte Schirmmütze aufgesetzt und geht mit einem Akkordeon auf die Bühne. Sie spielt *Mon amant de Saint-Jean*.

Sie kennt das ganze Repertoire, *À Joinville-le-Pont*, *Étoiles des neiges*, *La Java bleue*...

Das Publikum bleibt, begeistert. Diejenigen, die schon hinausgegangen sind, kommen zurück.

Greg, Chatt', Yann, auch Jeff.

»Wo ist Joinville-le-Pont?«, fragt Marie.

Greg sagt, irgendwo bei Paris.

Damien ist gegangen.

Julie verlässt die Bühne mit dem Akkordeon und spielt draußen weiter. *La Javanaise* erklingt unter ihren Fingern, und alle folgen ihr.

Auf der Terrasse sitzen Leute beim Abendessen. Die Musik wirkt altmodisch, die Älteren fühlen sich an ihre Kindheit erinnert. Die Jungen erinnert sie an nichts, sie hören trotzdem zu. Ein Paar steht auf, beginnt einen Walzer. Andere folgen. Turnschuhe, Absätze, Ballerinas. Das Pflaster ist holprig. Ein Mädchen ruiniert sich ihre Pumps.

»Komm!«, sagt Odon und zieht Marie mit sich.

Die Schatten drehen sich. Marie ist zu leicht, es ist unmöglich, sie zu führen.

»Mein Kopf dreht sich«, sagt sie.

Odon pfeift darauf.

»Du trägst schon wieder dieses verdammte Polohemd...«

»Damien sagt, dass Grün kein Unglück bringt. Er sagt auch, Molières Kostüm sei gelb gewesen, das Kohlenmonoxid in der Farbe habe ihn vergiftet.«

Odon tanzt langsamer.

»Du unterhältst dich mit Damien?«

Er wird noch langsamer, schiebt einen Finger unter den Lederriemen.

Er hört auf, sich zu drehen.

»Weißt du, dass man aus dem Kohlenstoff der Asche blaue Diamanten macht?«

Sie verkrampft sich. Die Asche ihres Bruders trägt sie seit fünf Jahren mit sich herum.

»Du könntest auch welche tragen...«, sagt er.

Sie weicht bis zur Mauer zurück.

Die Tanzenden drehen sich im Walzertakt. Julies Finger auf den Tasten, sie scheinen zu fliegen, federleicht. Bei dieser Musik denkt Marie, dass sie ihre Ringe entfernen könnte, bis auf den in der Lippe, der als einziger von allen erzählen würde.

»Ist es teuer, die Asche in einen Diamanten zu verwandeln?«

»Sehr teuer... Aber wenn du erst einmal berühmt bist, wirst du viel Geld für deine Fotos bekommen.«

Sie zögert.

»Berühmt wie Willy Ronis?«

»Nein, berühmt wie Nan Goldin.«

Während sie tanzen, kocht Jeff Spaghetti, einen ganzen Topf mit echtem gehobeltem Parmesan und Basilikumblättern. Er erzählt, dass man die Blätter dieser Pflanze in Afrika benutze, um Flüche zu bannen, und die Hexen würden sie für ihre Zaubertränke verwenden.

Sie bringen einen Tisch nach draußen, holen Pappteller.

Alle nehmen Platz, Julie und die Jungs, Odon und Marie. Julie stellt das Akkordeon ab.

»Es ist eine Sonnenpflanze«, sagt Jeff, »angeblich wächst sie besser, wenn man sie beschimpft.«

Er serviert die Nudeln. Das Basilikum riecht nach Zitrone.

Greg streift Maries Arm.

»Es ist auch der Name einer kleinen Schlange, mit einem Drachenschwanz und zwei Flügeln, es heißt, sie sei aus einem Hühnerei geschlüpft. Wenn sie dich beißt, stirbst du, es gibt kein Gegengift.«

Marie erschauert.

Jeff fährt fort.

»Manche sagen, sie ähnele einer Otter mit einem Königskopf.«

»Hast du solche Schlangen schon gesehen?«

Alle drehen sich um, Damien kommt. Yann und Julie rücken zusammen, um ihm Platz zu machen.

Odon füllt einen Teller für ihn. Sie schauen ihm beim Essen zu, als käme er aus der Wüste zurück.

Jeff sagt, ja, einmal, aber es sei Nacht gewesen, er habe sie nicht wirklich gesehen, nur ihren stinkenden Atem gerochen.

»Hast du sie getötet?«

»Unmöglich! Der Kopf ist so schrecklich, sie krepiert, wenn sie nur ihr Bild im Spiegel sieht. Aber sie kann dich mit ihrem Blick töten.«

Marie hat ihre Nudeln nicht aufgegessen. Damien nimmt ihren Teller, sie sind fast kalt, ihm ist es egal, er hat Hunger.

Als er aufgegessen hat, erzählt er ihnen von der jungen Frau und dem jungen Mann, die fast gleichzeitig die Bäckerei betreten. Er insistiert auf dieser Differenz von fünf Minuten. Sie müssen sich unbedingt begegnen. Er will ihre Geschichte schreiben. Julie schlingt ihre Arme um seinen Hals.

Odon sagt nichts. Er sitzt am Ende des Tisches.

Er hört ihnen zu. Marie ist glücklich. Sie lächelt.

Er denkt an Mathilde. Am liebsten würde er sie anrufen.

Das Akkordeon liegt auf einem Stuhl. Marie steht auf und fährt mit den Fingern über die Tasten.

»Spielst du schon lange?«, fragt sie Julie.

»Schon immer! Mein Großvater war in Yvette Horner verliebt, er hat mir zur Taufe mein erstes Akkordeon geschenkt. Er wollte, dass ich Yvette heiße… Ich kann es dir beibringen, wenn du magst.«

Marie hebt das Akkordeon hoch. Es ist schwer. Sie zieht es auseinander, schließt es wieder, entlockt ihm ein paar Töne.

Julie zeigt es ihr. Wichtig beim Akkordeon ist die Luft, die hindurchgeht, man drückt auf eine Taste, und eine Klappe geht auf.

Sie hilft ihr, das Instrument zu tragen.

»Der Balg ist wie eine Lunge, wenn du drückst, atmet es, hörst du das? ... Wenn du nicht auf die Tasten drückst, atmet es nicht mehr, es erstickt.«

Odon steht vom Tisch auf. Außer Jeff bemerkt niemand, dass er geht.

Er geht nicht am Hotel La Mirande vorbei. Er ruft nicht an.

Er macht einen Umweg über den Club in der Rue Rouge. Er hat seine Gewohnheiten, tritt ein, trinkt ein Glas. Er findet ein Mädchen, kommt spät nach Hause.

Das Klappern von Töpfen weckt Odon. Schimpfend kommt er aus dem Frachtraum nach oben. Jeff ist in der Küche. Mit einer Schere zerschneidet er eine Vanilleschote, kleine quadratische Stücke. In einem Topf wird Milch erwärmt.

»Was ist das für ein Krach?«, fragt er.

»Ich brauche nicht lange«, sagt Jeff.

»Das hab ich dich nicht gefragt!«

»*Îles flottantes*«, antwortet er.

»Um acht Uhr morgens!«

Die Milch zittert. Jeff verrührt das Eigelb mit Zucker und gießt die Milch darüber.

Odon tritt zurück. Der Geruch widerstrebt ihm.

»Hast du Kaffee gemacht?«

»Keine Zeit gehabt...«

Jeff schlägt das Eiweiß mit einem Schneebesen. Er lässt es in einem Topf mit Wasser garen und setzt es auf die Creme. Durch das Erkalten erstarrt das Eiweiß.

Es wird zu einer Gruppe schwimmender Eisberge.

Er lässt Karamell darüberlaufen. Darauf ein paar gehobelte Mandeln.

»Das ist für die Kleine«, sagt er schließlich.

Das Gericht hat die Schönheit einer Landschaft.

»Gestern beim Abendessen hat sie gesagt, dass sie es gern mag.«

Odon zuckt die Achseln.

Er macht sich Kaffee.

»Ich erinnere dich, dass du dich auch um den Kahn kümmern musst. Der Lack in den Töpfen wird fest, und wir müssen vor dem Herbst damit fertig sein.«

Jeff verspricht es.

Er deckt die Platte mit einer Plastikfolie ab.

»Ich bringe es ihr und komme zurück.«

Er überquert die Brücke, die Platte dicht am Bauch, fest zwischen seinen Armen. Die Creme darf weder von der Platte noch über das Eiweiß laufen.

Es ist früh, im Theater ist noch niemand.

Er schiebt die Platte in den Kühlschrank und wartet auf Marie, die Arme verschränkt, erst im Sitzen, dann im Stehen.

Er geht hinaus.

Wartet draußen.

Sie kommt um kurz vor zehn. Leert die Gedankenurne und hängt das Foto von Isabelle auf.

Er nimmt ihre Hand, sagt etwas von einer Überraschung.

Er verbindet ihr die Augen und führt sie durch den Flur. Er holt die Platte heraus und stellt sie vor sie hin.

Er entfernt die Plastikfolie.

Sie nähert sich. Ihre Nasenflügel beben. Sie braucht nur wenige Sekunden, dann hat sie es erraten und die Binde abgenommen.

Sie lacht. Der Geruch weckt ihren Appetit. Ihr Magen verwandelt sich in einen Schlund. Sie taucht den Löffel hinein, das Eiweiß ist fest, zu viel Zucker, sie blickt zu Jeff auf, verschlingt die Creme.

All die Süße bringt ihre Eingeweide zum Grummeln.

Während sie isst, bleibt Jeff neben dem Tisch stehen und schaut ihr zu. Zum ersten Mal seit langem scheint sie wieder Appetit zu haben.

Jedes Jahr nimmt Isabelle in der ersten Augustwoche den Zug nach Ramatuelle. Sie steigt in Saint-Raphaël aus, sie wird am Bahnhof abgeholt, immer dasselbe Hotel, sie hat ihre Gewohnheiten.

Sie bleibt zwei Tage.

Ein Taxi bringt sie zum Grab von Gérard Philipe. Sie legt ein paar Blumen nieder, geht spazieren, betrachtet das Meer und setzt sich auf das Grab. Am nächsten Tag wiederholt sie das Ritual.

Danach fährt sie wieder zurück.

Der Doktor sagt, dieses Jahr sei die Reise nicht möglich. Ihr Herz sei erschöpft. Der Blutdruck niedrig. Er gibt ihr ein Rezept für stärkere Medikamente.

Isabelle setzt sich an den Tisch.

Ihre Jugend ist vorbei, jetzt lässt das Alter sie im Stich. Was wird aus ihrem Haus werden ohne sie? Sie hat keine Kinder mehr. Keine Liebe. Was wird aus all dem, was bleibt?

Sie wünscht sich einen sanften Tod, wie jeder.

Der Koffer liegt auf dem Bett. Sie füllt ihn mit einigen Kleidungsstücken. Sie fährt nicht gleich, es ist für später, aber sie liebt die Vorstellung eines Koffers, der gepackt wird.

Sie summt vor sich hin. »Wie sehr liebe ich die Zeit, die noch bleibt...« Seit Tagen geht ihr das Lied nicht aus dem Kopf. Die Worte hat sie vergessen, sie sind von Reggiani.

Die Fensterläden des Schlafzimmers sind geschlossen. Die Vorhänge ebenfalls, alles, was die Hitze abhalten kann.

Die Platte von Reggiani ist irgendwo, sie muss sie wiederfinden.

Und wenn es ihre letzte Reise nach Ramatuelle wäre? Als er gegangen ist, hat der Doktor gesagt: »Passen Sie auf sich auf.«

Wenn sie die Reise nicht mehr machen kann, wird sie eine Postkarte schicken. Mit einer Briefmarke, die Briefträger sind vertrauenswürdige Leute, sie stellen alles zu, selbst an Gräber, und das von Gérard Philipe ist leicht zu finden. Der Friedhof ist nicht sehr groß.

Isabelle schließt den Koffer. Sie denkt, dass die Postkarte aufgrund der herbstlichen Regenfälle durchweichen wird. Sie muss Vorsorge treffen, eine Karte, die wenigstens vier Jahreszeiten übersteht.

Marie fragen.

Marie wird eine Lösung finden.

Es gibt blöde Tode. Man darf sich nicht überraschen lassen. Isabelle muss darauf achten. Wenn man zerstreut ist, wird man schnell gleichgültig. Zola ist im Schlaf erstickt, ein Kamin, im Zuge von Bauarbeiten verschlossen. So etwas kommt vor, wenn auch selten.

Sie wird ihren Notar anrufen.

Sie hebt den Koffer hoch und stellt ihn in eine Ecke des Zimmers. Dabei bleibt sie an Calders Vogel hängen, der an seinem Faden in der Nähe des Nachttischs hing. Sie bückt sich und hebt ihn auf. Der Faden ist zerrissen.

Sie verlässt das Schlafzimmer. Sucht einen Ort, wo sie den Vogel hinlegen kann. Und einen Faden, um ihn zu reparieren.

Sie legt ihn auf den Küchentisch, zwischen Schalen, Gläser und Zeitungen, zusammen mit den Medikamentenschachteln und dem letzten Rezept des Doktors.

Marie dreht das Mobile in den Händen, ein Vogel aus Schrott mit bemalten Flügeln.

»Ein solcher Vogel ist heute ein kleines Vermögen wert«, sagt Isabelle.

Marie weiß nicht, was sie mit einem Vermögen anstellen würde.

Sie legt den Vogel wieder hin.

Ein Haus wie dieses hat sie noch nie gesehen. An der Wand hängt ein Foto der jungen Isabelle mit einem großen Mann. Es ist ihr Vater. Er spielte in *Don Quichotte* den Sancho Pansa.

Daneben eine Bleistiftzeichnung, ein Theater von früher, mit Eimern, die an der Decke hängen. Im Falle eines Brandes musste man »Leine!« rufen, und alle Eimer wurden umgekippt. Seitdem ist dieses Wort in den Theatern verboten.

»Wie auf den Schiffen«, sagt Isabelle.

Marie sagt, dass sie noch nie auf einem Schiff gewesen sei.

»Das braucht man auch nicht, um es zu wissen.«

Isabelle schiebt den Vogel zur Seite. Sie streckt die Hand nach den Früchten aus. Wählt eine Aprikose und halbiert sie. Gibt eine Hälfte Marie. Das Fleisch ist saftig, sonnengereift. Der Saft rinnt über ihre Finger.

Ein Schmetterling fliegt ins Zimmer, um Blütenstaub zu sammeln. Berührungen mit den Fühlern. Marie lacht mit den Augen.

Sie berührt ganz leicht den Flügel des Schmetterlings.

Isabelle betrachtet sie lange.

»Ich wünsche mir, dass du irgendwann nicht mehr so traurig bist.«

Der Vogel ist auf dem Tisch geblieben, dann ist er auf das Küchenbüffet gewandert. Anschließend hat ihn jemand auf den Computer gelegt, auf einen Stapel Zeitungen. Später gelangte er auf die Bank, und schließlich fiel er zwischen Kamin und Wand in einen schmalen Spalt, die Eisenflügel im Staub. Hineingerutscht und vergessen.

Verloren.

Marie zieht ihn heraus.

Sie verlässt das Haus.

Auf dem großen Platz trifft sie Jeff und nimmt ihn beiseite.

Sie zeigt ihm den Vogel.

»Er ist für dich«, sagt sie.

Jeff ist es nicht gewohnt, Geschenke zu bekommen. Er hält den Vogel an den Flügeln, dreht ihn hin und her.

»Das ist Kunst«, sagt Marie, »und sehr teuer.«

Sie zeigt ihm die Signatur.

Sie sagt, damit könne er seine Schulden zurückzahlen.

Jeff runzelt die Stirn. Er weiß nicht, ob er diese Geschichte von einem Vogel aus Schrott, der ihm helfen könnte, eine lebenslange Schuld zu begleichen, wirklich glauben kann.

»Wo hast du ihn gefunden?«, fragt er.

»Das ist nicht wichtig.«

Er bohrt nach, daraufhin erzählt sie ihm von einem Speicher bei Isabelle und einer Truhe voller vergessener Dinge. Sie sagt, Dinge, die keiner mehr will, gehören dem, der sie findet.

Jeff sieht Marie an.

»Warum behältst du ihn nicht?«

Sie zuckt die Achseln.

»Ich habe keine Schulden.«

Ihr Bruder sagte, früher oder später werde das Glück stets das Unglück ausbuddeln. Das Pech hat ihm ein Loch in den Schädel gebohrt.

Jeff muss nachdenken. Er willigt ein, den Vogel mitzunehmen, kehrt ins Gefängnis zurück und schiebt ihn unter das Bett, hinter die Kiste mit den Nüssen.

Während des Tages geht er nicht mehr vor die Tür.

Um aufzubrechen, braucht er nur eine Jacke und eine Tasche.

Um den Vogel zu verkaufen, muss er einen Anzug kaufen, einen schönen leichten Anzug, und sich die Hose kürzen und umnähen lassen. Anschließend nach Nîmes oder in eine andere Stadt fahren.

Er geht hinaus.

Es ist Abend.

Er isst zu Abend auf dem Platz mit dem Karussell, an einem Tisch inmitten von Touristen. Er bestellt ein riesiges Steak mit Nudeln und ein großes Glas Bier.

Er wird den Vogel verkaufen und das ganze Geld Odile geben. Anschließend wird er fortgehen. Er wird nur ein paar Scheine behalten, für den Zug und für Essen.

Er blickt sich um, das Karussell und die Lichter, die flanierenden Touristen. Hier zu sein, auf dem Platz, ohne die Flügel, das ist bereits wie fortzugehen.

Er verschränkt die Hände im Nacken. Streckt die Arme.

Er trinkt sein Bier.

Auf dem Platz lässt ein weißgekleideter Junge eine Glaskugel über seine ausgebreiteten Arme rollen. Die Kugel gleitet über den Nacken von einer Hand in die andere.

Neben ihm leckt ein Mädchen blasslila Kugeln in einer Eiswaffel.

Er denkt darüber nach, wie er Odile die Neuigkeit beibringen soll. Mit welchen Worten? Welchen Gesten? Er könnte das ganze Geld wortlos in die Schale legen.

Er überlegt sich andere Möglichkeiten, nur zu seinem Vergnügen.

Am nächsten Morgen betritt Jeff in aller Frühe ein Geschäft und kauft einen Anzug, Hose, Hemd und Jacke. Auf einem Stuhl sitzend wartet er, bis die Hose umgenäht ist.

Wieder im Gefängnis, nimmt er das Hemd, entfernt die Nadeln vom Kragen und von den Ärmeln und breitet es auf dem Bett aus.

Er holt den Vogel hervor.

Betrachtet ihn im Licht.

Am Nachmittag geht er in ein Reisebüro und kommt mit Prospekten zurück.

Dann nimmt er seine Flügel und schleppt sie in Odiles Hof. Er findet alte Zeitungen und zerknüllt sie. Er legt die Flügel darauf und zündet das Papier an. Flammen lodern empor. Der Rauch ist gelb, er brennt in den Augen, heftet sich an die Zweige der Akazie und schimmert rot am blauen Himmel.

Jeff lacht. Er ist nicht mehr gezwungen, Kippen zu kauen! Zu nichts mehr gezwungen! Er kann jetzt träumen und die Sonnenuntergänge genießen.

Er wird mit dem Festival abschließen und fortgehen. Michigan, das bedeutet viele Stunden im Zug und noch mehr Stunden auf dem Meer. Vorher wird er mit seinen Freunden feiern.

Von ihrem Fenster aus sieht die Große Odile ihn tanzen.

Ein Feuer machen bei dieser Hitze... Sie schimpft wegen des Rauchs und des beißenden Geruchs.

»Was ist mit Jeff los?«, fragen die Jungs.

Sie zuckt die Achseln.

»Was weiß ich.«

Sie hört Jeff singen.

Sie setzt sich an den Tisch und betrachtet ihre Hände.

Greg nimmt Maries Hand. Sie verlassen die Stadt und überqueren die Brücke.

Sie gehen am Fluss entlang, lassen den Lärm hinter sich.

Die Rhone fließt zwischen ihnen und der Stadt. In der Ferne der Mont Ventoux, Greg zeigt ihr die Gipfel, sagt, im Winter seien sie verschneit.

Der Weg wird schmaler. Sie gehen weiter und schlüpfen unter die Bäume. Auf den Feldern wird Gemüse und Obst angebaut.

Zweige berühren den Fluss.

Bald treffen sie auf keine Menschenseele mehr.

»Was passiert, wenn wir weitergehen?«, fragt Marie.

»Dann kommen wir ans Ende der Insel.«

»Und wenn wir ein Boot nehmen?«

»Dann rudern wir lange und kommen an einen Ort, wo Wasser aus der Erde quillt.«

Sie könnten gehen, rudern, immer weiter, bis zu diesem Ort. Sie könnten. Greg sagt, dass sie es nicht tun werden.

»Weil es zu weit ist?«, fragt Marie.

»Ja, genau.«

Dieser Teil des Flusses dient den Enten als Zuflucht. Es ist ein Nist- und Schlafplatz. Federn und Flaum kleiden Löcher im oberen Teil der Böschung aus.

»Zu weit, was heißt das?«

»Wir müssten immer weitergehen, tagelang, und wenn du glaubst, du seist am Ziel, gehst du immer noch weiter.«

Marie nähert sich dem Fluss und betrachtet ihr Spiegelbild im Wasser. Das von Greg neben sich. Sie wirft Steine in die Strömung. Ihr Bruder sagte, vor ihrer Geburt habe es andere Leben gegeben und diese anderen Leben hätten das ihre vorbereitet. Sie fragt Greg, ob der Tod wie vor dem Leben sei, doch er weiß nicht, was der Tod ist.

»Vielleicht kann man es verstehen, wenn man sehr intensiv die Nacht betrachtet?«

»Vielleicht.«

Er pfeift auf den Tod.

Er nimmt Maries Kopf in seine Hände. Sie spürt seinen Atem nah an ihrem. Er drückt die Lippen auf ihre Stirn und ihre Augen. Auf ihre Wangen.

Ihre Münder berühren sich leicht. Es ist rein, sehr unerwartet.

Marie vergisst den Caravan, die Kugel und den Tod.

Es ist ein sehr sanfter Kuss. Als sie die Augen öffnet, sieht sie den Fluss, und es ist nicht mehr derselbe Fluss. Es ist nicht mehr wie vorher.

Greg streicht ihr übers Haar. Er küsst sie erneut. Ihre Zungen finden sich.

Er tritt zurück. Betrachtet sie.

Er sagt: »Es gibt Tage, an denen man so glücklich ist, dass man sie zu Feiertagen erklären sollte.«

Er flüstert es, die Lippen an ihrer Schläfe. Die Hände in ihrem Nacken verschränkt.

Er zieht an dem Lederriemen. Langsam, Zentimeter um Zentimeter.

»Was ist das?«, fragt er.

Er traut sich nicht, den Beutel zu berühren.

»Trägst du wirklich die Asche deines Bruders darin?«

Als Damien es ihm sagte, konnte er es nicht glauben.

Marie hebt den Kopf.

Gregs Hände sind noch immer auf ihr. Sie gleiten am Hals entlang, legen sich auf den Riemen.

»Du kannst das nicht behalten...«

Seine Bewegungen sind langsam. Er hebt den Beutel hoch und nimmt ihn sanft weg. Ihre Gesichter berühren sich beinahe.

Marie spürt seine Hände neben ihren Wangen. Sie sieht seine Arme. Schon hat der Lederbeutel seinen warmen Platz auf ihrem Bauch verlassen.

Sie spürt ihn nicht mehr.

Sie öffnet leicht den Mund. Beißt, ein kurzer heftiger Schlag ihrer Kiefer. Die Zähne schließen sich um den Arm, ein paar kurze Sekunden lang. Greg schreit auf, lässt den Riemen los.

Marie tritt zurück.

Der Beutel fällt herab, an seinen Platz zurück.

Es ist vorbei.

Sie weicht noch weiter zurück, wendet sich ab.

Auf Gregs Arm ist der Abdruck ihrer Zähne zu erkennen.

Marie beugt sich über das Waschbecken, wäscht ihre Lippen, das Innere ihres Mundes, reinigt sich. Die Seife bringt sie zum Spucken.

Leben bedeutet leiden.

Lust führt zu Ekel.

Sie wäscht alle Stellen ihrer Haut, die von der anderen Haut berührt worden sind. Den Hals, die Zunge. Sie hat Gregs Arm gebissen, den Beutel an ihren Bauch gedrückt und ist weggelaufen.

Sie ist lange gerannt.

Außer Atem zurückgekommen. Ihr Zimmer, ihre Kleidung, sie hat daran gedacht, die Stadt zu verlassen.

Sie benetzt ihre Augen. Hebt den Kopf. Ihr Gesicht sieht merkwürdig aus. Sie schiebt einen Finger in den Mund, steckt ihn tief hinein. Sie will den Kuss erbrechen und die Erinnerung an Greg und seine süße Spucke.

Sie kehrt ins Zimmer zurück.

Schließt die Tür.

Sie setzt sich mit dem Rücken an die Wand und legt den Beutel zwischen ihre Schenkel. Vorsichtig löst sie den Riemen, zieht die Zipfel auseinander, langsam. Die Asche ist leicht, etwas davon fliegt auf und bleibt in ihren Wimpern hängen. Ein scharfer, widerlicher Geruch, der sie zwingt zu atmen.

Sie lässt etwas Asche in ihre Hand fallen. Eine kleine blaue Pyramide.

Marie beugt sich vor, sie erinnert an eine alte Frau, die

betet. Ihre Hand ist geöffnet. Ihr Mund wirft einen Schatten. Die Asche bleibt an ihren Lippen haften, trocknet sie aus. Die Lippen öffnen sich leicht, wie am Fluss. Die Zunge nimmt die Asche auf, Gaumen, Zähne, Spucke, sie transportiert sie ins Innere.

Es knistert.

Sie erschauert.

Sie zwingt sich.

Ihr Magen weist zurück, was sie schluckt. Ein beißender Geschmack steigt in ihrer Kehle empor, eine weitere Kontraktion, und die brennende Flüssigkeit rinnt ihr in die Nase.

Sie spuckt nicht.

Sie wartet.

Ihr Körper beruhigt sich.

Sie nimmt erneut etwas Asche, bis der Magen nachgibt und bei sich behält, was sie ihm gibt.

Der Pfarrer liest die Messe in einer leeren Kirche. Mit erhobenen Händen und weiten Ärmeln steht er da, das Kreuz schlägt gegen seine Brust. Die Abwesenheit der Gläubigen verhindert nicht die Liebe zu Gott.

Er sieht Marie hereinkommen.

Sie bleibt vor dem Judas-Gemälde stehen. Bei ihr zu Hause gibt es keine Bücher, nur die Bibel. Judas ist ein Name der Schande, seit zweitausend Jahren klagen die Menschen ihn an.

Sie denkt häufig an ihn.

Der Pfarrer hat die Messe beendet. Er geht zu ihr.

Sie deutet mit dem Finger auf die Wand.

»Er ist mein Bruder im Meineid«, sagt sie.

Sie sieht den Pfarrer an.

»Jesus sagt, ›Zerstört diesen Tempel, und ich baue ihn in drei Tagen wieder auf.‹ Der Tempel, von dem er sprach, war der von Jerusalem, er war aus Stein und Zement, nicht wahr?«

Sie schweigt einen Augenblick. Der Pfarrer antwortet nicht.

Sie glaubt, Judas sei überzeugt gewesen, dass der Tod Jesus niemals töten könne. Er sei überzeugt gewesen, dass er sich wieder an den Tisch setzen werde, aber er ist nicht zurückgekommen.

Sie spricht von Verrat und Vergebung. Vom Vergessen. Beim Kuss hat Judas nicht gezittert, er hat keinen Verrat begangen, er hat Jesus die Gelegenheit geboten zu zeigen, wozu er fähig war, eine Auferstehung innerhalb von drei Tagen. Als er begriffen hat, dass er sich geirrt hatte, hat er sich erhängt.

»Glauben Sie, dass er sich getötet hat, weil Jesus ihn enttäuscht hat?«

»Das glaube ich nicht«, erwidert der Priester.

Marie denkt nach.

Sie hätte Paul mehr lieben müssen. Er ist gestorben, damit sie zeigen konnte, wozu sie fähig war. Sie tut nichts.

»Ich muss Sie um einen Gefallen bitten«, sagt der Priester.

Er sagt es sehr leise.

»Nennen Sie mich Noël. Bitte, es gibt keinen außer Ihnen, den ich darum bitten kann.«

Sie blickt ihn erstaunt an.

»Père Noël…«

Marie sagt es, ohne mit der Wimper zu zucken.

Die Tür des Kahns ist mit einem alten Vorhängeschloss versperrt. Marie schiebt die Hand zwischen die Töpfe und findet den Schlüssel.

Der erste Raum ist quadratisch, mit einem Tisch und Sitzbänken. Über der Lehne hängt eine Jacke. Auf dem Tisch Obst, eine Flasche Sirup, Brot und Gewürze.

Stapel von Zeitschriften, ein Hut, eine Pfeife, ein Aschenbecher.

Das Fenster über der Spüle steht offen. Runde Bullaugen öffnen den Blick auf Höhe des Flusses.

Jeff sagt, die Fische hätten ein Gedächtnis von zehn Sekunden, danach würden sie vergessen.

Eine Vergangenheit von nur zehn Sekunden. Zehn Sekunden Erinnerungen.

Sie kickt ihre Schuhe von den Füßen, Spitze, Absatz, und lässt sich in einen Sessel fallen. Sie rollt sich zusammen. Es ist bequem. Sie spürt das Schwanken des Flusses. Ihr Bruder sagte, er müsse schreiben, das sei eine innere Notwendigkeit. Ohne das Schreiben würde sein Körper verfaulen. Die Gendarmen fanden ihn auf dem Boden liegend, ein Körper unter einer Decke, ohne Gesicht.

Die Menschen erinnern sich.

Die Fische vergessen.

Jeff sagt, ein Fisch, der frisst, glaubt, dass er schon immer frisst. Wenn er stirbt, ist es ebenso.

Sie steht auf.

Lässt Wasser in ihre Hände fließen.

In der Obstschale liegen Bananen. Sie nimmt eine und kratzt die Innenseite der Schale mit den Zähnen ab.

»Waren wir verabredet?«

Sie dreht sich um und wischt sich mit der Hand über den Mund.

Odon steht auf der Schwelle, die Hände in den Taschen. Ein Hemd mit offenem Kragen, kurzärmelig.

»Zieh deine Schuhe an, wir machen einen Spaziergang.«

»Ich will keinen Spaziergang machen.«

Er füllt ein Glas mit Wasser.

»Wie du willst. Dann plaudern wir ein wenig...«

Die Banane liegt auf dem Tisch, unangebissen. Die Haut daneben, abgeschabt.

»Was machst du hier?«

»Ich bin vorbeigekommen und habe Licht gesehen.«

»Und du hast den Schlüssel über der Tür gefunden? Du willst mich wohl für dumm verkaufen?«

Er holt sein Päckchen heraus und zündet sich eine Zigarette an. Er bemerkt neue Kratzer auf ihren Armen.

Sie setzt sich wieder in den Sessel.

Ihr Bruder sagte, das Leben setzt dich auf Schienen, du siehst die Mauer vor dir, aber du kannst nichts machen, weder bremsen noch abspringen und auch nicht schneller fahren. Also wartest du.

Sie senkt die Stirn.

Ihr Bruder war ein Dichter. Sie weiß nichts. Sie kratzt sich die Haut auf, und wenn es blutet, hört sie auf. Sie müsste den Mut haben, bis zu den Adern vorzudringen.

Er hat sich den Kopf weggeschossen.

Odon bleibt an der Wand stehen. Er beobachtet Marie, trinkt sein Wasser und raucht.

Als Kind nahmen seine Eltern ihn in den Zoo mit. Er hasste es. Marie wirkt wie ein hinter Gitterstäben gefangenes Tier.

Sie steckt die Hand in ihren Rucksack. Holt den Revolver heraus und legt ihn auf den Tisch.

Sie tut es ohne jede Heftigkeit. Fast gleichgültig.

Odon weicht zurück.

»Was tust du damit?«

Die Luft zwischen ihnen lädt sich elektrisch auf.

Er stellt sein Glas ab.

»Du steckst das weg und verschwindest…«

Er hat Mühe zu sprechen.

Marie rührt sich nicht. Seit sie den Revolver herausgeholt hat, ist sie sehr ruhig.

»Damit hat er sich den Kopf weggeschossen«, sagt sie.

Sie lächelt böse.

»Die Chancen standen eins zu sechs, dass er die Kugel erwischt.«

Der Griff glänzt, glatt und schwarz. Odon starrt ihn an, ohne den Kopf abwenden zu können. Trägt sie den schon von Anfang an mit sich herum? Wenn sie bei Isabelle ist…

Sie fährt sich mit der Zunge über die Lippe. Ihr tut plötzlich alles weh, der Körper, die Stelle hinter den Augen.

Endlich sieht er sie an.

»Was ist heute passiert, Marie?«

Sie zuckt die Achseln.

Breitet die Hände aus, mit gestreckten Fingern. Öffnet leicht den Mund, doch kein Wort formt sich, sie artikuliert ins Leere.

»Mein Bruder ist zu oft gestorben…«, bringt sie schließlich heraus.

Die Waffe liegt noch immer auf dem Tisch.

Er dreht sich um, öffnet eine Tür und nimmt eine Flasche Wodka aus dem Wandschrank.

»Sprich weiter.«

»Er ist gestorben, weil Sie ihn nicht sofort angerufen haben. Er ist ein zweites Mal gestorben, weil Sie seinen Text der Jogar gegeben haben. Und er ist noch einmal gestorben, als Sie *Anamorphose* unter dem Namen einer anderen gedruckt haben.«

Ihre Augen öffnen sich weit, fatalistisch.

»Dreimal, davon konnte er sich nicht erholen.«

Auch sie hat ihn getötet, mit einem Kuss am Ufer des Flusses, doch das sagt sie nicht.

Sie fährt sich rasch mit der Hand über das Gesicht. Sie muss weitersprechen. Die Kraft finden.

»Haben Sie deswegen, weil Sie kein Gewissen haben, sein Buch weggegeben?«

Er schenkt sich ein Glas ein. Leert es. Langsam gewöhnt er sich an die Waffe auf dem Tisch.

»Du hast sie ja nicht alle, Marie...«

Sie lacht höhnisch.

Er stellt sein Glas ab, geht zum Tisch. Er nimmt die Bananenschale, die geschälte Frucht hat angefangen, dunkle Stellen zu bekommen. Er wirft sie in den Mülleimer und wischt sich die Hände am Geschirrtuch ab.

Er kehrt zum Tisch zurück.

Er nimmt den Revolver. Mit einer schnellen Bewegung.

Das Metall ist eiskalt.

Er öffnet die Trommel. Dreht sie.

Alle Kammern sind leer.

Er seufzt.

Marie hört diesen Seufzer. Sie hat auf ihn gewartet. Nach einer Weile beugt sie sich vor und nimmt den Revolver an sich. Legt ihn auf ihre Schenkel.

Es ist kein Geräusch zu hören, weder auf dem Kahn noch auf der Brücke. Nur ihr Atem.

Sie schiebt die Hand in die Tasche ihrer Jeans und holt etwas heraus, das sie in der Faust behält.

Langsam öffnet sie die Faust, die Finger. Die Kugel ist grau. Sie steckt sie in eine der Kammern. Es geht schnell. Ihre Hand mit den schmalen weißen Gelenken. Sie dreht, ein Wettrennen mit dem Zufall, rasselnder Leerlauf.

Sie legt den Revolver auf den Tisch zurück.

Sie blickt auf.

Odon begreift nicht, also schiebt sie den Revolver noch ein paar Zentimeter in seine Richtung.

»Du bist vollkommen übergeschnappt, Marie!«

Die Beschimpfung mischt sich in ihr Lachen.

Er blickt hinter sich, die Tür, der Steg. Marie bedroht ihn nicht. Sie nimmt wieder ihren Platz ein, die Beine untergeschlagen, ihr dünner Körper in dem großen Sessel.

Ihre nackten Füße.

Sie fordert ihn heraus.

Eine Wette mit sechs Chancen, ein absurdes Spiel. Errät man, wo die Kugel ist, wenn man den Lauf gegen die Schläfe drückt? Welche Art von Angst? Von Schrecken?

»Er hat es getan, Sie tun es, und danach sind wir quitt.«

Ihre Stimme ist ruhig. Sie lässt ihm Zeit.

Er betrachtet die Waffe und ihr Gesicht.

»Du willst, dass ich spiele, wie er es getan hat. Das verlangst du von mir?«

Er nähert die Hand, nimmt den Revolver. Im Innern die Kugel.

Der kalte Griff.

Hat Selliès sich wirklich mit dieser Waffe getötet? Marie sieht ihn unverwandt an, ohne zu blinzeln.

Mit der geladenen Waffe könnte er sie zwingen aufzustehen und zu gehen.

Er dreht den Kopf. Schwalben fliegen dicht über die Oberfläche des Flusses, auf der Suche nach Insekten. Er hört ihre gellenden Schreie durch das offene Bullauge.

Er nimmt die starken Gerüche des Wassers wahr.

Die Flüsse nehmen, behalten und tragen fort. Er macht zwei Schritte in Richtung Bullauge.

Marie folgt ihm mit den Augen, sie weiß, was er tun wird. Hat es von der ersten Bewegung an begriffen.

Er hebt den Arm und wirft den Revolver in den Fluss. Zu weit. Es gibt kein Geräusch.

Er wendet sich wieder Marie zu.

Sie empfindet keine Wut. Kein Mitleid. Keine Spur von Vorwurf.

Nur ein schwaches, flüchtiges Lächeln.

Er hat es getan, scheint dieses Lächeln sagen zu wollen.

Erzählen Sie es mir noch einmal...«

Odon weiß nicht mehr, wie er es erzählen soll.

»Ich habe zwei, vielleicht drei Wochen verstreichen lassen, dann habe ich deine Mutter angerufen und ihr gesagt, ich hätte ein Manuskript von Paul. Ich habe sie gefragt, ob sie wolle, dass ich es ihr zurückschicke.«

Marie starrt auf den Boden zwischen ihren Füßen. Sie insistiert, sie weiß, dass sie ihn zur Verzweiflung bringt.

»Und was hat sie Ihnen geantwortet?«

»Das weißt du doch, du warst da...«

»Ich will es noch einmal hören.«

Odon seufzt.

»Sie hat gesagt, ich könne es verbrennen.«

Maries Mutter hatte das unheimliche Lachen einer betrunkenen oder kranken Frau.

Odon legte auf. Er steckte das Manuskript in einen braunen Umschlag und schrieb Selliès' Namen darauf.

Mathilde war da, sie schaute ihm zu, seinen Bewegungen, wie er die Adresse schrieb. »Du schickst es zurück?«, fragte sie.

Er schloss die Lasche des Umschlags.

Sie hatte *papalines* gekauft, Disteln aus Schokolade, die sie einzeln aus einer Papiertüte nahm. Jede Distel hatte eine andere Farbe.

Sie schob eine rosafarbene zwischen ihre Zähne. Biss hinein.

Sie nahm eine zweite und schmiegte sich an ihn. Sie presste ihren Mund auf seinen und zerbiss die Distel. Sie war mit einem Likör gefüllt, der Origan du Comtat rann über ihre Zungen, eine Verbindung von Honig und Schokolade.

Die Erinnerung an *Anamorphose* hat immer noch diesen Geschmack.

»Und wie lange haben Sie sie deswegen dann noch ficken dürfen?«

»Sei nicht vulgär.«

»Wie lange?«

»Ein paar Wochen.«

Sie reibt sich die Lippen, ihre Hände sind schmutzig, die Spucke wird bitter.

Ihre Mutter hat schlimme Beine, Krampfadern dick wie Finger. Eine Operation ist unumgänglich.

»Ich brauche Geld«, sagt Marie.

Sie streckt die Hand aus, die Finger gespreizt, fordernd. Odon ist müde. Er betrachtet den Himmel, diese Nacht nimmt kein Ende.

Er steht auf.

»Na ja...«

Er geht in den Frachtraum hinunter. Als er wiederkommt, legt er Scheine auf den Tisch, vor sie. Nicht auf ihre Hand.

Sie nimmt sie, zählt.

»Zu diesem Preis wasche ich Ihnen die Füße, ich werde Ihre Maria Magdalena, Ihre Begleiterin, Ihre Hure...«

Ihre Stimme bricht.

»Nein, die Hure ist meine Mutter«, sagt sie.

Er setzt sich wieder in den Sessel.

Sie steckt die Scheine in die Gesäßtasche ihrer Jeans. Sie blickt auf die andere Seite der Rhone, zur Stadt und ihren Mauern.

Sie gehen an Deck. Die Lampe über der Tür brennt. Vom Ufer dringt Musik zu ihnen, ein Wagen, der mit offenen Fenstern vorbeifährt, Sylvie Vartan.

Marie pfeift mit.

»Du kennst das?«, fragt Odon.

»Meine Mutter, die sechziger Jahre, ja, ich kenne es ...«

Das Chanson entfernt sich.

Es ist ein lauer Sommerabend. Zu viele Laternen, um die Sterne sehen zu können.

Am liebsten würde sie die Taue lösen und den Kahn treiben lassen. Vielleicht würden sie das Meer erreichen ...

Sie dreht sich zu Odon.

»Wie waren Ihre letzten Tage seines Lebens?«

Die letzten Tage des Lebens von Selliès... Mathilde und er hatten drei spielfreie Tage, sie fuhren sonntags los, ans Meer bei Saintes-Maries. Ein Hotel am Strand. Es war Februar, das Wetter war schön, ein sonniger spätwinterlicher Tag. Vom Bett aus konnten sie die Wellen sehen. Dienstagabend kamen sie zurück.

»Am nächsten Tag habe ich bei dir angerufen, es war frühmorgens, aber niemand ging dran. Danach haben wir gearbeitet«, sagt er. Wir waren mit dem Beckett im Rückstand.

»Am frühen Nachmittag habe ich noch einmal angerufen.«

»Mein Bruder ist am Abend gestorben.«

»Es gab keinen Anrufbeantworter.«

Sie reibt die Hände an ihrem Gesicht. In der Stille hört er, wie das Wasser gegen den Rumpf schlägt, wie sich die Taue spannen.

»Um welche Zeit haben Sie zum letzten Mal angerufen?«

»Bevor wir die Proben wieder aufgenommen haben, am frühen Nachmittag.«

Sie erhebt sich, geht auf das Vorschiff. Stützt sich auf die Reling. Schließt die Augen. Eigentlich sollte sie gehen.

»Erzählen Sie mir von ihr.«

Er legt die Hand auf die feuchte Reling.

»Sie hat dem Text deines Bruders Leben eingehaucht.«

»Bevor sie gegeben hat, hat sie genommen...«

Marie winkelt ihre Finger an und reibt die Nägel aneinander. Das Geräusch klingt wie Regen.

»Ich will sie treffen. Ich will sie *Anamorphose* rezitieren hören.«

»Es ist nicht mehr *Anamorphose*«, sagt er.

Sie stehen einen Augenblick nebeneinander und schauen auf den Fluss.

Er geht hinein und kommt mit einer DVD heraus, in einer roten Hülle, eine Aufnahme von *Ultimes déviances*.

Er reicht sie ihr.

Marie nimmt sie nicht.

»Ich will sie in echt hören, auf einer Bühne. Sie könnten ihr Ihr Theater zur Verfügung stellen...«

Sie sagt es, ohne heftig zu werden.

Odon wendet sich ab.

»Das wird sie niemals tun.«

»Können Sie sie fragen?«

»Kann ich tun, aber sie wird nur lachen.«

Schweigen.

»Sie wird nicht lachen«, sagt Marie.

Jeff wartet in seinem neuen Anzug auf den Zug, seinen Karton auf den Knien. Darin Calders Mobile.

In seiner Tasche steckt eine Fahrkarte nach Nîmes, hin und zurück.

Der Zug fährt ein.

Reisende steigen aus. Jeff wählt einen Platz am Fenster. Er behält die Schachtel auf den Knien, beide Hände daraufgelegt. Die Landschaft zieht vorbei.

Um elf Uhr hat er einen Termin bei einem Gutachter im Zentrum.

Er wird sofort empfangen. Die Begutachtung des Vogels nimmt etwas Zeit in Anspruch.

Dann geht er wieder. Der Gutachter hat ihm eine Adresse aufgeschrieben, wo er den Vogel verkaufen kann, und die Summe, mit der er zu rechnen hat.

Marie hatte recht, er wird seine Schuld begleichen können.

Und es bleibt ihm noch Geld für die Abschiedsfeier.

Der Zug nach Hause geht erst in einer Stunde. Er trinkt ein Bier auf einer Terrasse. Am frühen Nachmittag ist er wieder in Avignon. In der brütenden Hitze geht er die Straße hinauf. Den Karton mit dem Vogel schiebt er wieder unter das Bett. Er zieht seinen Anzug aus und faltet ihn sorgfältig zusammen.

Er geht zu Odile.

Die Jungs sitzen auf dem Sofa. Ihre Mutter will nicht, dass sie bei dieser Hitze hinausgehen. Die drei Ältesten erzählen sich lachend im Flüsterton Geschichten darüber, was die Frauen mit den Männern machen, nachts, an der Stadtmauer.

Esteban spielt abseits mit einem Plastikflugzeug. Er trägt ein blaues Polohemd und gestreifte Shorts, seine Füße in den Turnschuhen sind nackt.

Jeff erwähnt seine Reise nach Nîmes mit keinem Wort. Den Vogel ebenfalls nicht.

Er legt ein paar Münzen in die Schale auf dem Buffet.

Er blickt sich in der Küche um, sieht die vertrauten Dinge, die gestapelten Teller im Wandschrank, die Waschschüsseln. Die nackten Beine der Jungs, ihre unbehaarten Oberkörper, die Schulzeichnungen an der Wand.

Er wird ihnen Postkarten schicken. Geschenke für Odile.

Er wird sie einladen.

Esteban lässt sich vom Sofa gleiten. Er geht zu seiner Mutter, stellt sich vor ihre Beine und blickt zu ihr auf.

»Ich bin ein Dichter…«

Sagt er. Und tritt von einem Fuß auf den andern.

Odile nimmt die Hände aus dem Wasser. Trocknet sie an ihrer Schürze.

»Dichter… Dichter werden gebraucht…«

Sie begegnet Jeffs Blick.

Sie lächelt, was soll man dazu schon sagen?

In der Nacht lädt ein Laster Tonnen von Obst auf der Place de l'Horloge ab. Am Morgen finden es die Leute und nehmen mit, so viel sie tragen können.

Es ist eine Ernte vom Asphalt.

Die freien Theaterleute, die den Streik fortsetzen, heben Pfirsiche auf und schleudern sie gegen die Mauern des Papstpalastes. Die Schalen und das Fruchtfleisch hinterlassen rote Streifen, die wie Blut aussehen.

Zur Mittagszeit brennt die Sonne gnadenlos. Der Saft lockt die Insekten an, der Zucker macht sie betrunken. Fliegen, Mücken, sie schlürfen im Flug. Schmetterlinge liegen auf dem Rücken. Eine alte Frau geht über den Platz, in den geschlossenen Händen ein paar Mirabellen.

Jeff öffnet das Gittertor.

»Früchte vom Asphalt«, sagt er und legt das Obst vor Odile auf den Tisch.

Sie breitet eine Zeitung aus und holt ein Messer heraus, setzt sich und entfernt die Schalen. Schneidet die Früchte in Stücke und legt sie in eine Salatschüssel.

Er sagt nichts.

Er nimmt ein Messer und hilft ihr beim Schälen.

Sie stellt das Radio lauter.

Auf dem Sofa essen die Jungs Carambar-Kaubonbons und lesen die Witze auf der Innenseite der Verpackung. Als sie die Früchte sehen, kommen sie mit leuchtenden Augen, nehmen sich Kirschen und spucken die Steine aus.

Es ist kurz nach neun, die Sonne brennt bereits auf die Türme des Papstpalastes. Die goldene Jungfrau scheint in Flammen zu stehen.

Die Jogar frühstückt in den Gärten des La Mirande. Ein runder Tisch im Schatten, neben den Rosenstöcken. Croissants, Brot, Obst, Marmelade... Eine weiße Decke liegt auf einer anderen Decke. Ein bequemer Sessel.

Sie trägt eine helle Stoffhose und eine geblümte Bluse. Ein leichtes Kopftuch.

Dieser Ort ist eine ruhige Enklave, abgeschirmt vom Lärm und Treiben der Straßen.

An anderen Tischen sitzen ebenfalls Leute. Und in den Innenräumen.

Sie trinkt ihren Tee.

Am Abend zuvor hat sie ihren Vater angerufen. Sie haben kurz miteinander gesprochen. Er hat gesagt, er habe sich nicht getraut, nach der Vorstellung auf sie zu warten. Der Beifall sei ihm bis auf die Straße gefolgt.

Seine Stimme klang müde.

Sie hat versprochen, ihn zu besuchen, am Sonntag, zum Mittagessen. Dann hat sie das Gespräch beendet.

Sonntag ist in drei Tagen. Sie bereut ihr Versprechen, hasst ihre Schwäche. Sie wird Pablo anrufen lassen, er wird eine Entschuldigung finden.

Stattdessen wird sie zum Grab ihrer Mutter gehen und ein paar Blumen niederlegen.

»Ich bin die Schwester von Paul Selliès.«
Sie blickt auf.
Marie wiederholt es.
Sie trägt eine Hüftjeans, im Licht hat sie das Gesicht eines geschundenen Engels.
Die Jogar betrachtet die Ringe, die Kratzer.
Sie deutet auf einen Stuhl. Ein Kellner nähert sich. Sie bedeutet ihm, dass alles in Ordnung sei. Er solle nur ein zweites Frühstück bringen.
»Ich kann selbst bezahlen«, sagt Marie.
Die Jogar nimmt die Brille ab und schiebt sie ins Etui. Sie schließt die Zeitung, die aufgeschlagen auf dem Tisch liegt.
»Kaffee oder Schokolade?«
Marie wählt Schokolade. Sie wird ihr in einer Teekanne aus Silber serviert. Eine weiße Porzellantasse mit erhabenen Ziselierungen. Überquellende Körbe.
Die Gärten gehen auf die Rückseite des Papstpalastes hinaus, die Sonne scheint auf die gewaltigen Mauern. In Stein gehauene Wasserspeier stehen im Gras verstreut.
Die Jogar streicht Butter auf eine Scheibe Brot. Sie deutet auf den Korb.
»Greif zu... Hier ist alles hausgemacht, die Marmeladen, das Hefegebäck, das Brot.«
Sie wählt eine Marmelade aus den verschiedenen Sorten, einen kleinen Topf, bittere Orangenmarmelade. Sie schraubt den Deckel ab. Taucht den Löffel hinein, nimmt Marmelade heraus und verteilt sie auf dem Brot.
Marie betrachtet sie. Sie ist wunderschön, selbstsicher, irritierend. Sie ähnelt einem Vulkan.
Sie trinkt einen Schluck Schokolade.
»Ich möchte Sie *Anamorphose* spielen hören.«
Sie sagt es, die Augen über der Tasse.

Die Jogar antwortet nicht.

Marie fährt fort.

»Auf der Bühne und nur für mich, Odon Schnadel wird Ihnen sein Theater zur Verfügung stellen.«

Sie bricht in Gelächter aus.

»Odon Schnadel wird sein Theater zur Verfügung stellen! Das hat er dir gesagt?«

Das Du klingt gewaltsam.

Die Jogar legt das Marmeladenbrot hin.

»Das kommt nicht in Frage! Und den Text, von dem du sprichst, gibt es nicht mehr. Noch etwas?«

Marie dreht ihren Löffel in dem süßen Bodensatz ihrer Schokolade, langsame Kreise. Sie will nur das, den Text ihres Bruders hören, auch wenn er korrigiert, überarbeitet ist.

Danach wird sie verschwinden.

Sagt sie.

Ein Paar betritt den Garten durch das graue Tor, das auf die Straße führt. Zwischen den Steinen der Mauer wachsen Pflanzen, Immergrün, Flechten, etwas Farnkraut. Die Frau bleibt stehen, um sie anzusehen.

Die Jogar schiebt den Korb vor Marie. Lächelt nachsichtig.

»Du musst deinen Körper ernähren, ihn füllen ...«

Marie wählt ein rundes Brötchen mit goldener Kruste, Sesamkörner kleben daran, ein fast schwarzes Grau.

Die Körner fallen auf die Tischdecke. Sie nimmt sie mit dem Finger auf.

»Sie haben die Worte meines Bruders gestohlen.«

Die Jogar verschränkt die Hände vor ihrem Gesicht und betrachtet Maries Finger, die die Körner zusammenschieben.

»Ich habe nichts gestohlen ... Stehlen hätte nicht gereicht ...«

Sie sagt es mit dieser besonderen Stimme, die Wortenden dehnend.

»Hätte ich mich damit begnügt, hätte ich nur ein unbedeutendes Werk geschaffen, ohne Begeisterung, wie ein Maler, der sich damit zufriedengibt zu kopieren … oder ein Musiker, der die Partitur eines anderen zum Klingen bringt.«

Sie nimmt ihr Marmeladenbrot wieder in die Hand. Blickt Marie mit ihren dunklen Augen durchdringend an.

»Ich habe viel mehr für Selliès' Text getan.«

Sie sagt »Selliès«.

Sie sagt nicht »Für den Text deines Bruders«.

Marie fühlt sich, als habe sie eine Ohrfeige bekommen. Enteignet, vertrieben aus dieser kostbaren Intimität. Paul und sie, das war eins!

Die Jogar spricht von der vollbrachten Arbeit. Sie sagt, *Anamorphose* war ein guter Ausgangspunkt, mehr nicht.

Marie hat Kopfschmerzen, ganz plötzlich, eine glühende Schiene, die sich in ihre Augen bohrt. Als die Kugel Pauls Schädel durchquert hat, hat sie auch ihren durchquert, und diese Spur ist geblieben.

Die Jogar streckt die Hand aus, nimmt ein Hefeteilchen, behält es auf ihrer flachen Hand. Früher war sie wie Marie, die gleiche Heftigkeit, Gründe, die ebenso stark waren wie ihre.

Sie halbiert die Brioche.

»Odon hat mich angerufen und mir von dir erzählt.«

Sie blickt auf.

»Du hast Glück, er mag dich sehr.«

Sie erinnert sich an die langen Wochen, in denen *Anamorphose* ihr Leben ausfüllte. Kaum erwacht, beugte sie sich schon über die Seiten. Um von der Außenwelt nicht verführt zu werden, schloss sie die Fensterläden. Das war ihr Leben gewesen, monatelang. Wenn sie nicht mehr konnte, besuchte sie Odon auf seinem Kahn.

»Ich werde niemals für dich spielen …«

Im Blick der Jogar liegt kein Zorn. Es folgt ein langes Schweigen, das Marie nutzen könnte, um zu gehen, denn der entscheidende Satz ist gesagt.

Sie geht nicht.

Die Jogar trinkt ihren Tee.

»Du kannst dir nicht vorstellen, was Odon für mich gewesen ist«, sagt sie schließlich. »Dieser Mann ist der schönste Teil von mir.«

Marie hebt den Kopf.

»Und trotzdem haben Sie ihn verlassen.«

Die Jogar betrachtet die Tasse in ihren Händen, dicht an ihren Lippen.

»Ja, ich habe ihn verlassen.«

In seinen Armen fand sie Ruhe.

Diese Ruhe hat sie verlassen.

Sie hat sich losgerissen.

Denn die Jogar werden und weiter lieben, das waren zwei Wege, die sich ausschlossen. Es verlangte zu viel Zeit, zu viel Kraft.

Sie tupft sich die Lippen mit der Ecke der gefalteten Serviette ab.

»Dieses tiefe Gefühl, lebendig zu sein, das hat er mir gegeben. Er hat mich die Leidenschaft gelehrt.«

»Die Gottesanbeterinnen fressen ihre Männchen«, sagt Marie, »das ist auch Liebe. Sind wir also nicht stärker als die Insekten?«

Die Jogar lächelt.

»Nein, wir sind nicht stärker.«

Sie legt die Serviette auf die Seite. Nimmt eine Puderdose aus ihrer Tasche. Einen Lippenstift, mit dem sie über ihren Mund fährt. Ihre Hände sind ungeschminkt, keine Ringe. Drei einfache Goldreifen am Handgelenk.

Marie senkt den Blick.

»Sie sind mir das schuldig...«

Die Jogar schließt den Lippenstift und presst ihre Lippen aufeinander. Sie steckt ihn in die Tasche zurück.

»Selliès vielleicht, aber dir schulde ich nichts.«

Marie sinkt in sich zusammen.

»Ohne ihn wären Sie nie berühmt geworden.«

»Doch. Es hätte nur etwas länger gedauert, das ist alles.«

Die Jogar deutet auf den Korb.

»Du solltest besser etwas essen...«

Marie verspannt sich. Sie mag dieses Lächeln nicht. Diese Arroganz. Sie hatte nicht gedacht, dass es so schwer sein würde.

»Ich mag Sie nicht.«

Die Jogar antwortet nicht.

Hass ist ein totales Engagement, man braucht viel Kraft dafür, und die hat dieses Mädchen nicht. Sie hat auch nicht das Format eines Scharfrichters.

Marie streckt die Hand aus, nimmt Brot aus dem Korb und steckt es in ihren Rucksack. Sie tut es, ohne den Blick zu senken. Sie möchte ebenfalls stolz sein, arrogant. Sie steckt noch zwei Brötchen ein. Sie nimmt von den Marmeladen und Croissants, wickelt sie in die Serviette. Wenn sie schon nicht stolz sein kann, dann will sie sich wenigstens danebenbenehmen.

Die Jogar sagt kein Wort.

Der Kellner beobachtet sie von der Tür aus.

Marie schließt ihren Rucksack.

»Wenn Sie Ihre Meinung hinsichtlich *Anamorphose* ändern...«

»Ich ändere nie meine Meinung.«

Das Obst auf dem Platz ist verfault. Klebriger Staub hat sich auf die Pflastersteine gelegt. Ein granatfarbener Saft. Maries Sohlen kleben an dem goldenen Honig fest, der aus dem Haufen sickert.

Unter dem Portalvorbau, im Schatten der Kirche, trällert ein Mädchen im T-Shirt auf der Querflöte. Leichte, gefällige Musik.

Marie betritt das Chien-Fou.

In der Gedankenurne liegen neue Botschaften. Es werden täglich mehr. Sie nimmt sie mit in ihr Zimmer und breitet sie auf der Matratze aus.

Sie faltet einen ersten Zettel auseinander. »Träumen die Vögel, wenn sie schlafen, davon, dass sie fliegen?«

Alle gelesenen Zettel werden in eine Ecke des Zimmers gelegt. Auf einen Haufen. In einer Tube ist noch Klebstoff. Sie klebt einen ersten Zettel auf die Fensterscheibe. Macht weiter. Als kein Platz mehr frei ist, befestigt sie sie an der Tapete. Am Ende sieht es wie ein Schmetterlingsschwarm aus.

Manche sind uninteressant, sie klebt sie trotzdem auf. »Meine Lieblingsfarbe? Die Augenfarbe des Mannes, den ich liebe...«

Unter all diesen Gedanken ein Zitat von Oscar Wilde: »Das einzige Mittel, sich von einer Versuchung zu befreien, ist, ihr nachzugeben.«

Marie setzt sich auf die Matratze. Sie denkt nach. Wenn sie ein Haus bauen müsste, würde sie diesen Satz am Frontgiebel einmeißeln.

Sie schreibt auf die Tapete: »Es gibt etwas, das lebt, und gleich daneben etwas anderes, das stirbt.«

Während sie das tut, denkt sie nicht an die Jogar.

Anamorphose ist ein Band, das sie mit ihrem Bruder verbindet. Es bleiben nicht mehr viele solcher Bindungen. Sie hat Angst, dass die letzten zerreißen könnten.

Isabelle sagt, dass die Körper schwach werden, die Gefühle abstumpfen. Marie betrachtet durch das Fenster den allzu blauen Himmel. Sie streckt die Arme aus, nähert sie dem Licht. Sie möchte verstehen, warum sie auf Erden ist. Was macht sie hier?

Sie stellt sich Fragen.

Fragen, auf die sie keine Antwort weiß.

Der Stand steht auf dem Bürgersteig, außerhalb der Markthalle. Marie wählt einen Strauß, drei fleckige rote Rosen inmitten eines Armvolls Margeriten, dazu ein paar Nelken aus einem eisernen Eimer. Daneben, ringsum, weitere Sträuße, Töpfe mit Geranien, Hortensien, überall.

Es ist nicht der schönste Strauß.

Die Blumenverkäuferin verpackt den Strauß in einer Plastikfolie, durch die man die Stiele sieht.

Marie überquert die Straße mit dem Strauß.

Die meisten Vorstellungen finden wieder statt. Die Streikenden, die noch unterwegs sind, demonstrieren im Viertel mit Schildern, die von Verrat sprechen.

Marie betrachtet sie. Es sind nur noch wenige. Bald ist es siebzehn Uhr, das Publikum wartet in einer Menschentraube vor dem Théâtre du Minotaure.

Sie geht durch den Bühneneingang hinein. Eine Vorstellung geht zu Ende, eine andere beginnt. Die Schauspieler begegnen sich. In den Gängen herrscht aufgeregtes Treiben.

Hinter einer offenen Tür repariert eine Schneiderin den Saum eines Krinolinenkleides. Gelächter. Es riecht nach Holz und Schweiß.

Marie geht weiter. Ein Mädchen mit Blumen, niemand stellt ihr Fragen. Es ist ein Theater mit drei Sälen. *Die Brücke am Fluss* wird im zweiten Saal gespielt.

Marie kommt durch die Kulissen. Das Bühnenbild ist aufgebaut, der Saal noch leer.

Die Bühne wirkt wie das aufgerissene Maul eines riesigen Tiers.

Hoch oben auf einer Leiter richtet ein Bühnenarbeiter die Scheinwerfer aus. Er fragt Marie, ob sie jemanden suche, und Marie zeigt ihre Blumen.

»Sie dürfen hier nicht bleiben«, sagt er.

Marie tritt zur Seite.

Es ist sonst kein Geräusch zu hören.

Sie geht durch den hinteren Vorhang auf die Bühne. Der Wandschrank, die Gläser, die Teller, der Tisch und die Stühle, alles wirkt echt. Das zerknitterte Geschirrtuch, das Radio auf dem Buffet.

Sie legt die Blumen auf die Spüle.

Die Blumen sind keine Bühnenrequisite, denkt sie.

Die Jogar ist in ihrer Garderobe. Verärgert, beunruhigt. Wegen Marie. Und außerdem, was hat sie geritten, ihrem Vater zu versprechen, ihn am Sonntag zu besuchen...

Ihre Augen im Spiegel.

Sie muss die schlechten Gedanken verscheuchen, sie muss es tun, an nichts denken, um sich zu konzentrieren.

Pablo kommt herein. Er bemerkt ihre müden Gesichtszüge. Er sagt, alles sei bereit, sie müsse auf die Bühne.

Sie schiebt ein paar homöopathische Kügelchen unter die Zunge.

Er verlässt die Garderobe.

Sie folgt ihm.

Es ist eine Grenze, ein paar Meter Flur zwischen der Garderobe und den Kulissen. Man sieht sie an. Man weicht ihr aus.

Das Publikum hat im Saal Platz genommen.

Phil Nans erwartet sie.

»*In bocca al lupo!*«[*]

»*Crepi il lupo!*«[**], erwidert sie.

In dem folgenden Gemurmel hört sie die drei Schläge. Sie atmet langsam aus. Setzt einen Fuß auf die Bühne.

Der Vorhang öffnet sich.

Sie atmet erneut aus. Ihr Mann und ihre Kinder sind für vier Tage weggefahren, sie ist allein, eine einfache Frau aus Iowa.

---

[*] Hals- und Beinbruch.
[**] Die übliche Antwort darauf. Wörtlich: »Möge der Wolf krepieren.«

Sie tritt auf.

Der Tisch, der Stuhl. Dicke Tropfen rinnen über die Wände der Karaffe. Sie zieht den Stuhl heran und setzt sich. Drückt das Glas an die Stirn. Mit der flachen Hand streicht sie die Tischdecke glatt. Die Langeweile, das Warten, die Hitze. Die Worte kommen flüssig. Nach ein paar Minuten ist das Lampenfieber verschwunden. Phil Nans tritt auf. Alles läuft gut.

Als sie zur Spüle geht, sieht sie den Strauß. Sie hatte vorher nicht darauf geachtet. Er ist dort hingelegt worden. Er gehört nicht zum Bühnenbild. Sie wechselt einen Blick mit Phil Nans.

Er zuckt die Achseln.

Sie nähert sich dem Strauß, Nelken, Rosen und Margeriten. Sie spielt weiter, steckt die Finger zwischen die Blätter, legt den Strauß beiseite. Es ist keine Visitenkarte dabei, doch unter dem Grün der Blätter versteckt liegt ein Exemplar von *Anamorphose*: Ihr Name, Mathilde Monsols, ist mit mehreren schwarzen Balken durchgestrichen. Und korrigiert in Paul Selliès.

Sie erschauert, verspürt ein Unwohlsein.

Sie dreht sich um, kehrt langsam zum Bühnenrand zurück, lässt den Blick durch den Saal wandern. Ein verdunkelter Raum. Die folgenden Sätze kommen in Zeitlupe.

Phil Nans berührt leicht ihre Hand, führt sie mit einem Druck auf ihren Arm und einem Blick auf die Straße zurück, die Roseman Bridge, Madison County.

Die Szene hat nicht länger als eine Minute gedauert.

Sie verzehrt sich, sagt jemand am Ende, wegen des Zustandes, in den die Vorstellung sie versetzt hat.

Nachdem der Beifall verklungen ist, holt sie das Buch und die Blumen.

In den Kulissen flüstert ein Mann: »Einer so schönen Frau folgt man bis ans Ende der Welt.«

Die Jogar schleudert den Strauß auf den Tisch. Das Buch hinterher. Sie kickt die Schuhe von den Füßen, löst ihr Haar und schüttelt den Kopf. Die Nadeln fallen auf den Tisch.

Sie zieht sich um. Schlüpft in ein Wildlederkleid, das sie mit einem breiten Gürtel um ihre Taille zusammenschnürt.

Ein Paar Pumps mit Pfennigabsätzen, sie beugt sich vor und schließt den ersten Riemen. Dann den zweiten.

Legt eine Metallkette um den Hals.

Marie steht reglos an der Tür, die Arme am Körper, in einer Stoffhose, die sie nachlässig auf den Hüften trägt.

Die Jogar richtet sich auf.

Sie entdeckt sie.

Es gelingt ihr nicht, wütend zu sein.

»Du hast das Buch und die Blumen dorthin gelegt, und du wagst es herzukommen...«

Sie blickt sie scharf an, diese nachlässige Art, sich zu kleiden.

»Du bist ganz schön dreist, aber es fehlt dir an Haltung.«

Marie rührt sich nicht.

Leute eilen geschäftig im Gang hin und her, laufen hinter ihr vorbei.

Sie bleibt an der Wand stehen.

»Ich möchte wissen, was Sie getan haben, während mein Bruder sich umbrachte.«

Die Jogar lächelt, von oben herab.

»Das geht dich nichts an.«

Sie kehrt zum Spiegel zurück und bürstet ihr Haar.

»Glaubst du, es würde dir besser gehen, wenn ich deine Erwartungen erfüllt hätte?... Du nährst deinen Hass, wie man Fische mästet, aber nimm dich in Acht, gemästete Fische gehen elendiglich ein.«

Sie nimmt einen gestreiften Borsalino vom Haken, setzt ihn auf und zieht ein paar Strähnen heraus.

Sie geht zur Tür und bleibt neben Marie stehen.
Sie fährt mit dem Finger rasch über die Kratzer auf ihrem Arm.
»Du solltest es mit Rasierklingen versuchen.«

Marie geht in die Gärten und legt sich unter den Bäumen auf den Rasen. Aus der Perspektive des Grases beobachtet sie die Spaziergänger.

Die Erde ist kühl.

Sie schläft ein. In ihrem Traum hört sie Gelächter. Ein Banjospieler geht vorbei, die Musik mischt sich in dieses Lachen. Eine alte Frau, die auf einer Bank sitzt, isst Pommes frites mit Senf.

Marie dreht sich um, richtet den Blick zum Himmel. Sie fährt mit den Fingern durchs Gras.

Sie rollt sich auf den Bauch, den Kopf zwischen den Händen. Um sie herum spielen und lachen Kinder.

Auf dem Wasser schwimmt ein Schwan. Seine Füße bewegen sich durch die Lichtreflexe.

Es gibt goldene Tage und traurige. Sie will keine traurigen Tage mehr. Sie will leicht und frei sein.

Für sie ist hier nichts mehr zu tun. Sie wird den Zug nehmen und nach Paris zurückfahren. Morgen vermutlich. Sie hat Freunde, die in der Gegend von Beaubourg Musik machen, sie wird sie besuchen. Sie wird sich Hunde anschaffen, mit ihnen leben.

Sie macht ein Foto aus der Grasperspektive. Die Beine der alten Frau, ihre geschwollenen, schmutzigen Knöchel. Ein Kind mit Spuren von Schokolade im Gesicht. Den Schwan, um ihn ihrer Mutter zu zeigen.

Sie steht auf und schüttelt die Grashalme ab, die an ihrer

Haut kleben. Die alte Frau hat einen Rest Brot auf ihrer Bank liegen lassen. Marie nimmt es und wirft es dem Schwan zu. Das Brot treibt auf dem Wasser. Enten, die sich im Schatten versteckt hatten, schwimmen herbei.

Marie verlässt die Gärten über die Treppe, die auf der Seite des alten Viertels hinunterführt.

Die Jogar hat recht, das alles ist sinnlos.

Pfeifend springt sie die Stufen hinab.

Unten angekommen, kauft sie sich ein kaltes Getränk und begibt sich zum Chien-Fou.

Die Gedankenurne liegt draußen auf dem Bürgersteig. Nicht hingestellt. Hingeworfen. Die Fotos darauf, mit einem Stein beschwert.

Marie pfeift nicht mehr.

Sie geht langsamer.

Julie und Damien sitzen am Tisch, zwischen ihnen das Schachspiel.

Julie blickt auf.

»Ich weiß nicht, was du meinem Vater getan hast, aber er ist wütend«, sagt sie und deutet auf die Urne.

Marie zuckt die Achseln.

Der Stein ist schmutzig, auf dem ersten Foto ist Erde.

Die Fotos sind mit heftigen Bewegungen abgerissen worden, ohne die Heftzwecken zu entfernen, die Ecken sind zerrissen.

Das Foto von Isabelle ist beschädigt.

»Hast du ein Ekzem?«, fragt Julie und betrachtet die Kratzer auf ihren Armen.

Marie antwortet nicht.

In einer Tüte unter dem Stuhl befinden sich Chips, Sandwiches und Coca Cola.

»Mein Vater ist ein Utopist«, sagt Julie, »das Theater für alle, er träumt davon, aber das funktioniert nicht.«

»Warum träumt er dann weiter?«, fragt Marie.

Julie seufzt.

»Tja, warum träumen die Menschen…«

Sie reicht Marie ein Sandwich.

Marie legt die Brotscheiben beiseite und isst nur den Schinken.

Julie erzählt, dass die Müllabfuhr gekommen sei und den Platz von dem herumliegenden Obst gereinigt habe. Sie spricht vom Festival, das sich dahinschleppt, und von den Akkordeonstunden, die sie ausgemacht haben.

Marie hebt die Gedankenurne auf. Es liegen Zettel darin, beim Aufheben hört sie es. Sie nimmt auch die Fotos.

»Kannst du mir das nicht erklären?«, fragt Julie.

»Es gibt nichts zu erklären.«

Julie zuckt die Achseln.

»Ihr nervt ganz schön, alle beide...«

Marie stellt die Urne auf die Matratze. Sie klebt die Fotos an die Wand, die Botschaften ebenfalls.

Dann stopft sie alle schmutzigen Kleidungsstücke in eine Tüte. Sie nimmt die Zettel aus der Urne, steckt sie in ihre Hosentasche und geht in den Waschsalon. Während die Wäsche sich dreht, liest sie die Botschaften. Danach beobachtet sie durch das Fenster die Passanten. Die Türen der klimatisierten Geschäfte gegenüber stehen weit offen.

Der Waschvorgang ist beendet.

Sie legt die saubere Kleidung in dieselbe Tüte. Geht hinaus.

Sie kauft Briefmarken und Klebstoff.

Postkarten auch, mehrere Dutzend, sie nimmt sie aufs Geratewohl vom Verkaufsständer, nur Landschaften und Ansichten von Avignon.

Ein Exemplar von *Anamorphose* in der Buchhandlung der Maison Jean Vilar.

Sie kehrt auf den großen Platz zurück. Wartet, bis ein Tisch unter den Bäumen frei wird. Sie bestellt einen Minzlikör mit viel Wasser. Bittet den Kellner, ihr eine Schere zu leihen.

Sie klebt auf die Rückseite jeder Karte eine Briefmarke.

Auf jede Vorderseite klebt sie eine Botschaft. Sie bedecken nicht die gesamte Oberfläche, die Landschaft ist an den Seiten und unten noch zu erahnen.

Sie schneidet Passagen aus *Anamorphose* aus und klebt sie auf die Rückseite, auf den Platz für den Text.

Sie wählt sie nicht aus, schneidet aufs Geratewohl aus, während sie die Seiten umblättert.

Auf die Rückseite jeder Karte schreibt sie die Adresse.

Mehr als fünfzig.

Sie steckt alles in den Briefkasten, vor der Sechzehn-Uhr-Leerung.

Anschließend schlendert Marie am Ufer der Rhone entlang. Im Gras eilen kleine Tierchen geschäftig hin und her. Sie schiebt die Halme auseinander. Eine winzige, vollkommene Welt.

Das Wasser fließt flussabwärts, wirbelnd und schwer. Gischt treibt am Rand, sie sieht aus wie gelber Speichel. Kleine Wellen bewegen die Wasseroberfläche. Sie zittert im Wind.

Ihr Bruder war ein Prinz, er war fähig, die richtigen Worte zu finden, um die Schönheit der Welt auszudrücken. Er vermochte, ihre Farben, ihre Kräfte zu sehen. In der Zeit, die vergeht, erkannte er die Zeit, die bleibt.

Sie sieht überall nur Risse. Sie hat Dunkelheit im Kopf, während er das Licht hatte.

Odon sagt, dass man die Asche der Toten in Diamanten verwandeln kann.

Sie setzt sich ans Ufer. Kratzt die Erde mit einem Stock, ritzt Zeichen hinein. Man lebt, man stirbt, all das muss doch einen Sinn haben?

Sie fragt sich, wie ihr Herbst aussehen wird.

Am nächsten Tag beginnt der Mistral zu blasen, eine erste Bö reißt die Gläser auf den Tischen um, wirbelt die Tischdecken hoch und lässt alles schlagen, was auf den Balkonen hängt.

Mehrere wütende Angriffe. Alles wirbelt herum, der Staub, die Papiere. Plakate lösen sich, fallen auf den Asphalt. Der Wind reißt sie mit.

Der Clochard des Platzes sammelt die Pappe ein und stapelt sie hinten in der Kirche, in seinem Winterversteck.

Überall fallen die Vorhänge, die Theater leeren sich. Auf den Gesichtern liegt Müdigkeit.

Im Chien-Fou geht das Vaudeville zu Ende. Die Truppe baut ihr Bühnenbild ab, es war ihre letzte Vorstellung. Sie verweilen noch einen Moment in den Kulissen, ein wenig enttäuscht. Sie wissen nicht, ob sie nächstes Jahr wiederkommen. Schon am Tag zuvor haben sie kaum etwas eingenommen. Sie haben all ihre Flyer verteilt, alles auf eine Karte gesetzt.

Sie lassen das Huhn da.

Niemand will es.

Jeff nimmt es mit in den Hof bei Odile. Er stellt ihm Näpfe mit Körnern und hartem Brot hin. Und Wasser in einer Schale. Es kann machen, was es will, laufen, gackern, scharren, es könnte sogar fortgehen.

Mit etwas Glück wird es Eier legen.

Als Jeff aus dem Hof kommt, sieht er Marie in der Rue de la Croix.

Sie starrt beim Gehen auf ihre Füße.

Sie bleibt stehen.

Die Straße ist wie ein Korridor. Der Wind fährt hinein.

»Es sind nicht mehr viele Leute in der Stadt«, sagt Jeff.

Er erklärt, dass der Mistral einen Tag lang wehen wird oder drei, oder sechs, oder neun, so ist es immer bei diesem Wind.

»Man nennt ihn den verrückten Wind.«

Marie sagt, dass sie abreisen wird.

Jeff wiegt den Kopf hin und her.

»Hast du den Vogel verkauft?«, fragt sie.

»Nein, aber ich werde es tun...«

Er entfernt sich ein paar Schritte, kehrt dann wieder zu Marie zurück.

»Ich verkauf ihn, wann ich will... Ich bleibe noch, bis der Sommer vorbei ist«, sagt er, als wollte er sich entschuldigen.

Er tritt immer noch von einem Fuß auf den anderen. Er mag keine Abreisen, die der anderen.

»Danke«, sagt er.

Er breitet die Arme aus, die Hände, und umarmt sie fest, fast zerquetscht er ihr die Wange.

Es ist kurz nach elf, der Briefträger fährt kreuz und quer durch das Viertel. Er lehnt sein Fahrrad gegen die Mauer, betritt das Théâtre du Minotaure. Dutzende von Karten, viel zu viele, er hat sie mit einem Gummiband zusammengebunden. Er legt sie ins Postfach.

Als Pablo kommt, nimmt er sie mit in die Garderobe. Die Jogar ist da.

Er legt das Paket vor sie hin.

Ein Blick.

Er geht hinaus.

Sie streift das Gummiband ab, der Stapel stürzt um, die Karten gleiten über den Marmor des Tisches.

Sie zieht einen Stuhl heran und setzt sich.

Aufgeklebte Botschaften. In den ausgeschnittenen Rechtecken erkennt sie Passagen aus *Anamorphose*.

Keine Unterschrift.

Sie weiß, dass sie von Marie kommen.

Es hört also nicht auf.

Sie zündet sich eine Zigarette an und raucht sie am offenen Fenster. Auf dem Bürgersteig sitzen drei Mädchen. Unbeschwertes Gelächter. Sie tragen weiße Schürzen, arbeiten im Restaurant, es ist ihre Pause.

Die Jogar drückt die Zigarette auf dem äußeren Fenstersims aus und schließt das Fenster.

Sie ruft Odon an. Während es klingelt, nimmt sie die Karten wieder in die Hand.

Sie dreht sie, betrachtet sie.
Er nimmt ab.
»Ich werde es tun«, sagt sie.
Sie sagt nur das.

Kein Wort davon, dass sie Dutzende von Postkarten bekommen hat. Kurzes Schweigen am anderen Ende der Leitung. Odon stellt ihr keine Fragen.

Sie verabreden, sich am Abend nach der Vorstellung in seinem Theater zu treffen.

Marie geht die Rue de la République hinauf, kommt zum ersten Mal am Gebäude der Zeitung vorbei.

Vor ihr ein Schauspieler mit einem Bühnenkostüm in einer transparenten Schutzhülle. Etwas weiter entfernt spielt auf demselben Bürgersteig ein Mädchen Geige.

Marie folgt ihnen mit den Augen, geht zur Zeitung zurück.

Sie zögert. Die Eingangshalle ist leer, die Büros sind oben. Sie steigt die Stufen hinauf. Im ersten Stock offene Türen. Ein Mädchen hinter einem Schreibtisch.

Über einer Tür ein Schild, Redaktion.

Marie betrachtet die Prospekte, die auf einem Tisch liegen.

Sie fährt mit den Fingern darüber, nimmt ein Exemplar der Zeitung, blättert darin. Auf der Rückseite stehen die Telefonnummern der Redaktion. Sie fragt, ob sie die Zeitung mitnehmen könne, das Mädchen nickt.

Isabelle klopft an die Zimmertür. Marie öffnet nicht, also klopft sie noch einmal. Sie steckt den Kopf hinein.

»Schläfst du?«

»Nein.«

Sie reicht ihr das Telefon.

»Es ist Odon... Er hat schon ein paarmal angerufen.«

Marie schleppt sich zur Tür.

Sie hört zu.

Sie beendet das Gespräch.

»Brauchst du etwas?«, fragt Isabelle.

Marie schüttelt den Kopf.

Isabelle zögert.

»Alles in Ordnung?«

»Ja.«

Isabelle schließt die Tür. Marie setzt sich wieder auf die Matratze.

Sie lächelt leise.

Odon hat gesagt, komm nach der Vorstellung, wenn alle weg sind.

Sie schaut auf die Uhr. Noch ein paar Stunden.

Sie rollt sich zusammen.

Sie schläft nicht.

Denkt an ihren Bruder.

Schließlich lacht sie laut, die Hände vor dem Gesicht.

Die Jogar hat nachgegeben. Die Karten haben ihren Widerstand gebrochen.

Heute Abend wird ihr Bruder höher fliegen als die Toten. Sie wird seine Worte hören.

Ungeduldig, unfähig, ruhig im Zimmer zu bleiben, geht sie ins Freie.

Place des Châtaignes. Stoffstreifen hängen an den Fenstern. Ganze Scharen roter Herzen. Auch auf den Tischen Herzen, ebenfalls rot.

Sie schlendert umher.

Es wird Abend.

Noch eine Stunde. Sie setzt sich auf die Bank. Holt den *Cid* hervor. Blättert darin. Ihr ist nicht nach Lesen zumute.

Sie betrachtet den Platz.

Sie fragt sich, ob sie allein im Saal sein wird, wenn sie der Jogar zuhört.

Die Jogar kommt nach der Vorstellung ins Chien-Fou.

Sie geht durch den Flur. Die Schauspieler sind weg. Sie trägt ein schwarzes Kleid und eine doppelreihige Halskette aus Steinen.

Odon ist in seinem Büro. Eine Lampe brennt. Er hat die Türen verschlossen.

Sie sehen sich an, wechseln leise ein paar Worte.

Sie erzählt von den Postkarten, die sie bekommen hat.

»Dieses Mädchen geht mir auf die Nerven, ich werde tun, was sie von mir verlangt, und dann sprechen wir nicht mehr davon.«

Odon ist angespannt.

Sie ist es auch.

»Das muss endlich aufhören«, sagt sie.

Spielen, damit es ein Ende hat.

Sie geht in den Saal, ein Sitz am Mittelgang.

Marie kommt ein paar Minuten später. Leicht verlegen macht sie ein paar Schritte auf sie zu.

Sie muss noch näher gehen.

Sie ist neben ihr. Die Jogar steht nicht auf.

»Ich werde für dich spielen, es wird keinen Fehler geben, ich werde bei keinem Wort hängenbleiben, aber danach will ich nie wieder etwas von dir hören. Sind wir uns einig?«

Marie nickt.

Ihre Augen blinzeln nicht.

Die Jogar steht auf.

»Aber du wirst nicht *Anamorphose* hören... *Anamorphose* gibt es nicht mehr. Was ich spiele, ist etwas anderes.«

Sie macht ein paar Schritte, bleibt stehen, dreht sich um.

Sie kommt zu Marie zurück.

»Du wolltest wissen, was ich getan habe, während dein Bruder sich umbrachte?«

Sie fährt mit den Fingern über die Sitzlehne.

»Es ist mir unmöglich, mit Odon Schnadel allein in einem Raum zu sein, ohne das Verlangen zu haben, mit ihm zu schlafen...«

Sie blickt Marie an. Dieses eigenartige, verletzte, geschundene Gesicht.

»Wir waren zusammen am Meer, ich nehme also an, dass ich mit ihm geschlafen habe, während dein Bruder starb.«

Sie berührt mit der Hand leicht Maries Wange. So viel Schönheit für so viel Schmerz.

Sie wendet sich ab, geht zur Bühne. Odon erwartet sie am Vorhang.

»Könntest du ein bisschen Licht machen?«

Ihre Hand verweilt auf seinem Arm.

Er geht durch den Mittelgang, an Marie vorbei. Er sagt kein Wort zu ihr. Sieht sie nicht an. Er betritt den kleinen Raum für die Lichtregie. Im nächsten Augenblick erscheint ein goldener Kreis auf der Bühne, glänzend wie ein Mond.

Die Jogar tritt in diesen Kreis. Es ist schwierig für sie, vor einem leeren Saal zu spielen. Ihre Stimme braucht das Echo der Körper, muss den Widerhall in der Wärme von Männern und Frauen spüren, die gekommen sind, um sie zu hören.

Noch schwieriger ist es, nur für eine Person zu spielen.

Am schwierigsten ist es, den ersten Satz zu sagen. Sie hat den Text nie vergessen, seit fünf Jahren ist er fest in ihrem Gedächtnis verankert.

»Der alte Juanno ist heute Morgen gestürzt. Er war kräftig, trotzdem hat ein harter Winter es geschafft, ihn niederzuzwingen.«

Die Sätze fügen sich aneinander. Das Gedächtnis verrät sie nicht. *Anamorphose* war viel mehr als nur Worte, es hat sie aus ihrer Langeweile und Einsamkeit befreit. Ein vergessenes Wort, und die Energie ist futsch, das gilt auch für sie.

Marie erstarrt.

Odon ist im Raum für die Lichtregie geblieben. Außer ihr ist niemand im Theater. Jedes Wort, das sie spricht, ist auf Maries Sitz gerichtet.

Marie hört zu. Sie denkt an Paul.

Für ihn macht sie das alles. Für sein Andenken, seine Geschichte.

Sie erkennt die Worte, lässt sich vom warmen Klang ihrer Stimme tragen.

Die Jogar ist erstaunlich. Die Worte setzen sich in ihrem Hals fest, steigen aus ihrem majestätischen Körper empor.

Ihre Kehle schwillt von den Worten, denen sie Leben einhaucht.

Die zurückgegebene, interpretierte, lebendige Emotion.

Marie sieht ihren Bruder im Lieferwagen, seine Hand auf dem Stift, spätnachts. Sie presst die Hände zusammen.

Er schrieb.

Die Jogar formt, füllt. Wird der Herzschlag.

Marie unterdrückt ihre Tränen nicht, wischt nicht weg, was rinnt. Sie weiß nicht einmal, dass sie weint.

Sehr bald schon ist das, was sie hört, etwas anderes, und es ist lebendiger als *Anamorphose*.

Es gehört nicht mehr Paul. Sie hat geglaubt, er sei es. Sie hat es sich gewünscht. Nun erkennt sie es nicht mehr. Es ist ihr vertraut, und doch ist es anders.

Es ist eine Geschichte ohne Paul.

Oder mit Paul, weit weg. Dahinter. Ein Schatten seiner selbst, der verblasst.

Sie kratzt ihren Arm mit den Fingernägeln, löst die schwarzen Krusten. Früher tat sie sich weh, damit der Schmerz sie einander näherbrachte.

Sie kratzt fester.

Sie spürt, dass das Band zwischen ihnen sich löst.

Marie nimmt die Kleidungsstücke aus der Tüte. Sie bilden einen Haufen auf der Matratze.

Es ist Nacht.

Das Fenster steht offen. Das Licht brennt. Die Insekten fliegen, davon angelockt, herein, kreisen und nähern sich. Manche verbrennen sich die Flügel, fallen zu Boden.

Marie steckt den Kopf in die Tüte. Drückt zu, langsam. Durch sie hindurch sieht sie das Zimmer, die Wände, die Botschaften auf dem Fenster.

Schweiß bildet sich im Innern der Tüte.

Das Zimmer ist weiß, die Zettel verschwimmen.

Das Plastik klebt an ihrem Mund.

Das noch grelle gelbe Licht der Glühbirne.

Paul hat *Anamorphose* und *Nuit rouge* geschrieben, er hätte weitere Texte geschrieben, wenn man ihn am Leben gelassen hätte. Gute Texte. Wie Beckett. Man hätte gesagt, Selliès gehört zu den ganz Großen!

Die Luft wird dünn in der Tüte.

Sie denkt an den Zufall, die kritischen Minuten, die manchmal über das Schicksal entscheiden. Die Jogar sagt, man brauche Kraft, um zu lieben.

Isabelle sagt, halte dich bitte gerade ...

Marie lächelt in der Tüte.

Sie richtet sich auf.

Die Luft in der Tüte ist aufgebraucht. Das Plastik klebt an ihrer Haut.

Sie reißt sich die Tüte vom Kopf. Atmet tief ein, mit offenem Mund, schluckt in panischem Schrecken.

Es summt in ihrem Kopf.

Sie blickt sich um, klammert sich an die Tüte. Sie weiß nicht, wie spät es ist. Sie sieht nur die Nacht.

Für die Jogar ist es die letzte Vorstellung. Noch ein paar Worte, und das Festival ist vorbei für sie. Zwei freie Tage. Sonntag isst sie mit ihrem Vater zu Mittag, und dann fährt sie ab.

Sie geht zum Bühnenrand. Der Beifall kann nicht alles sein.

Phil Nans küsst ihre Fingerspitzen, tritt beiseite.

Zunächst das, sie allein auf der Bühne. Das Geschenk der Stille. Für ein paar Minuten scheint die Zeit angehalten.

Das Publikum blickt sie unverwandt an. Sie prägt sich ein, gräbt sich tief ins Gedächtnis. Sie wird abreisen, diese Frau, die sie lieben, die ein Teil von ihnen ist, ihrer Träume. Ihrer Stadt.

Jemand steht auf, ein anderer folgt. Es ist still wie in einer Kathedrale. Bald hat sich der ganze Saal in einer stummen Ovation erhoben.

Die Jogar zittert.

Zum ersten Mal erlebt sie das.

Sie schweigt. Vermag nicht einmal zu lächeln.

Sie sieht sie alle an, die Gesichter, ihr Herz zerspringt fast.

Auch sie sehen sie an.

Ihr Blick wandert von Gesicht zu Gesicht. Niemand rührt sich, niemand spricht. Man muss sich das vorstellen. Eine fast unerträgliche Spannung.

Plötzlich ruft jemand: »Bravo!«, und der Applaus bricht los.

Phil Nans kommt zurück, nimmt ihre Hand. »Du warst außergewöhnlich!«

Der Beifall überflutet sie. Sie hebt die Blumen auf.

Eine Hand auf dem Herzen: »Ich liebe euch…« Sie wirkt verstört. Die Geschwindigkeit, mit der das Lachen sich in Tränen verwandelt, ist beinahe peinlich.

»Ich liebe euch, ich liebe euch so sehr…«

Sie bleibt, solange sie kann.

Solange sie es aushält.

Am Abend gibt es einen Empfang in den Räumen des La Mirande. Nur geladene Gäste. In den Gärten sind runde Tische aufgestellt worden, auf einer Bühne spielen Musiker. Kellner gehen mit Tabletts umher, auf denen Champagnergläser stehen. Es herrscht ein reges Treiben, man promeniert von den Aufenthaltsräumen an die Bar, in den Garten, die Szenerie von Musik untermalt. Alle sind fröhlich, Paare finden sich.

Nathalie ist im Patio, mit Freunden. Odon sieht sie aus der Ferne. Sie hat einen leichten Sonnenbrand, ihre Stirn ist rot. Ihre Sommersprossen haben sich ebenfalls vermehrt. Sie trägt ein tief ausgeschnittenes hautfarbenes T-Shirt. Um den Hals mehrere Ketten aus Türkisen.

Als sie ihn bemerkt, winkt sie ihm zu. Er geht zu ihr. Seine Jacke ist zerknittert, er wirkt abgespannt. Er spürt die Blicke auf sich. Er weiß, dass Nathalie ihn nicht angerufen hätte, wenn es nicht ernst wäre.

Er erkennt es in ihren Augen.

Ein Mann begleitet sie. Er ist älter als Odon, an den Schläfen bereits leicht ergraut. Elegant. Er tritt beiseite, als Odon auf sie zukommt.

Nathalie stellt sie einander vor.

Odon merkt sich seinen Namen nicht.

Nathalie entschuldigt sich bei ihren Freunden. Sie zieht ihn beiseite, in eine ruhige Ecke am Ende der Bar.

»Ich habe auf dich gewartet«, sagt sie.

Sie nehmen zwei Glas Champagner von einem Tablett und stützen die Ellbogen auf den Tresen.

Nathalie betrachtet die Blasen, die golden aufsteigen und an der Oberfläche zerplatzen. Den Kopf etwas geneigt.

»Wir haben ein Problem«, sagt sie.

Das hatte sie, im gleichen Ton, auch gesagt, als sie von seiner Liaison mit Mathilde erfahren hatte. Wir haben ein Problem ... Aber das war auf dem Kahn gewesen.

»Wir haben einen Anruf in der Redaktion bekommen.«

Sie umklammert ihr Glas, dreht es mit den Fingerspitzen.

»Ist es so schlimm?«, fragt er.

»Möglicherweise.«

Er lässt sein Glas auf dem Tresen stehen.

»Ich höre.«

»Mathilde Monsols soll nicht die Autorin von *Ultimes déviances* sein. Angeblich handelt es sich um die überarbeitete Fassung eines Originaltextes von Paul Selliès, dem Autor, von dem du dieses Jahr ein Stück aufführst.«

Odon starrt die Flaschenreihen auf den Regalen der Bar an. Er legt die Hand auf den Tresen. Dreht sich langsam um.

Nathalie dreht sich ebenfalls um.

Sie hält ihr Glas in der Hand, ohne zu trinken.

»Da ist noch etwas«, sagt sie.

Sie lässt ihren Blick gleichgültig über die Gäste gleiten.

»Nicht ich habe diesen Anruf bekommen, sondern eine Praktikantin ... Sie hat die Information an meine Sekretärin weitergegeben.«

Sie lässt ihm Zeit zu verdauen, was sie gerade gesagt hat. Es in allen Einzelheiten und mit allen Konsequenzen zu begreifen.

Sie lässt ihm auch Zeit, es abzustreiten.

Sie kennen sich bald dreißig Jahre, das ist eine lange Zeit.

Er hat sie manchmal belogen, aus Nachlässigkeit, oder um sie zu schützen. Eines Tages hat er sie schändlich betrogen, aus Liebe zu Mathilde.

Und jetzt...

Nathalie stellt ihr Glas ab.

»Ich muss wissen, ob diese Information stimmt.«

Sie wird ihm glauben. Sie will ihm glauben, ohne anzuzweifeln, was er sagt.

Er kann sie anlügen.

»Es stimmt«, sagt er schließlich.

Vor ihr, neben ihr, überall gehen die Tabletts herum, leeren sich die Gläser.

»Ich habe die beiden Personen, die Bescheid wissen, gebeten, nicht darüber zu sprechen, aber ich kann dir nicht garantieren, dass es nicht dennoch durchsickert.«

Sie will nichts versprechen, was sie womöglich nicht halten kann.

Er macht eine fatalistische Handbewegung. Nicht darüber sprechen, wie lange? Selbst wenn die Information in den nächsten Tagen nicht durchsickert, bleibt die Drohung dennoch bestehen.

Das Gespräch des Abends ist der Abschied der Jogar, die stumme Standing Ovation, ein Publikum, das erschauert angesichts einer Frau auf der Bühne.

Sie sollte eigentlich da sein.

Man sucht sie. Stellt Fragen.

»Odon?«

»Mmm...«

»Hast du eine Idee, wer angerufen haben könnte?«

»Ich glaube ja...«

Sie breitet die Hände aus, tritt von der Bar zurück. Die Druckerschwärze der Schlagzeilen.

»In diesem Fall...«

Sie legt eine sanfte Hand auf seinen Arm.

»Ich hoffe aufrichtig, dass es nicht durchsickert.«

Sie sehen sich an. Sie hatten sich leidenschaftlich geliebt. Das Leben war ihnen wie ein endloser wunderbarer Spaziergang vorgekommen.

Sie zieht ihre Hand zurück.

Vor ihm hatte sie nicht gewusst, was Eifersucht ist, er hat sie die Eifersucht gelehrt, gelehrt, eine Niederlage einzustecken. Heute könnte sie sich rächen, es wäre ganz einfach, eine Schlagzeile auf der ersten Seite würde genügen.

Es ist weder Milde noch Verzeihen. Sie empfindet einfach keine Wut mehr.

»Du hast es veröffentlicht. Wenn das durchsickert, wirst du durch den Dreck gezogen werden.«

»Das ist nicht wichtig...«

Sie lächelt. Also doch... Es wäre ihr lieber gewesen, es würde nicht stimmen, sie wäre nicht gezwungen, ihn zu retten.

»Es darf keine weiteren Anrufe geben, ich hätte nicht zweimal die Kraft.«

Er wendet den Blick ab.

Murmelt ein klägliches Danke. Er fühlt sich erbärmlich, dass er sie da mit hineingezogen hat. Er möchte sie zurückhalten, ihr etwas anderes sagen als dieses unzureichende Danke.

Sie betrachtet den Mann, der bei ihr war und jetzt in einem Sessel im Patio auf sie wartet. Ein breites rundes Glas in der Hand, Alkohol, den er mit seiner Handfläche wärmt.

»Ich habe jemanden kennengelernt...«, sagt sie langsam.

Odon erschauert.

Der Mann sitzt ihnen halb zugewandt da, die Beine übereinandergeschlagen, ein attraktives Profil. Er zieht ein Päckchen

Zigaretten aus der Tasche, steht auf und geht zum Rauchen auf den Bürgersteig hinaus.

»Was findest du an ihm?«

Nathalie lächelt.

Sie legt die Hand auf seine Schulter, lässt sie ein paar Sekunden dort ruhen.

»Es könnte sein, dass wir uns scheiden lassen müssen...«

Der Mistral hat einen Tag lang geblasen und sich dann gelegt. Wolken türmen sich über dem Mont Ventoux. Andere, dunklere, die von Norden gekommen sind, liegen über der Stadt.

Der Regen kommt mit dem Abend. Die ersten Tropfen platzen auf dem hitzegesättigten Boden, verdampfen in der immer noch glühend heißen Luft. Ein Schauer, dem ein zweiter folgt. Man sucht Schutz unter den Portalvorbauten, den Vorderfronten der Geschäfte, in der Kirche. Man drückt sich an die Türen, in die Ecken der Fenster.

Man schaut dem Regen zu.

Regengerüche treten an die Stelle der Hitzegerüche. Überall werden Fenster geöffnet, Fensterläden, man lässt die Kühle herein.

Endlich kann man wieder atmen.

Die Baumstämme, die Dachziegel, die Balkons triefen. Von den Blättern der Platanen wird der Staub gewaschen.

Marie geht durch den Regen.

Sie läuft durch die Pfützen, patscht mit den Turnschuhen ins Wasser.

Sie betritt das Chien-Fou. Es ist die letzte Vorstellung von *Nuit rouge*. Der Eingang ist voller Menschen. Man dreht sich nach ihr um. Mit dem Ärmel wischt sie den Regen von ihren Wangen.

Ihre Hose tropft auf den Teppichboden.

Julie und die Jungs sind im Flur, die Gesichter mit Ton beschmiert. Sie sehen sie kommen. Kein Wort für sie. Kein Lächeln.

»Ich suche Odon«, sagt Marie.

»Er sucht dich auch«, gibt Julie zurück, in eisigem Ton.

Greg will auf sie zugehen, doch sie hält ihn fest.

Er wehrt sich nicht.

Marie sagt nichts.

Jeff kommt aus dem Büro. Als er Marie sieht, deutet er ein Lächeln an, bleibt aber, wo er ist.

Er trägt die Digitalis, in Papier gewickelt, einen ganzen Arm voll. Sein Lächeln zittert. Er wendet sich ab, entfernt sich, mit gebeugtem Rücken bringt er die Blumen auf die Bühne.

Im Saal sitzen bereits Zuschauer. Andere kommen und nehmen ihre Plätze ein.

Marie ist kalt.

Feindseligkeit schlägt ihr entgegen.

Trotzdem geht sie weiter.

Odon steht mit einem Bühnenarbeiter in den Kulissen und überprüft das Bühnenbild, das beim Herunterlassen quietscht und stecken bleibt.

In aller Frühe hat er die Jogar angerufen. Sie ist nicht drangegangen. Er hat eine Nachricht hinterlassen, damit sie ihn zurückruft. Er hat gesagt: »Es ist wichtig.«

Als er Marie sieht, lässt er alles stehen und liegen.

»Dass du dich noch hertraust!«

Er nimmt sie am Arm und zieht sie beiseite. Sein Griff ist eisern.

Er ist wütend.

»Warum hast du das getan? Warum? Du wolltest, dass Mathilde spielt, und sie hat gespielt! Was willst du noch?«

Julie und die Jungs versammeln sich im Flur. Auch Jeff ist da, ohne die Blumen.

Der Bühnenarbeiter geht.

Marie stöhnt.

Sie hat die Telefonzelle neben der Bank benutzt. Auf ihrer Karte war noch ein wenig Guthaben. Die Telefonnummer stand in der Zeitung, Lokalredaktion. Das Mädchen am anderen Ende hat ihr zugehört, ohne ein Wort zu sagen. Es war ganz einfach, rasch erledigt.

Das war, bevor sie die Jogar gesehen hatte. Nachdem sie sie auf der Bühne gesehen hatte, bereute sie ihren Anruf. Sie dachte, er habe keine Bedeutung mehr. Telefonanrufe reichen nicht als Beweise.

»Das war vorher...«, ist alles, was sie murmelt.

Vorher, nachher! Odon pfeift drauf.

Er zwingt sie, die Stufen hinaufzugehen, zieht sie auf die Bühne. Ihr Knöchel stößt gegen die Kante einer Stufe. Sie findet sich auf den Knien wieder, das Gesicht am Boden, den Rucksack neben sich, den Fotoapparat an sich gedrückt.

Odon beugt sich vor. Er brüllt nicht, aber seine Worte sind nicht weniger heftig.

»Du wirst dich rächen können, da dir das ja so wichtig zu sein scheint.«

Sie dreht den Kopf. Sieht den Vorhang, den roten Stoff, die dicken Falten.

Sie hört mit Tränen in den Augen das Gemurmel auf der anderen Seite, ein dumpfes Stimmengewirr durch den dicken Stoff.

»Ich wollte nicht...«

»Aber du hast es getan!«

Er presst es heraus.

Dann gibt er Jeff das Zeichen, den Vorhang zu öffnen. Jeff rührt sich nicht.

Odon packt mit einer schnellen Bewegung das Futter, zieht,

und der Vorhang öffnet sich. Nach und nach verstummt das Gemurmel im Saal, bis es still ist.

Alle Blicke sind auf die Bühne gerichtet. Ein Mädchen, allein, am Boden kriechend, in einem so großen Raum.

Marie stützt sich auf die Arme. Sie hebt den Kopf. Über ihr blinkt eine Lampe, ein Wackelkontakt, sie kneift die Augen zusammen.

Im Saal Gesichter. Viele Gesichter.

Sie stammelt ein paar Worte. Man glaubt, sie spielt. Sie fährt sich mit der Hand durchs Haar, sucht etwas, worauf sie ihren Blick richten kann. Zwischen den Kulissen bemerkt sie Julie und die Jungs.

Sie versucht ein Lächeln.

Fest drückt sie ihren Rucksack und ihren Fotoapparat an sich. Sie steht auf.

Sie streicht mit dem Finger über ihre Ringe. Ein Ring für jedes Lebensjahr, in dem Paul nicht mehr da war.

Sie fährt mit der Zunge über den ersten, den an der Lippe. Die Lippe ist weich und feucht. Der Ring kalt.

In die Innenseite des Rings sind Buchstaben eingraviert. Sie nimmt ihn zwischen die Finger, findet die Buchstaben wieder, die Zeichnung des Namens.

Da sind ihr Arm, ihre Hand, die Finger und der Ring. Ein besonderer Geruch und in ihrer Spucke ein Geschmack von kaltem Stahl.

Die Finger klammern sich an den Ring.

Es ist vollkommen still im Saal, als sie zieht. Einmal reicht. Die Lippe zerreißt. Kein Schrei. Blut läuft über ihr Kinn, warm, klebrig. Es tropft auf den Boden. Weitere Tropfen beflecken das Smaragdgrün ihres Polohemds.

Sie öffnet langsam die Finger. Der Ring fällt zu Boden, schlägt auf, rollt.

Bleibt liegen.

Der erste Ring ist entfernt.

Sie weiß nicht, ob man seine Sünden durch den Schmerz sühnt.

Sie denkt an Gregs Kuss auf diesen Mund, der jetzt entstellt ist. Der Drang zu lachen steigt in ihre Kehle, bahnt sich einen Weg, öffnet ihre Lippen einen Spalt, wie eine Pflugschar. Sie lacht mit ihren sabbernden Lippen, die Arme schließen sich über ihrem Rucksack.

Im Saal herrscht verlegene Stille. Es handelt sich bestimmt um Filmblut. Einstudierten Wahnsinn. Zaghafter Applaus.

Marie weicht mit dem Lächeln einer Geschundenen zurück. Jeff schließt in aller Eile den Vorhang.

Julie und die Jungs treten zur Seite, um sie vorbeizulassen. Sie folgen ihr mit den Augen.

Odon geht.

Julie blickt sich verwirrt um. In fünf Minuten beginnt die Vorstellung.

Sie gibt Jeff ein Zeichen. Sie nimmt ihre Position ein, blass, angespannt.

Auf dem Bühnenboden dunkle Tropfen.

Marie geht in den Flur. Ihr Mund schmerzt. Ihr Knöchel ebenfalls. Sie humpelt, als sie an den Garderoben vorbeigeht.

Die Tür von Odons Büro steht offen.

Sie geht weiter, eine Hand an der Wand, öffnet die Tür, die auf den Platz führt. Der Regen hat aufgehört, es war nur ein Schauer, die Leute kommen schon wieder heraus. Das Wasser läuft die Rinnsteine entlang, es hat die Luft kaum abgekühlt, trägt nun den Staub mit sich fort.

Es ist nur ein Aufschub. Über den Dächern grollt der Donner.

Marie bleibt auf der Schwelle stehen. Es herrscht reges Treiben, überall, auf dem Platz, auf der Terrasse, ein Kastagnettentänzer nutzt die Atempause, Schaulustige umringen ihn.

Marie muss diese Menschenmenge durchqueren und dann noch durch die Straßen gehen, um in ihr Zimmer zu gelangen.

Sie schafft es nicht. Als wäre ihr das Gehen unmöglich geworden. Mit herabhängenden Armen steht sie da. Passanten drehen sich um, sehen sie entsetzt an.

Es würde schon reichen, wenn sie sie nicht anblicken würden. Der Mut schöpft seine Kraft manchmal aus der Gleichgültigkeit. Ein Kind nähert sich, es hält ein riesiges Eis in der Hand. Gerade mal fünf. Es ist allein. Zwei rosafarbene Kugeln auf der Waffel. Es starrt Marie an, die Hand leicht geneigt.

Und es beginnt zu weinen. Große schwere Tränen. Geräuschlose Tränen.

Eine Frau kommt angelaufen, als sie Maries Gesicht sieht, nimmt sie die Hand des Kindes.

Das Eis fällt zu Boden.
Marie weicht zurück.
Sie dreht um, geht wieder in den Flur.
Auf dem Pflaster zwei geschmolzene rosafarbene Kugeln.

N*uit rouge* geht zu Ende, eine letzte traurige Vorstellung, beherrscht von Maries gespenstischem Schatten.

Jeff wartet in den Kulissen, um das Finale zu untermalen, eine Aufnahme, auf der man minutenlangen Regenfall hört. Eine perfekte Illusion.

Damien beginnt seinen letzten Monolog, die Hand zum Himmel erhoben. »Jetzt, da das Gewitter losbricht, kann der Regen den Nomaden ertränken, der ich bin...«

Noch bevor er den Satz beenden kann, lässt ein echter Donnerschlag die Mauern erzittern, und der Regen prasselt auf die Stadt nieder. Die Zuschauer blicken zur Decke, als würde das Gewitter alles verschlingen. Die Wirklichkeit dringt in die Fiktion ein, verbindet sich mit ihr. Für einen kurzen Augenblick weiß das Publikum nicht mehr, ob es im Saal ist oder auf dem Hügel von *Nuit rouge*. Wo sind wir? Alle scheinen sich das zu fragen. Was dann geschieht, ist verwirrend, magisch. Sie stehen auf. Standing Ovations!

Damien legt die Hände auf Julies Nacken und streicht ihr das Haar aus dem Gesicht. Er nähert seine Lippen ihrem tonverschmierten Mund. Umarmt sie fest, schmiegt sich an sie.

Ringsumher mischt sich der ohrenbetäubende Lärm des Regens in den Beifall des Publikums und die Donnerschläge.

»Liebst du mich?«

»Ja, ich liebe dich...«

Ihre Augen sind geöffnet.

Greg geht, er will Marie finden, sucht sie draußen, auf dem

Platz, in den Straßen. Er hat sie durch den Flur fortgehen, verschwinden sehen. Er geht zu Isabelle hinauf. Sie ist nicht in ihrem Zimmer. Er läuft durch die Stadt, sucht sie auf den Bahnsteigen des Bahnhofs.

Er findet sie nirgends.

Als er zum Chien-Fou zurückkehrt, sind die Türen verschlossen, und drinnen brennt kein Licht mehr.

Odon läuft durch die Stadt. Impasse Colombe. Er sucht zwielichtige Bars auf, Clubs und Nachtbars.

Tiefe Räuberhöhlen.

Kloaken.

Rue Dévote, ein dunkles Mädchen zwischen zwei Mülleimern. Ein Engelsgesicht, eine Spritze in der Hand. Der Arm noch abgebunden.

Er geht an ihr vorbei, kehrt um, löst die Binde.

Die Türen der Église Saint-Pierre sind verschlossen. Es ist schon lange dunkel.

Er zögert und ruft dann Mathilde an.

Er weckt sie nicht.

Sie ist in einer Bar, in der Nähe der Place des Carmes. Ein tristes Café in einer dunklen Gasse, eine fensterlose Wand. Er geht zu ihr.

Ihre stark geschminkten Augen starren auf ein Glas.

»Warum bist du hier, an einem solchen Ort?«

»Ich mag solche Orte.«

Er legt einen Schein auf den Tresen. Der Wirt legt ihn in die Kasse.

»Lass uns gehen«, sagt er.

Die Jogar rührt sich nicht. Sie reibt den Tisch mit ihrem Daumen.

»Ich hatte Besuch von zwei Journalisten…«

Er kehrt zu ihr zurück.

Mit dem Finger zeichnet sie auf dem Tisch Spuren im Wasser.

»Sie haben unten auf mich gewartet, heute Morgen, ganz früh. Sie haben von *Anamorphose* und Selliès gesprochen. Sagten, es seien Gerüchte im Umlauf... Sie haben mich gefragt, ob ich für diese Gerüchte eine Erklärung hätte.«

»Und was hast du geantwortet?«

»Dass ich keine Erklärung hätte. Das sei nichts als Gerede, ich habe es auf die leichte Schulter genommen, aber ich habe das Gefühl, sie haben mir nicht geglaubt.«

Er streckt die Hand aus, zwingt sie, den Kopf zu drehen.

Sie versucht ein unsicheres Lächeln.

»Es war Marie, nicht wahr? Warum hat sie das getan?«

Er weiß es nicht.

»Sie hat die Zeitung angerufen, bevor sie dich spielen sah. Hinterher hätte sie es nicht mehr getan. Du hast sie völlig durcheinandergebracht...«

Die Jogar trinkt aus.

Dann war es also ein blöder Zufall, denkt sie.

Odon starrt auf seine Hände.

»Ich habe mehrmals versucht, dich anzurufen, aber du bist nicht drangegangen.«

Sie sagt, dass sie ihr Handy ausgeschaltet habe. Dass sie zum Grab ihrer Mutter gegangen sei.

Er erzählt ihr, was im Theater mit Marie vorgefallen ist. Von ihrem Streit. Dass sie sich den Ring ausgerissen hat, erwähnt er nicht.

»Ich habe Nathalie getroffen, sie hat mir versprochen, alles zu tun, damit die Sache nicht publik wird.«

Er sagt es schnell, ohne sie anzusehen. Er weiß, dass es sie verletzt, wenn er von Nathalie spricht.

Die Jogar lächelt, kratzt mit dem Fingernagel zwischen zwei Vorderzähnen, als wollte sie sie zur Seite schieben.

Sie tut es lange.

»Dann rettet mich also deine Frau…«
»Sie wird bald nicht mehr meine Frau sein.«
Sie errötet.
»Ich bin unmöglich, verzeih mir…«
Er bedeckt seine Augen mit den Händen.
»Was wirst du tun?«, fragt er.
»Ich weiß nicht… Abwarten und sehen.«
Sie presst ihre Lippen auf das Glas. Verharrt eine ganze Weile in dieser Position. Stumm.
Sie denkt über die Konsequenzen nach.
»Ich möchte, dass du einen Text für mich schreibst«, sagt sie.
Odon schüttelt den Kopf.
Mit dem Finger zieht sie die Wassertropfen in die Länge, die auf den Tresen gefallen sind.
»Dann möchte ich, dass du alt bist…«
»Ich bin alt.«
»Ich möchte, dass du hässlich bist.«
»Ich bin auch hässlich.«
»Dass du noch hässlicher bist…«
Er lächelt, möchte aber viel lieber heulen, und das erkennt man in seinen Augen.
Der Wirt lässt die Rollläden herunter. Stellt die Stühle auf die Tische. Macht die Lichter im Raum aus, lässt nur die über der Bar brennen.

Durch den Regen ist die Rhone träger geworden, sie hat eine schlammige Farbe angenommen. Ocker-, Beigetöne, ein abgestandener Geruch. Ebenfalls niedergedrückt von der Hitze, fließt sie phlegmatisch dahin.

Odon weiß nicht mehr, wie er sich Marie gegenüber verhalten soll.

Er kehrt nach Hause zurück.

Er überquert die Brücke und geht am Fluss entlang. Erschöpft von dem Abend. Von der Nacht.

Auf dem Steg findet er Big Mac. Hält ihn für einen Stein. Er bückt sich. Die Kröte ist ganz trocken, obwohl es geregnet hat.

Er hebt sie auf, starr liegt sie auf seiner Handfläche.

Gestorben im Regen. Oder durch den Regen. So viel Wasser, nach so viel Hitze.

Er bringt Big Mac ans Ufer zurück.

In der Nacht beerdigt er ihn. Ein Loch, das er mit den Händen gräbt. Er legt die Kröte hinein und bedeckt sie mit Erde.

Es kommt ihm vor, als beerdige er einen Teil seiner selbst, stöhnt vor Schmerz.

Er setzt sich ans Klavier. Alles tut ihm weh. Seine Finger zögern, finden die Töne wieder, er spielt das Requiem von Mozart.

Ein Requiem für den Tod einer Kröte.

»Gute Fahrt, Monsieur Big Mac!«

Er schlägt den Klavierdeckel zu. Etwas zu heftig. Es knallt. Der Lärm hallt in seinem Kopf und in der Stille ringsum.

Er geht in die Küche, sucht eine Flasche, findet einen Rest Gin.

Er geht an Deck.

Betrachtet die Stadt. Diese fast perfekte Sicht, die er auswendig kennt.

Die Jogar ist noch ein paar Tage in der Stadt. Vor ihrem Hotel zögerte er. Sie sagte: »Du könntest mit hinaufkommen, wir könnten uns das gönnen …«

Er wollte nicht.

Sie wandte sich ab.

Er steckt die Hand in die Tasche, findet seine Zigaretten, einen runden Gegenstand zwischen seinen Fingern, er betrachtet ihn im Licht. Getrocknetes Blut auf einem Goldring. Der Name Paul eingraviert. Er hat den Ring aufgehoben, nachdem er über die Bühne gerollt war.

Er legt ihn auf das Klavier.

Trinkt.

Er denkt an Selliès. Das Schreiben und der Tod, diese Verbindung, diese Obsession.

Er zieht das Klavier. Er hätte Mathilde folgen, eine Nacht, eine Stunde mit ihr verbringen sollen. Die Füße zerkratzen das Deck. Kalter Schweiß rinnt sein Kreuz entlang. Er drückt seine Stirn gegen das schwarz lackierte Holz. Er bringt es einfach nicht fertig, solche Dinge zu tun, einfache Dinge, ohne große Bedeutung. Julie sagt, man müsse einen Schlussstrich ziehen können. Julie ist jung, sie kann noch viele Schlussstriche ziehen.

Er hätte ganz einfach mit jemandem schlafen und sich mit der Person wohlfühlen können.

Er schiebt das Klavier weiter. Hebt es hoch, bringt es ins Gleichgewicht, ein Teil auf dem Deck, der andere über dem Fluss.

Marie sagt, man töte Elefanten, um Tasten aus Elfenbein zu machen. Er will nicht an sie denken. Er versetzt dem Instrument Fußtritte, unter den Stößen vibrieren die Saiten, ein unheimlicher Akkord. Das Geräusch von Wasser. Das Klavier fällt, treibt. Stößt gegen den Rumpf. Es geht nicht unter.

Odon atmet tief durch, auf die Reling gestützt.

Das Klavier liegt eine Weile reglos im Wasser, dann löst es sich, die Wellen lecken an ihm, die Strömung reißt es mit. Es erinnert an ein totes Tier, ein treibendes Gerippe. Entfernt an einen Mann mit dickem Bauch.

In der Mitte des Flusses angekommen, beginnt es sich zu drehen, in immer engeren Kreisen, bis es schließlich verschwindet.

Marie hat das Theater nicht verlassen. Auf dem Platz waren zu viele Menschen, zu viele Blicke.

Sie blieb lieber im Flur.

Als sie Schritte hörte, ging sie ins Büro und versteckte sich hinter der Tür.

Die Schritte kamen näher. Sie blickte sich um. Hinter ihr nur die Wendeltreppe zum oberen Stock.

Sie stieg hinauf.

Seitdem hält sie sich versteckt.

Ihre Lippe schmerzt, sie ist geschwollen. Ein stechender Schmerz, der in ihren Mund ausstrahlt. Auf einer kleinen Ablage ein Rasierer, Rasierschaum, Seife. Sie betrachtet ihr Gesicht im Spiegel über dem Waschbecken.

Vorsichtig wäscht sie das getrocknete Blut von ihrem Kinn. Der Ring ist über die Bühne gerollt, sie hat ihn nicht aufgehoben.

Sie geht zum Fenster. *Nuit rouge* ist seit langem zu Ende. Im Restaurant de l'Épicerie sitzen noch Leute.

Sie hat Greg fortgehen sehen, er war allein, ohne die anderen.

Er kommt zurück, immer noch allein, überquert den Platz, nähert sich der Tür. Sie macht einen Schritt nach hinten. Er könnte aufblicken und ihren Schatten sehen. Das will sie vermeiden.

Nach dem Leben kommt der Tod, sagte ihr Bruder. Und davor? Davor ist früher, sagte er. Der Tod auch, vielleicht... Und die Erinnerung ist alles, was danach kommt.

Sie schiebt ihre Uhr unter die Matratze. Sie schläft. Träumt von Judas, aber Judas ohne die Jünger. Er geht allein durch einen Wald. Sie hat noch andere Träume.

Sie wacht auf. Der Raum wird von den Laternen auf dem Platz erhellt.

Während sie geschlafen hat, ist ihre Lippe noch mehr geschwollen, im Spiegel sieht sie blau aus.

Alles ist ruhig.

Sie blickt aus dem Fenster. Die schmutzige Scheibe beschlägt von ihrem fiebrigen Atem.

Marie geht hinunter. Mit vorsichtigem Schritt. Selbst in einem leeren Theater muss sie aufpassen, dass die Stufen nicht knarren.

Sie macht kein Licht.

Sie nimmt das Feuerzeug und die Streichhölzer von Odons Schreibtisch. Geht in den Flur und durchquert ihn im Schein der Flamme.

Auf der Bühne kniet sie sich hin und sucht den Ring. Mit der flachen Hand. An der Stelle, wo er zu Boden gefallen ist, und drum herum. Er ist gerollt.

Sie sucht ein Stück weiter weg. Überall.

Der Boden riecht nach Schweiß und Staub. Das Holz fühlt sich glatt an. Sobald sie den Ring gefunden hat, wird sie ihn wieder in die Lippe stecken. Es wird wehtun.

Das Feuerzeug erlischt.

Marie entzündet ein Streichholz. Sucht im Schein der Flamme. Das Streichholz erlischt. Sie entzündet ein zweites. Bald sind keine Streichhölzer mehr in der Schachtel.

Sie sucht in der Dunkelheit, nur mit den Händen.

Ein grünes Nachtlicht brennt über der Tür, die auf die Straße hinausgeht.

Ihr Rucksack liegt auf dem Regal, der Fotoapparat auf dem Bett.

Sie kehrt ins Büro zurück.

Dort findet sie ein angebrochenes Päckchen M&Ms. Sie steckt eine Erdnuss in den Mund, lässt die Schokolade schmelzen.

Sie ist müde.

Sie wird noch etwas schlafen, eine Stunde oder zwei. Am Morgen wird sie das Theater vor Sonnenaufgang verlassen. Sie wird direkt zum Bahnhof gehen. Sie pfeift auf ihre Sachen. Später wird sie Isabelle anrufen.

Der Digitalisstrauß steht in einer Vase auf dem Schreibtisch. Die Stiele im Wasser. Das Wasser ist leicht trüb. Jeff macht es immer so, nach der Vorstellung sammelt er die Blumen ein und stellt sie für den nächsten Tag in die Vase.

Wenn sie verwelkt sind, ersetzt er sie durch neue.

Blumen wie Lampenschirme. Marie hat sie auf der Bühne gesehen. Sie hat sie in Julies Händen gesehen. Doch immer nur aus der Ferne. Aus der Nähe sind sie noch schöner. Es sind Blütengirlanden, schwere Trauben, die an den Stielen herunterhängen, sie erinnern an Glocken.

Sie atmet den Duft ein.

Sie nimmt den Strauß aus dem Wasser und geht nach oben.

Sie legt die Blumen aufs Bett.

Sie geht zum Spiegel und entfernt alle Piercings. Eines nach dem anderen. Sie nimmt sie heraus und legt sie neben den Rasierer auf die weiße Ablage.

Sie trinkt Wasser. Macht ein Foto von den Ringen und dem Stift auf der Ablage.

Sie geht zur Matratze zurück.

In ihrem Rucksack liegen die Brötchen, die sie im La Mirande mitgenommen hat. Etwas hart. Dazu die Marmelade. Sie kaut vorsichtig.

Das Licht von draußen zeichnet ein helles Quadrat auf den Boden. Nachtfalter fliegen gegen die Scheiben. Das Geräusch von Flügeln und Körpern, die gegen das Glas schlagen. Sie überlegt, ihnen aufzumachen.

Sie rührt sich nicht von der Stelle.

Sie legt sich auf das Parkett, in das Lichtquadrat. Zeichnet mit dem Staub.

An der Wand lehnt eine Mühlenleiter. Oben eine Klappe.

Ein Speicher unter dem Dach. Marie könnte von dort aus die Sterne sehen. Vielleicht ... Manchmal gibt es Öffnungen in den Dächern, die zum Himmel gehen.

Sie greift sich ihren Rucksack.

Die Blumen nimmt sie mit.

Sie umklammert mit der Hand das Geländer. Steigt zehn Sprossen hinauf.

Es ist ein merkwürdiger Raum mit einer Truhe, allem möglichen Krempel und zwei Fenstern. Ein Bett mit einer karierten Überdecke.

Marie legt den Strauß auf das Bett.

Den Rucksack.

An der Decke Hunderte von Glühbirnen, dicht an dicht. Verstaubt, die Kabel durcheinander, sie überschneiden sich. Marie blickt nach oben, streckt die Hand aus, berührt die Wölbung des Glases, die glatte, runde Oberfläche.

Sie geht zum Fenster. Die Place Saint-Pierre ist menschenleer. Die Kirche wirkt riesig.

Der Kronleuchter aus böhmischem Glas liegt in einer Ecke. Sie bückt sich, steckt die Finger zwischen den Kristallbehang. Nimmt die geschliffenen Glasstücke, hebt sie hoch, sie sind mandel- und tränenförmig.

Marie betrachtet die Nacht.

Sie setzt sich auf das Bett, den Blick auf die erloschenen Glühbirnen gerichtet. Ist ihr Bruder zum Schweigen verurteilt? Sie weiß nicht, ob es darauf eine Antwort gibt. Sie glaubt, dass sie verrückt sei, den Himmel zu betrachten und sich zu wünschen, dass jemand antwortet.

Sie zählt die Glühbirnen. Es sind zu viele, sie verliert die Lust.

Sie fährt mit dem Finger über die Wunde. Die Lippe tut nicht mehr weh.

Das Foto ist mit Heftzwecken unter dem Fenster befestigt. Die Ecke ist dunkel. Sie hat keine Streichhölzer mehr.

Rechts neben der Tür findet sie Steckdosen. Ein verstaubtes gelbes Kabel. Sie steckt es in den Stecker und blickt zu den Glühbirnen. Sie wartet. Nichts geschieht. Sie wechselt die Steckdose. Ein erster Funke blitzt auf, ein zweiter und dann noch einer. Winzige Fünkchen, die über den Boden kriechen.

Es knistert in der Steckdose, und die Glühbirnen leuchten auf.

Plötzlich, heftig.

Ein grelles weißes Licht.

Marie reißt die Augen auf. Es ist wunderschön! Die Decke verschwindet in all diesem Licht. Maries Gesicht.

Sie hört ein Knistern im Kabel, ein paar Glühbirnen knallen, andere blinken, dann erlischt alles.

Mit einem Mal ist es dunkel. Marie berührt das Kabel, und das Licht kehrt zurück.

Sie kriecht zu dem Foto. Es ist eine Schwarzweißaufnahme, ein Vogel, der inmitten von Kugeln fliegt. Eine liegende Schrift, mit schwarzem Filzstift geschrieben: »Libanon, Januar 1976.«

Lange betrachtet sie das Foto im Blinklicht der Lampen.

Sie haben den Körper ihres Bruders in einem Pappsarg verbrannt. Im Park nebenan sägte ein Typ einen Baum mit einer Motorsäge ab. Der Raum war weiß gestrichen, ganz frisch, die Mutter trug Schwarz.

Alle gingen hinaus, liefen unter den Bäumen. Marie blickte hoch und sah den Rauch. Ein kalter Nieselregen fiel. Bei achthundert Grad werden die Knochen zu Asche, hatte sie in einem Prospekt gelesen.

Das Geräusch, die Farben, alles ist in ihrem Kopf, sie kann es nicht vergessen.

Sie setzt sich wieder neben den Kristalllüster.

Schließt die Augen. Hört den Regen, vielleicht ist es auch das Knistern des Stroms in den alten Kabeln.

Das Licht hinter ihren Lidern.

Sie drückt den Digitalisstrauß an sich. Legt ihn auf ihre Knie. Das Licht lässt das Purpur der Blütenblätter vibrieren. Sie sehen aus, als wären sie aus Samt.

Mit den Fingern streicht sie über die Blüten.

Sie entfernt ein erstes Blatt und atmet den Duft ein. Steckt es zwischen die Lippen. Zerkleinert es mit den Zähnen. Der Saft ist bitter. Sie kaut. Schiebt mit dem Finger nach, zwingt sich zum Schlucken, so wie sie sich bei der Asche gezwungen hat.

Sie entfernt ein zweites Blatt.

Sie lehnt den Nacken an die Wand und betrachtet die Lichter an der Decke, die Glühbirnen strahlen wie Tausende von Sternen.

Sie gehen nicht mehr aus. Sie so intensiv anzustarren tut weh in den Augen.

Sie zieht den Kronleuchter zu sich, streichelt die Kristalltränen.

Sie schluckt.

Mehrmals. Die Blätter sind giftiger als die Blüten.

Acht Gramm reichen aus, hat Julie gesagt.

Das Licht durchdringt den Kronleuchter.

Sie entfernt ein weiteres Blatt.

Julie und die Jungs treffen sich nach der Vorstellung auf dem Kahn. Mit Jeff und Odon. Yanns Freundin ist ebenfalls da. So ist es jedes Jahr, nach der letzten Vorstellung essen sie alle gemeinsam zu Abend. Gewöhnlich ist es ein Augenblick der Entspannung nach den Anspannungen des Festivals.

Greg ist nicht da, er sucht Marie.

Jeff hat einen Fisch mit weißem Fleisch zubereitet. Eine Art Karpfen, den er aus dem schlammigen Wasser des Flusses geangelt hat. Er hat ihn mit grobem Salz bedeckt. Er stellt die Platte auf den Tisch.

Auch er macht sich Sorgen. Er spricht fast nicht, ein paar wenige Worte.

Das Salz hat sich im Ofen in eine dicke Kruste verwandelt. Das Fleisch ist zart, schmeckt aber nicht besonders. Trotzdem verteilt er den Fisch zu gleichen Teilen.

Es hat Streit gegeben. Es wird weiteren geben. Julie versucht zu essen, das Fleisch widert sie an. Sie isst, um Jeff eine Freude zu machen.

Jeff blickt zur Brücke.

Die Jungs machen ihre Scherze beim Bier. Odon ist angespannt. Julie beobachtet ihn verstohlen. Sie weiß nicht, was mit Marie passiert ist. Sie spürt, dass es ernst ist.

»Wo ist das Klavier?«, fragt sie und deutet auf die leere Stelle.

Odon antwortet nicht.

Die Luft trägt einen starken Eisenkrautduft heran.

Sie reden über das Salz, das zerfrisst und vernarben lässt, Aktion und Reaktion, wie das Feuer, das wärmt und zerstört. Licht- und Schattenseite, Gut und Böse, Liebe und Hass. Die Widersprüche sind überall, in allem. Sie sprechen über das Festival, das die Stadt erschöpft, sie in höchstem Maß zur Verzweiflung gebracht und dennoch die Hoffnung nicht völlig zerstört hat, dass eine Einigung vielleicht noch möglich sei.

Nur vielleicht.

Greg kommt. Er sagt, er habe Marie nicht gefunden. Er habe sie überall gesucht.

»Sie ist nirgends.«

»Hast du eine Idee?«, fragt er Odon.

Odon hat keine Ahnung. Sein Gesicht ist finster, er will nicht über seinen Streit mit Marie reden. Wollte er es ihnen erklären, müsste er über *Anamorphose* sprechen. Und auch über die Jogar.

Yann sagt, dass sie schon wieder auftauchen werde. Oder dass sie nach Hause gefahren sei.

Julie lässt ihr Päckchen Bidis herumgehen, kleine Zigaretten aus Indien, Tabak, eingerollt in ein Tendublatt, das von einem Baumwollfaden zusammengehalten wird.

Sie hat auch Eis mitgebracht.

Alle leeren ihre Schalen. Lecken die Behälter aus, rauchen weitere Bidis.

Yann verabschiedet sich mit seiner Freundin. Die anderen folgen. Damien drückt einen Kuss auf Julies Lippen und geht ebenfalls.

Julie bleibt allein mit ihrem Vater. Sie stützt sich auf die Reling.

Sie hat keine Lust, über Marie zu reden. Sie hat etwas anderes auf dem Herzen.

»Damien und ich, wir haben ein Kind gemacht.«

Julie sagt, dass sie ein Kind trägt. Ein nur wenige Stunden altes Kind.

Sie ist sich dessen sicher.

Sie sagt: »Ein Kind für eine bessere Welt, wir haben es heute Nacht getan.«

Odon stellt sich neben sie. Er starrt auf den Fluss.

»Du wirst ihn Jesus nennen, und er wird Zimmermann sein?«

Er atmet langsam, die Luft hebt seine Brust. In seiner Lunge die Gerüche des Flusses.

Er erinnert sich an die ersten Blicke, als Nathalie ihm sagte, sie erwarte ein Kind. Als er ihren Bauch berührte, wusste er, dass es ein Mädchen sein würde. Sie machte sich über ihn lustig, sagte: »So etwas kann man nicht erraten.«

Er starrt weiter auf den Fluss.

»›Die Frauen gebären rittlings auf dem Grab‹, Beckett hat das gesagt.«

»Beckett ist ein Idiot, Papa...«

Er lächelt leise.

Die Lichter der Laternen spiegeln sich im Wasser, die Touristenschiffe haben am gegenüberliegenden Ufer festgemacht, immer noch strahlend wie Weihnachtsbäume.

Sie lehnt den Kopf an die breite Schulter ihres Vaters.

»Wir werden auch heiraten...«

Alles vermischt sich, der Geruch des Flusses, der des Eisenkrauts und Julies Enthüllungen.

»Streckst du die Waffen nicht ein wenig früh?«, fragt er.

Der Ton ist kühl. Er bedauert, dass er so ist, so unangenehm. Er zieht sie langsam zu sich. Ist es die Tatsache, dass er sie verliert, die so wehtut? Er fühlt sich plötzlich allein wie ein Stein.

Er umarmt sie fest.

»Ich liebe dich so ... Ich hätte dich ganz allein haben können. Ohne deine Mutter. Dich zeugen, so sehr wollte ich dich.«

Sie lächelt an seiner Schulter, mit feuchten Augen, ihre Stimme zittert.

»Du hättest mich geschaffen wie ein Gott, mit etwas Erde und Wasser?«

»Mach dich nur über mich lustig.«

»Ich mache mich nicht lustig, Papa, ich mache mich nicht lustig ...«

Damien wandert allein durch die Stadt. Die Nacht ist mild, er hat keine Lust, nach Hause zu gehen.

Julie hat gesagt, dass sie auf dem Kahn schlafen würde.

Er denkt über sein Leben mit ihr nach. Sie könnten ein Haus haben, weit weg vom Fluss.

Er geht durch die Gässchen ins Zentrum. Der Platz vor dem Papstpalast ist ruhig, die Gittertore der Gärten sind geschlossen. Er setzt sich auf die Terrasse, es ist niemand mehr da, die Tische sind mit Ketten gesichert. Er betrachtet den leeren Platz. Anschließend kehrt er in das alte Viertel zurück.

Als er sich dem Theater nähert, sieht er Rauch vom Dach emporsteigen. Leute gehen in die Richtung, er folgt ihnen.

Er hört Lärm, geht schneller, erreicht den Platz.

Vor dem Chien-Fou herrscht Gedränge, eine Menschenansammlung, alle blicken nach oben.

Eines der Fenster unter dem Dach steht weit offen. Ein Feuerwehrmann beugt sich hinaus, sein Helm glänzt im Licht der Laternen.

In dieser Festivalstadt könnte man glauben, es handele sich um eine Aufführung.

Andere Feuerwehrmänner drängen die Schaulustigen zurück. Ein Scheinwerfer taucht die Fassade in helles Licht.

Die Bewohner des Viertels sind alle aus ihren Häusern gekommen, manche mit besorgten Gesichtern. Andere sind lediglich neugierig.

Das Blaulicht eines Polizeiwagens. Ein Krankenwagen neben der Tür.

Damien nähert sich. In der Menge erkennt er den jungen Mann, der jeden Mittag die Bäckerei betritt.

Er geht zu ihm.

»Was ist los?«, fragt er.

»Dort oben ist Feuer ausgebrochen«, antwortet der junge Mann.

Er deutet auf das Fenster. Beißender gelber Rauch quillt heraus. Keine Flammen mehr. Das Wasser hat sie bereits gelöscht.

»Sie sind noch rechtzeitig gekommen«, sagt er. »Das Feuer hat nicht auf das Dach übergegriffen.«

Damien bleibt neben dem jungen Mann stehen. Er holt sein Handy aus der Tasche und ruft Odon an.

»Ein Nachbar hat die Feuerwehr angerufen«, sagt der junge Mann. »Er hat Lichtschein gesehen, flackernde Lichter hinter den Fenstern, er sagte, es würden blinken.«

Ein Mädchen vor ihnen dreht sich um.

»Sie haben dort oben jemanden gefunden«, murmelt sie.

Damien steckt sein Handy ein. Er sieht das Mädchen an. Es ist die junge Frau, die er nur zehn Minuten nach dem jungen Mann die Bäckerei betreten sieht.

Er ist sich ganz sicher.

Der junge Mann steht neben ihm.

Sie sind beide da.

Ein Feuerwehrmann kommt aus dem Theater. In schwarzen Stiefeln. Zwei weitere folgen mit einer Trage.

Alle treten zur Seite. Gemurmel steigt aus der Menge auf.

Die junge Frau tritt zurück. Sie steht jetzt neben dem jungen Mann.

Sie stehen nebeneinander, ohne sich zu rühren.

Die Trage kommt vorbei.

Odon weckt Julie.

Er sagt, es gebe ein Problem im Theater. Sie springen in den Wagen, einen alten Scénic. Er fährt schnell.

Nach wenigen Minuten hält er vor dem Theater, genau in dem Augenblick, als die Trage im Krankenwagen verschwindet.

Er steigt aus dem Auto.

Er sieht es.

Er sieht die Feuerwehrmänner und dann Damien, der auf ihn zukommt.

Die Feuerwehrleute haben Maries Körper neben dem Kristalllüster gefunden. Sie haben gesagt, dass er von den Flammen verschont worden sei. Sie haben von Rauch und Erstickung gesprochen.

Ein Mädchen. Ein grünes Polohemd.

Odon nähert sich, murmelt Worte, die keiner versteht. Ein Gendarm sagt etwas zu ihm.

Er hört ihn nicht. Sein Kopf ist von einem lauten Summen erfüllt.

Die Feuerwehrleute schieben Marie in den Krankenwagen. Er fährt geräuschlos weg. Für einen Moment rührt sich niemand auf dem Platz.

Odon steht mit herabhängenden Armen vor dem Theater.

Einige der Schaulustigen gehen nach Hause. Andere bleiben. Nachbarn, Leute aus dem Viertel.

Damien nimmt Julies Hand.

Sie schmiegt sich an ihn, in seine Arme. Vergräbt den Kopf an seiner Schulter. Er streicht ihr übers Haar.

Dicke Tränen treten aus ihren Augen und laufen seinen Hals hinab.

Der junge Mann und die junge Frau stehen noch da. Er mit träumerischem Blick. Sie mit den Händen auf den Falten ihres Rocks.

Damien beobachtet sie.

Noch kennen sie sich nicht.

Sie sprechen zum ersten Mal miteinander.

Das Gesicht des jungen Mannes ist ein wenig nach vorn geneigt.

Das Gesicht der jungen Frau.

Mit den Augen folgen sie dem Krankenwagen, der Marie wegbringt. Als er verschwunden ist, stehen sie noch immer da.

Sie haben die Tür eingetreten, um sich Zutritt zu verschaffen. Im Flur ist Wasser. Spuren von Schritten, Stiefeln.

Im Büro ist nichts angerührt worden.

Wasser auch auf dem Fußboden im ersten Stock.

Odon geht zum Waschbecken. Die Ringe liegen nebeneinander. Auf dem Handtuch ist etwas Blut.

Marie ist hier gewesen, hat sich versteckt, verkrochen.

Auf dem Dachboden ist das Fenster offen. Überall Wasser aus den Schläuchen. Auf dem Boden Glassplitter.

Die Steckdose ist schwarz, das Kabel verbrannt.

Es riecht nach kaltem Rauch. Ein beißender Plastikgeschmack klebt ihm im Hals.

Die alte Holztruhe. Darin Kostüme, alte Decken, alles verbrannt. Das Foto des Vogels, der inmitten der Kugeln fliegt, ist verschwunden.

Der Kristalllüster. Hier haben die Feuerwehrmänner Marie gefunden.

Ihr Fotoapparat liegt auf dem Bett. Vergessen. Er nimmt ihn, dreht ihn, entfernt die Schutzkappe, schraubt sie wieder drauf.

Neben dem Lüster der Digitalisstrauß.

Die Blumen liegen auf dem Parkett. Die Stiele, abgerissene Blätter.

Odon bückt sich. Hebt eine Blume auf. Sie standen in der Vase im Büro.

Er begreift. Es ist offensichtlich. Er setzt sich auf den Bettrand, nimmt den Kopf zwischen die Hände. Marie ist nicht erstickt.

Wollte sie wirklich sterben, oder glaubte sie, es sei wie im Theater, ein einfaches Spiel?

Er lässt sich Zeit. Zerquetscht die Blume in der Hand.

Als er aufblickt, ist Julie da, auch sie hat begriffen.

Die Nacht auf dem Kahn ist lang. Odon findet keinen Schlaf. Er steht mehrmals auf, geht nach oben, wandert auf Deck hin und her, mit schweren Lidern. Pafft Zigaretten.

Maries Gesicht geht ihm nicht aus dem Kopf.

Die Stunden ziehen sich endlos bis zum Morgen.

Jeff kommt um kurz nach acht. Er wirft nicht wie sonst die Zeitung auf den Tisch. Er nimmt den Helm nicht ab. Alles ist anders, seine Bewegungen, seine Blicke.

Er sagt kein Wort.

Odon schlägt die Zeitung auf.

Innen ein kurzer Artikel über das Feuer, aber kein Wort über Marie.

Odon trinkt seinen Kaffee.

Jeff versucht die Blumen zu gießen. Seine Füße schlurfen über das Deck. Er räumt die Töpfe weg, die Pinsel, beginnt tausend Dinge, ohne irgendetwas zu beenden.

Jede seiner Bewegungen drückt seinen Schmerz aus.

Der Fluss strömt ruhig dahin, führt Blätter mit sich, fließt unter der Brücke hindurch. Ein neuer Tag, der sonnig zu werden verspricht.

Jeff nimmt die Hacke und geht ans Ufer. Wortlos.

Purpurfarbene Digitalis, die schönsten, die giftigsten. Hier pflückte er sie für die Vorstellung, goss sie, damit sie blühten.

Die Digitalis gedeihen im feuchten Schatten unter den Bäumen, ein ganzes Beet. Sie sind lebendig, sie bringen den Tod.

Er packt den Griff mit beiden Händen, hebt die Hacke hoch über seinen Kopf und lässt sie entschlossen niedersausen.

Ein zweiter Hieb, er löst einen Klumpen Erde. Der Saft rinnt aus den verletzten Stielen.

Odon hört ihn stöhnen.

Trotz der Hitze macht er weiter. Ein Hieb, ein zweiter. Er legt die Wurzeln frei, reißt sie heraus, auf der ganzen Länge des Beetes. Nach kurzer Zeit ist der Boden übersät. Er zertrampelt, was er herausreißt, murmelt Worte, die wie Gebete klingen.

Es dauert lange. Odon hat das Gefühl, es seien Stunden.

Er sagt nichts.

Er hindert ihn nicht daran.

Er bleibt einfach an Deck und schaut zu.

Die Gendarmen kommen am frühen Nachmittag ins Theater. Odon empfängt sie in seinem Büro. Sie reden über das Feuer, den Kurzschluss, die völlig veraltete Installation.

Sie sagen, Marie habe sich vergiftet, indem sie Digitalisblätter gegessen habe. Sie hätten den Strauß neben ihrem Körper gefunden. Blätterreste im Mund und im Magen.

Sie hätten ihren Rucksack gefunden, eine Telefonnummer, hätten ihre Mutter angerufen.

Sie sprechen von der geschwollenen Lippe.

»Einer der Schauspieler sagt, Sie hätten sich gestritten?«

Odon lächelt.

»Es war nicht schwer, mit Marie zu streiten...«

»Sie trug noch mehr Ringe«, sagt der jüngere Gendarm.

»Sie hat sie entfernt... Sie liegen oben, auf der Ablage des Waschbeckens.«

Der Gendarm geht hinauf, um sie zu holen.

»Wissen Sie, was diese Blumen dort zu suchen hatten?«, fragt der andere Gendarm.

Odon erzählt ihm von Julies Bühnenfigur, die auf diese Weise stirbt.

»Die Digitalis standen in der Vase, sie brauchte sie nur zu nehmen.«

Der Gendarm sagt, es sei Wahnsinn, so ein Stück zu schreiben und es dann mit echtem Gift aufzuführen.

»Sie hätten Klatschmohn nehmen sollen, es ist die Jahreszeit dafür!«

»Wir können nicht bei allem schummeln«, sagt Odon.

Seine Augen sind wie große traurige Seen. Der Gendarm lässt es dabei bewenden.

Er sagt, die Stromleitungen müsse man trotzdem neu machen lassen. Außerdem müsse Odon aufs Revier kommen, um das Protokoll zu unterschreiben.

Julie und die Jungs sind in der Garderobe. Julie ist leichenblass. Sie hat nicht geschlafen, nicht gegessen, sie hat tiefe Schatten unter den Augen.

Sie hat lange geweint.

Marie wollte sterben, und sie wählte den Tod, den ihr Bruder ersonnen hatte.

Sie stammelt.

»Es ist furchtbar, wenn man es sich richtig klarmacht ...«

Sie spricht langsam.

Sieht ihren Vater an.

Sie hat diesen Tod gespielt, Abend für Abend führte sie die Blütenblätter mit ihren Fingern zum Mund, es dauerte lange Minuten, es waren echte Digitalis, und Marie war da, im Saal. Sie lernte.

»Ich hab nur so getan ...«, sagt Julie.

»Du kannst nichts dafür ...«, sagt Damien.

Sie sagt, dass sie *Nuit rouge* nie mehr spielen werde.

Greg sagt nichts.

Selbst Yann ist traurig.

Die Nacht ist voller Geräusche. Der Mond scheint, ein perfektes Viertel. Nimmt er zu oder ab? Die Jogar steht am Ufer. Sie wartet auf Odons Rückkehr. Sie weiß nicht, wann er kommen wird.

Sie geht unter den Platanen am Fluss entlang.

Der Boden ringsum ist trocken. Staub vermischt sich mit welken Blättern, Rinde, Zweigen. Auf der anderen Seite die Stadt.

Sie hat beim Frühstück von dem Brand erfahren. Der Kellner hat ihr von dem Feuer erzählt, das im Chien-Fou unter dem Dach ausgebrochen ist, und von einem jungen Mädchen, das auf dem Dachboden gefunden wurde. Sie hat sofort an Marie gedacht. Marie tot… Im ersten Augenblick hat sie sich erleichtert gefühlt. Ja, ein spontanes Gefühl der Befreiung. Wenn Marie tot ist, gibt es keinen Beweis mehr, ein schändlicher Gedanke, für den sie sich sofort schämte.

Sie schämt sich noch immer, als sie sich auf die Matratze setzt.

Sie denkt an das Leben, das sie nicht gehabt hat, an all jene, die sie hätte haben können. Weit weg, woanders, anders.

Sind nicht die Leben, die man nicht hat, immer die schönsten?

Sie zieht die Sandalen aus. Ihr Kleid ist bis zu den Schenkeln hochgerutscht. Nackt, entblößt. Fast schamlos.

Sie schließt die Augen.

Odon kommt spät nach Hause. Er betrachtet sie. Geht den Steg hinauf, will ein dünnes Laken holen, um sie zu bedecken.

»Geh nicht...«

»Ich gehe nicht.«

Er kommt zurück, setzt sich auf die Matratze, legt die Hände auf sie, Hände, die wie Liebkosungen sind. Er sieht ihr Gesicht nicht, weiß aber, dass sie viel geweint hat.

»Erzähl...«

»Was soll ich dir erzählen?«

»Wie es geschehen ist... Ich will es wissen.«

Er legt sich neben sie, schmiegt sich an ihren Rücken und schlingt die Arme um ihre Schultern.

Er ist zutiefst betrübt.

»Wir haben uns gestritten. Sie ist auf den Dachboden hinaufgestiegen, kurz vor Beginn der Vorstellung. Sie ist einen Teil der Nacht dort oben geblieben... Und sie hat wohl die Glühbirnen anmachen wollen.«

Sie sieht die Bilder, rekonstruiert alles.

Odon fährt fort.

»Es hat einen Kurzschluss gegeben. Das Feuer ist durch eine der Steckdosen neben der Tür ausgelöst worden.«

»Und sie konnte sich nicht rechtzeitig in Sicherheit bringen?«

Er zögert.

Was soll er ihr antworten? Er müsste die Digitalis erwähnen. Kann er ihr diese Wahrheit zumuten? Dass Marie gestorben ist, weil sie es gewollt hat?

Hat sie es wirklich gewollt...

Er streicht ihr übers Haar, atmet seinen Duft ein. Er will sie immer noch beschützen. Solange er kann.

»Die Feuerwehrmänner haben gesagt, die Rauchentwicklung sei sehr stark gewesen. Sie habe wohl geschlafen. Sie sei weit weg vom Feuer gewesen.«

Er schließt die Augen. Umarmt sie fest. Er belügt sie nicht, beschützt sie lediglich.

»Man kann also annehmen, dass sie nicht gelitten hat?«, fragt die Jogar.

»Das kann man annehmen.«

Seine Augen füllen sich mit Tränen. Er spricht weiter von Marie, sehr leise.

Die Digitalis erwähnt er nicht.

»Erinnerst du dich an früher? Wenn die Stille des Schnees sich auf der Erde ausbreitete, setzten wir uns vor den Kamin des Schlosses und sprachen von Dingen, die nie geschehen würden.«

Er flüstert es ihr ins Ohr.

Es ist ein Satz von Fernando Pessoa, aus einem Text, den er in dem Jahr inszeniert hat, in dem sie sich begegnet sind.

Moosgeruch. Die Jogar schweigt einen Augenblick. Ihre Finger gleiten über die Matratze.

In der Erde um sie herum kratzen Insekten.

»Ich würde unsere Geschichte gern wieder aufleben lassen … aber ich weiß, es ist unmöglich.«

Er küsst ihr Haar.

»Das Mögliche ist langweilig, mit dem Unmöglichen hat man eine Chance.«

Sagt er.

Sie atmet an seiner Hand. Das Gesicht in seiner Handfläche. In der gewölbten Hand findet sie den beruhigenden Geruch wieder.

»Du hast *Nuit rouge* geschrieben, nicht wahr?«

Er antwortet nicht.

Sie braucht keine Antwort.

Sie weiß es.

Sie weiß es seit dem ersten Abend, an dem er davon gesprochen hat, dass man seine Sünden sühnen muss.

Dann hat sie *Nuit rouge* gesehen. Sie hat sich an die Digitalis erinnert, die am Ufer wachsen. Wild, ohne dass sich jemand um sie kümmert. Odon liebte sie, die Erde, in der sie wuchsen, roch nach Schlamm. Eines Tages, sie waren zusammen auf dem Kahn, sagte Odon, er würde gern eine Geschichte schreiben mit einer Person, die am Ende stirbt, indem sie Digitalisblätter isst. Die Schönheit mit dem Tod verbinden, das wollte er, diese infernalische Verbindung.

»Acht Gramm dieser Blätter reichen aus. Auf der Bühne würde ich die Blüten verwenden, das ist poetischer, aber tödlich sind die Blätter«, hatte er gesagt.

»Es war eine wunderbare Szene… Julie, ihre Gesten, die Purpurfarbe der Digitalis in ihren Fingern, als sie die Blütenblätter zum Mund führte, da habe ich begriffen…«

Sie lässt ihren Mund in der Wölbung seiner Hand.

»Du hast meine Sünde gesühnt…«

Odon denkt an all die Jahre, in denen er sich schuldig gefühlt hat, so sehr, dass er eine Geschichte schreiben musste, um zu versuchen, den Namen Selliès zu retten. Er fasste den Entschluss, ihn der Vergessenheit zu entreißen und ihm zu geben, was ihm zustand.

Und das war *Nuit rouge*.

Er seufzt an ihrem Nacken.

Er umarmt sie fest.

Sagt nichts mehr.

Die Jogar schließt die Augen.

Eine Reihe von Theatergruppen ist abgereist. Weitere werden folgen, bis nur noch eine da sein wird. In der Stadt wird wieder Ruhe herrschen. Sie haben Maries Leichnam nach Versailles überführt. Zwei unendlich traurige Tage sind vergangen. Julie und die Jungs haben das Theater geputzt, die Bühnenrequisiten weggestellt und die Garderoben aufgeräumt.

Odon hat Maries Mutter angerufen, mit ihr gesprochen. Sie sagte, Maries Asche sei zusammen mit der ihres Bruders beerdigt worden, unter einem Baum, der fünfzig Jahre brauchen wird, um zu wachsen.

Odon nimmt sich vor, diesen Baum eines Tages zu besuchen.

Er öffnet die Bullaugen auf der Flussseite.

Autos fahren über den Boulevard. Die Erde strahlt die Wärme aus, die sich während des Tages aufgestaut hat.

Das Festival geht zu Ende, aber nicht der Sommer. Es wird noch wochenlang heiß sein.

Er nimmt sein Handy. Geht an Deck. Die Nummer ist gespeichert.

»Wo bist du?«, fragt er.

»Im Zug.«

»Was hast du an?«

»Ein schwarzes Kleid.«

Sie wiederholt: »Ein schwarzes Kleid in einem leeren Abteil.«

Er hört sie lächeln.

Sie sagt, ich lerne *Verlaine d'ardoise et de pluie*.

Er setzt sich an den Tisch auf dem Vorschiff. Sie erzählt von dem Text, den sie lernen muss, entfernt sich, immer weiter. Sie steckt bereits in den Plänen für Herbst und Winter.

Er hört ihr zu.

Er ist glücklich für sie.

»Ich werde für dich schreiben.«

Sie antwortet nicht.

Es gibt einen Augenblick, in dem keiner ein Wort sagt. Sie lässt diesen Augenblick verstreichen und beendet das Gespräch.

Er schlägt ein Heft auf, beugt sich vor.

Er nimmt seine Tasse.

Ein Stück Himmel spiegelt sich in der schwarzen Oberfläche seines Kaffees.

Er hat bereits angefangen, ein paar hingeworfene Notizen, der Anfang einer Geschichte.

Isabelle holt ihre Puderdose heraus. Sie trägt etwas Puder auf ihre Stirn und die Nasenflügel auf. Ihre Augen sind rot.

Odon betrachtet ihr Gesicht.

Sie hat über Maries Tod geweint.

Sie sprechen davon, gemeinsam, lange.

»Ein Leben ist dermaßen kurz...«

Traurig starrt sie den Tisch an.

Odon erwähnt mit keinem Wort die Digitalis.

Er sagt, er wolle Maries Sachen mitnehmen, um sie ihrer Mutter zu bringen.

»Ich muss es tun...«

Isabelle lässt ihn allein gehen. Sie schließt die Puderdose. Streichelt ihre Hände einer alten Frau, die immer trockener werden. Die Reihenfolge stimmt nicht, sie hätte gehen müssen.

Odon bleibt einen Augenblick lang reglos auf der Schwelle stehen. Dann tritt er in Maries Zimmer.

Er sammelt ihre Kleidungsstücke ein und legt sie in eine Tüte. Ein T-Shirt. Der Geruch im Stoff.

Die Gedankenurne... Er öffnet sie, schließt sie wieder. Stellt sie in den Schrank.

Er geht zum Fenster, betrachtet die aufgeklebten Zettel, Dutzende. Und auch die, die an der Wand kleben.

Die Fotos, das von Isabelle auf dem Rand ihres Himmelbetts. Die anderen. Er löst sie ab. Behält sie. Das Manuskript von *Anamorphose* behält er ebenfalls.

Er findet das Heft von Selliès, legt es mit allem Übrigen in die Tüte.

Marie hatte nicht viel.

Er hebt die Matratze hoch, zieht sie in den Flur, legt sie zu den anderen im Zimmer ganz hinten.

Er geht zurück.

Das Zimmer ist leer. Nur die weißen Zettel am Fenster und an der Wand erinnern an Marie.

Er lässt sie da.

Er nimmt die Tüte und schließt den Fensterladen.

Ein Stück Papier ist zwischen Matratze und Wand gerutscht. Er bückt sich, hält es für eine Botschaft, die aus der Gedankenurne gefallen ist.

Er faltet es auseinander. Es handelt sich um eine große Seite, die aus einem karierten Heft gerissen wurde.

Einsteins Rätsel, abgeschrieben von Jeff.

Odon dreht das Blatt um.

Hinten, auf dem freien Raum, in runder Schrift mit einem roten Buntstift geschrieben: »Der Deutsche hat den Fisch!«

Ein Kreis auf dem *i*.

Die Antwort ist unterstrichen.

Es ist Maries Schrift. Darunter ihre Lösungsansätze, Zeichnungen von verschiedenfarbigen Häusern, Namen.

Odon lächelt, Freude mischt sich in seinen Kummer.

Sie hat die Lösung gefunden.

Er steckt das Blatt in die Tasche.

Ein letzter Blick, und er schließt die Tür.

Tage sind vergangen. Die Plakate lösen sich, baumeln. Nach-Festival-Atmosphäre. Auf der Bank ist eine Marionette vergessen worden, ein rotes Damastkostüm.

Alle Zimmer sind leer.

Es ist früh am Morgen.

Isabelle schlägt die Zeitung auf. Sie liest ihr Horoskop, Löwe, erste Dekade: »Heute ist ein günstiger Tag für Sie. Nutzen Sie jede Chance, die sich Ihnen bietet, weitreichende Zukunftsperspektiven werden sich Ihnen eröffnen.«

Sie geht zur Spüle, füllt ein Glas mit Wasser. Sie trinkt einen Schluck.

Ihr Koffer für Ramatuelle ist fertig gepackt. Er steht in der Diele. Ihre blaue Strickjacke darübergeworfen.

Isabelle schaut aus dem Fenster. Ein Blick auf ihre Uhr. Das Taxi wird gleich kommen. Sie hat angerufen. Es holt sie kurz vor acht ab.

Sie ist zu erschöpft, um den Zug zu nehmen, sie wird die ganze Reise im Taxi machen.

Sie schminkt ihre Lippen, schlingt einen leichten Schal um den Hals.

Sie gibt Odon die Zweitschlüssel.

Das Taxi kommt.

Sie schließt das Fenster.

Alles ist aufgeräumt. Das Haus, die Sachen, als ginge sie auf große Reise.

Der Fahrer kommt hoch, hilft ihr mit dem Koffer.

Das Taxi steht vor der Tür, sie braucht nicht weit zu gehen.

Sie fährt für drei Tage weg. Man könnte meinen, es sei für eine Ewigkeit.

Bevor sie in den Wagen steigt, blickt sie hoch zu den geschlossenen Fenstern ihres Hauses. Der Plüschbär, die Puppe hinter der Fensterscheibe. Mathilde ist abgereist, sie hat versprochen, sie an Weihnachten für ein paar Tage zu besuchen.

Isabelle steigt in den Wagen. Der Fahrer schließt die Tür. Er legt den Koffer in den Kofferraum und setzt sich ans Steuer.

Ein Blick in den Rückspiegel.

»Alles in Ordnung, Madame?«

»Ja, alles in Ordnung.«

Er dreht den Zündschlüssel herum. Der Motor macht ein leises Geräusch.

Das Taxi fährt durch die Rue de la Croix, lässt das Gewirr der Gässchen langsam hinter sich. Es ist kaum jemand unterwegs, nur ein paar Bewohner mit Einkaufskörben, die Markthalle ist nicht weit entfernt.

Das Taxi durchquert die Stadt. Es kommt zur Stadtmauer, bremst ab, fährt durch das Stadttor und biegt nach rechts, auf den Boulevard, der um die Stadt herumführt.

Eine rote Ampel, das Taxi wird langsamer, bleibt stehen.

Die Zeit vergeht, ein paar Sekunden.

Isabelle lehnt den Kopf an die Wagentür. Marie ist tot. So macht es das Schicksal manchmal. Es rafft dahin. So ist es eben. Unwiderruflich. Ein Dahinscheiden ist nicht weniger brutal als ein Massaker. Diejenigen, die zurückbleiben, weinen. Machen sich Vorwürfe deswegen. Die Geschichte kann man nicht rückgängig machen, denkt Isabelle. Nichts wird neu geschrieben.

Sie zerdrückt eine Träne.

Die Ampel schaltet auf Grün.

Der Fahrer fährt los, der Verkehr ist jetzt dichter, er fährt langsam, immer an der äußeren Stadtmauer entlang.

Isabelle dreht sich um.

Durch das Rückfenster des Wagens blickt sie auf den Fluss, die Bäume, die ihn säumen, die Kähne am Ufer gegenüber, die Sonne auf den Türmen, den Dächern, die Stadt im Schutz ihrer Mauern.

Der Wagen beschleunigt.

Der Fluss macht eine Biegung.

Avignon wirkt wie eine Insel, die sich entfernt.

Der Fahrer wirft einen Blick in den Rückspiegel. Isabelle dreht sich wieder nach vorn.

Wenn sie gut durchkommen, wird sie noch vor Mittag in Ramatuelle sein.

btb

Claudie Gallay

Die Brandungswelle
Roman. 557 Seiten
978-3-442-74313-1

Der Bestseller aus Frankreich.
Ausgezeichnet mit dem Grand Prix de Elle.

»Eine Perle von Buch!«
L'Express

»557 Seiten, aber keine zuviel!«
Christine Westermann

»Ein durch und durch sinnliches Buch.«
NDR

www.btb-verlag.de

btb

Beverly Jensen

Die Hummerschwestern
Roman. 480 Seiten
978-3-442-75331-4

New Brunswick, Kanada. Wo ein überschaubares
Fleckchen Erde zur ganzen Welt wird und jeder der
Einwohner zu einem Stück Familie.

»Die Hummerschwestern werden Ihr Herz erobern!«
Elizabeth Strout

**»Wirkt auf die Seele wie ein Tag am Meer:
herzerwärmend.«**
Emotion

www.btb-verlag.de